沈醉天 著

441女生寝室

湖南文艺出版社
HUNAN LITERATURE AND ART PUBLISHING HOUSE

博集天卷
CS-BOOKY

图书在版编目（CIP）数据

441 女生寝室 / 沈醉天著 . —长沙：湖南文艺出版社，2012.6
ISBN 978-7-5404-5513-2

Ⅰ.① 4… Ⅱ.①沈… Ⅲ.①推理小说—中国—当代
Ⅳ.① I247.5

中国版本图书馆 CIP 数据核字（2012）第 065567 号

上架建议：文学·悬疑推理

441 女生寝室

作　　者：沈醉天
出 版 人：刘清华
责任编辑：丁丽丹　刘诗哲
监　　制：蔡明菲　潘　良
策划编辑：戚小双
封面设计：荆棘设计
出版发行：湖南文艺出版社
　　　　　（长沙市雨花区东二环一段 508 号邮编：410014）
网　　址：www.hnwy.net
印　　刷：三河市鑫金马印装有限公司
经　　销：新华书店
开　　本：787mm×1092mm　1/16
字　　数：260 千字
印　　张：16
版　　次：2012 年 6 月第 1 版
印　　次：2012 年 6 月第 1 次印刷
书　　号：ISBN 978-7-5404-5513-2
定　　价：26.00 元

引　子

　　方媛是南江医学院 441 女生寝室的女生，因缘际会，得到一块月神族视为至宝的血玉，引起各类奇能异士的觊觎。

　　在一次探险旅游中，方媛和同伴来到恶灵岛。岛上沉睡着恐怖的恶灵，只有鲜血的芬芳才能唤醒。邪恶的力量在黑暗中蔓延，血腥的预言诡异出现。方媛的同伴们一个接一个地神秘死亡，所有的案发现场都是完全封闭的密室。凶手是传说中的恶灵，还是诡谲的高智商杀手？

　　凭着缜密的逻辑推理能力，方媛找到真凶——原来这一切都是身为月神族传人的紫蝶所设计，目的是为了获得血玉的神奇力量，复活传说中的月神。紫蝶见事情败露，于是对方媛下毒手，好在"恶灵"现身，救下方媛，而紫蝶则恶食其果被蛊毒反噬身亡。

　　方媛回到南江医学院，除了苏雅外，441 女生寝室新搬来几个室友，如童话般清丽的苗女吴小倩、古怪精灵的凌雁玉、美丽忧郁的秦雪曼、有点土气的柳雪怡。

　　柳雪怡因失恋而听从蒙面女巫的摆布，对喜欢的男生杨浩宇施下了爱情降，从仙儿手上抢走了他。方媛去安慰仙儿，不料看到仙儿的身体诡异地自燃起来；吴小倩身怀苗族秘传蛊术，刚认识学校篮球队队员的楚煜城，楚煜城的女友就中了金蚕蛊毒身亡；秦雪曼是南江市电台的节目主持人，得知学妹被亡灵诅咒，眼睁睁地看着学妹突然死亡；凌雁玉的好友柳月琪突然全身发冷，在骄阳似火中活活地冷死；苏雅去观看妹妹的表演，不料看到女演员在诡异的音乐中自杀……

同一天、同一时间同时有五位女生神秘死亡，死因分别是寒冷、自燃、蛊毒、魔乐、巫咒。与此同时，医学院里出现一个叫方振衣的神秘男生，身边带着一个能预言死亡的黑衣小女孩。

为查找原因，方媛身陷险境，被月神族的余孽生擒活捉，亲眼看到以前的班主任秦月被月神族余孽引发身体自燃而亡。为救方媛，暗中保护她的何剑辉也惨遭毒手。危急时刻，方振衣突然出现，惊退月神族余孽。

此时，441女生寝室的其他女生已经全部失踪。两人夜探月神地下宫殿，先后遭遇到冰冻神经的寒冰术、令人心碎的爱情降、妖异诡谲的蛊毒、美妙动听的杀人音乐、高深莫测的摄魂术、充满怨气的巫咒和神秘恐怖的人体自燃。两人与月神族余孽斗智斗勇，一一破解，终于见到幕后的黑手章校长。

章校长是月神族的长老，企图用七个女孩的生命来启动七星夺魂阵，复活传说中的月神，方振衣则是他安插在佛门中的奸细。殊不知，方振衣受佛学熏陶，早已心归佛门，和章校长展开生死搏斗。最终，在秦雪曼等人的帮助下，方振衣击败章校长，齐心协力逃出月神地下宫殿。可是，此时七星夺魂阵已经启动，月神的复活无法阻止，一个更大的阴谋正在酝酿……

目 录
Contents

冰冷的、混浊的、淡黄色的水，不知从哪里冒出来，急速旋转着、膨胀着，仿佛一个有生命的怪物般，在幽暗的寝室里显得诡异无比。

第一章
序　幕

1

深秋，午夜。

南江医学院 442 女生寝室。

清冷的月光被斑驳的窗棂撕成一块块形状不一的碎片，无力地垂落下来。

四周一片寂静，依稀听到女生们沉睡的呼吸声，在寂寥的深夜中有节奏地起伏。她们的脸庞，清一色地隐藏在幽暗的角落里。

张丽娜是被一阵寒意惊醒的。

她下意识地裹紧毛毯，抖擞身子，大口大口地呼吸。

这些天，张丽娜都郁郁寡欢，胸口像压了块沉重的石头般，喘不过气来，仿佛即将发生很不幸的事情般。

可事实上，一切正常，什么事也没有发生。生活依然沉闷无比，寝室、教室、食堂，三点一线。

她拂了拂头发，披起外衣，从床头上跳了下来，走到窗旁。

橘黄色的残月孤零零地悬挂在半空中，仿佛诡笑的神灵般，俯视着芸芸众生。

对它来说，早已看惯了人间的悲欢离合，冷眼相对。

夜风凄冷，肆无忌惮地钻进张丽娜的衣裙，轻轻地抚摸着她白皙的肌肤，带着几许凉意，缓缓流淌着。

张丽娜打了个寒战，不安的预感越发强烈了。她缩回了脑袋，伸手把窗户关紧，生怕有什么东西从外面溜进来般。

可是，寒意依旧。

她怔了怔，目光慢慢向下移动，仿佛看到了世界上最不可思议的事情般。

水。

不知从什么时候起，寝室里竟然开始涨水。

冰冷的、混浊的、淡黄色的水，不知从哪里冒出来，急速旋转着、膨胀着，仿佛一个有生命的怪物般，在幽暗的寝室里显得诡异无比。

张丽娜的脸色刹那间变得比白纸还要苍白，她一直担心的事情终于发生了。

仅仅是几秒钟的时间，水就漫过了她的胸脯。

彻骨的寒意，透过裸露的肌肤，慢慢地渗入身体，迅速蔓延。

身体随着混浊的黄水漂浮起来，鼻间充斥着一股肉体腐烂的恶臭。

"小菲、玲玲……"她大叫着，想警示寝室的同学，却被诡异的黄水呛了一口，恶心得直反胃。

这时候，她只能先顾自己。手脚并用，努力将头部浮出水面，张开嘴大口大口地呼吸。

从小在江边长大的她，精通水性。如果只是普通的水，她不会这么慌张。

可是，这水分明蕴藏着某种邪恶的力量，让她情不自禁地心悸。

她惊恐地看到——442 寝室的其余五位女生，全都没有醒过来。尤其是下铺的两个女生，依然保持着沉睡的姿势，被诡异的黄水一点点地吞噬，却一点儿挣扎也没有，仿佛没有生命的死尸般。

她们紧闭的双眼、冷漠的神情、惨白的脸庞，如同一个个木偶，在翻滚的水波中随波逐流。

又仿佛一片片落叶，轻飘飘的没有一点儿重量。

怎么会这样？

张丽娜伸手抓住离她最近的小菲，拼命地推搡，想把小菲唤醒。

　　小菲是她最好的朋友，是她唯一能毫无顾忌吐露心声的好朋友。虽然，很多时候，小菲仅仅是一个沉默的倾听者。

　　"小菲，快醒醒！"张丽娜伸手重重地扇在小菲的脸上。

　　她出手很重，以至于手掌都隐隐作痛。

　　小菲被她打醒了。

　　"怎么回事？"小菲睁开了眼睛，疑惑地张望着，"我在哪儿？"

　　"在寝室里。"张丽娜好不容易爬上了小菲的床铺。

　　"寝室里？开玩笑，寝室里怎么会涨水？"小菲一脸的疑惑。

　　很快，小菲就知道没有人跟她开玩笑。

　　诡异的黄水，吞噬了寝室里其余四位女生，咆哮着冲向小菲和张丽娜。

　　是的，咆哮着，仿佛有生命的怪物般，凶恶地恐吓着她们。

　　"天哪！"小菲呻吟了一声，"这究竟是什么水？"

　　诡异的黄水还在膨胀，很快就要充满寝室的整个空间。

　　所有的东西，桌椅、被子、衣服、鞋子、茶杯，还有那四个女生的尸体，都被诡异的黄水卷进去，很快就消失得无影无踪，一点儿残渣都没剩下。

　　"我不知道。"张丽娜喘着气，拉起小菲，想从窗口逃出去。

　　几经波折，张丽娜总算靠近了窗边，伸手去推窗户。

　　窗户很重，不知是锈住了，还是被什么东西阻挡住了。

　　她没有放弃，用尽全身力气，终于将窗户缓缓地推开了。

　　出乎意料的是，窗户外面，一片昏黄，依然是滚滚的黄水，比寝室里更大、更急，咆哮的声音更凶狠。

　　一个浪头打过来，张丽娜和小菲被冲得直往后退。

　　"救我！"小菲惊叫。

　　张丽娜踩着水，再次踏住上床铺的栏杆，紧紧地拽住小菲的手。

　　小菲的身后出现了一个旋涡，仿佛一条张着血盆大口的巨蟒，已经将小菲的双腿吸引住了。

　　"别放手！"张丽娜用尽全身力气，想把小菲拉回来。

　　可是，没用。

　　她清楚地看到，小菲的身体一点儿一点儿地被旋涡吸进去，连带着她也站立不住。

　　张丽娜想救小菲。

　　是的，小菲是她在这个陌生城市里唯一的朋友，是真正能和她一起分享快乐和痛苦的好朋友。

她不想失去小菲。

可是，她能抓住小菲的手，却抓不住死神的手。

她的身体，随着小菲的身体一点儿一点儿地往前移。

她能感觉到，力气在慢慢消耗，即将用尽。

要死了吗？

她不想死。她还年轻。她还想恋爱，找个心仪的男生，谈一场轰轰烈烈的浪漫恋爱，花前月下，海枯石烂。她还想当作家，一字千金，名满天下，衣锦还乡。

放手，还是不放手？

生，或者死？

此时，时间过得特别慢。

仅仅是几秒钟，却仿佛几个世纪那么漫长。

终于，张丽娜下定了决心，歉疚地望着小菲，轻轻地摇头。

小菲似乎意识到了什么，不再哀求，突然间笑了，发狂似的笑，凄怨的眼神狠狠地盯着张丽娜。

在小菲的笑声中，张丽娜缓缓放开她的手。

小菲不停地笑，笑得眼泪都流出来了。她的手腕，一点儿一点儿地从张丽娜的手指间滑落下去，慢慢地卷入旋涡中。

她的眼睛始终冷冷地盯着张丽娜，狠毒、愤怒，仿佛恨不得将她千刀万剐，盯得张丽娜心里直发毛。

所有的一切都会消逝，眼前再也看不到小菲的身影，但那个怨恨的眼神，仿佛炽热的火焰一般，深深地烙在张丽娜的脑海里，烧得她整个大脑都要迸裂。

手掌开始变得黏糊糊的，一些黏稠而温暖的液体顺着手心流淌出来。

"不要！"张丽娜痛苦地大声叫唤，双手抱头。

她清楚地听到自己头骨裂开的声音，手上的液体越来越浓稠。

红色的鲜血，还有乳白色的脑髓。

脸上的裂痕越来越多，缝隙越来越大。

终于，两只手再也捂不住了。"嘭"的一声，整个大脑炸开了。

血肉横飞！

"不要！"

张丽娜大叫着，浑身直哆嗦。

睁开眼，诡异的黄水没有了，腐烂的气味没有了。

她还睡在 442 寝室里，月光清冷，一切如常。

原来，只是个梦。

梦中梦。

张丽娜叹了口气，抬手抹去额头上的冷汗。这时，她才发现，自己的内衣湿漉漉的。

好奇怪的梦啊。

以前，她一直以为，梦是虚幻的，就算偶尔有些恐怖的场景，梦醒后，很快就会遗忘。

可这次，她不但能清晰地回忆起梦境里所发生的一切，还能真切地体会到梦境里的痛苦和恐惧，以至于她现在一闭上眼，就看到那双怨恨的眼睛。

张丽娜揉了揉眼睛，用力地摇了摇头，让自己的身体放松下来。

只是个梦而已。

不知是因为紧张，还是生理的缘故，她突然感到一阵尿意。

披上衣服，穿好拖鞋，轻轻穿过寝室过道，走到卧室，按下日光灯的开关。

整流器"刺刺"地响着，闪烁了几下，终于亮起来了。

她疾步跑进水房里的卫生间。

过了一会儿，她从里面走出来，打开水龙头洗手。

自来水"哗哗"地流下来，冲洗着她的手。

冰冷，乳白色，带着一股漂白粉的味道。

张丽娜打了个冷战，一种不祥的预感再次袭上心头。

多年前的往事如黑白电影般慢慢回放。

2

从小，她就知道自己有一种奇异的感应。她常常能感到莫名的恐惧，仿佛有什么不祥的事情即将发生。

那种感觉通常流星一般匆匆划过，她很少能抓住。而且，很快就一切恢复如常，什么事都没有。次数多了，她就没放在心上。

直到那年，十一岁的她和九岁的弟弟去附近的水库玩水。

令人担心的事终于发生了。

在跳下水库的那瞬间，她清晰地感到内心的恐惧，天地仿佛突然变得阴沉起来。

这时，她还是没有往心里去。以前也有过这种恐惧，最终却什么事也没有发生。

也许，这就是所谓的命中注定吧。

看着在水库中央嬉戏的弟弟，她一点儿都不担心。

弟弟是村里水性最好的小孩，多次横渡过水库。何况，他手上还有个旧轮胎当救生圈。

可是，当她和弟弟游到水中央时，不知为什么，弟弟突然松了手，整个人莫名其妙地沉了下去。

她赶紧潜下水，拉住弟弟的身体，奋力往上踩水。

不知为什么，水性很好的弟弟此时却变得如石头般僵硬，只知道紧紧抱住她的腿，瞪着眼睛死死地盯着她。

她的身体越来越沉重，呼吸越来越困难。

两个人渐渐地沉下去。

她实在受不了，张开嘴，却被带着腥味的河水灌了进来，迷迷糊糊仿佛要睡过去般。

这时，她终于明白，如果不放弃弟弟，她只能陪弟弟一起死在这里。

也不知从哪儿来的力气，她伸手抓住了弟弟的手，然后将他的手指一根根地掰开。

她记得很清楚。那天，水库里的水很清，她能清晰地看到弟弟绝望的神情，眼睛里充满了怨恨。

当她伸腿蹬着弟弟的身体，借着反弹之力浮上水面时，弟弟已永远沉下去了。

当时，她怎么都想不明白，水性很好的弟弟怎么会突然溺死在水库里？更奇怪的是，弟弟的尸体一直没找到。

后来，她才知道，那天是阴历七月十四，传统的鬼节。而那座水库，虽然一向风平浪静，却一直很邪门，每年都要溺死几个小孩。

传说，水库里有"水猴子"，专门拖小孩沉水。

那天，她也隐隐看到弟弟身后有一团黄糊糊的东西，她原以为只是一片浑水。后来仔细回想，那东西更像传说中的"水猴子"。

弟弟死后，父亲将她狠狠地打了一顿，差点儿将她打死。

坚韧的竹棍狠狠地抽在她的身上，抽出了一条条血痕。

自始至终，她都没有求饶，也没有哭泣，只是冷冷地望着父亲，用沉默来承受父亲中年丧子的悲痛。

父亲丧失了理智，完全疯了般，拼命地抽打着她，仿佛抽打的不是亲生女儿，而是来自地狱害死他儿子的恶魔。

后来，她晕过去了，整整昏迷了两天两夜。

醒来后，她整个人都变了。她开始怕光，喜欢待在阴暗的地方，很少在阳光下出现，不喜欢说话，走路时根本没有声音……

村里的老人说，她丢了魂。

是的，她是丢了魂。外表上，她依然青春，可她的灵魂，已开始枯萎衰败。

她厌倦了。

厌倦身边所有的人，厌倦了她曾经热爱和熟悉的故乡，甚至厌倦了自己。

从此以后，她人生中唯一的乐趣只剩下看书。

只有在书的世界中，她才能稍稍缓解现实生活中的种种痛楚。

也许，正因为如此，她的成绩出奇地好了起来，在高考时以黑马的姿态考入这所全国闻名遐迩的医学院。

家里出了一个医生！

因失去亲生儿子，不得不抱养同族小孩的父亲，多年来总算在乡亲面前扬眉吐气了一回。

虽然说现在大学生已经不是稀罕事了，但医生的身份足以让村人羡慕和尊重。

对于张丽娜来说，这是她人生中唯一的机会，唯一逃离故乡和家人的机会。

斩断过去，重新生活，过自己想过的生活，这也是她埋头苦读的目的。

事实上，来到南江医学院后，她的确比以前开心了许多。这里有许多同龄人，没有人关心你的过去，没有人会因为你以前的错事对你有偏见。

她渐渐融入了医学院的生活，有了真正的知心朋友——小菲。

她可以和同龄人一样开怀大笑，一样幻想和白马王子浪漫相恋的童话。

如果不是今晚所做的噩梦，她真的以为自己已经完全告别了过去。

她知道自己为什么会做那样的噩梦：弟弟那双幽怨的眼睛始终在某个不为人知的地方冷冷地盯着她。

还有那团冰冷的、混浊的、淡黄色的水。

她听到了自己心灵哭泣的声音。

"别怪我……"虽然想忍着，泪水还是止不住涌了出来。

眼前模糊起来，鼻子酸酸的，身子瑟缩着，仿佛童话中那个卖火柴的小女孩，在寒冷的冬天里奢望一点点温暖。

她轻轻地捂住脸颊，靠在冰冷的墙壁上，任泪水放肆地奔涌。

"对不起……"对着镜子，她终于说出心里一直想说的话。

她相信，弟弟能听到她发自内心的歉意。

以前，她一直不敢面对，深深地压抑着，试图让自己遗忘。直到现在，她才发现，有些事情是无法逃避的。

说出这句话后，她的情绪明显好了许多，泪水终于止住了。

有些东西，似乎随着泪水倾泻而出。

曾经冰冻的内心，似乎也有了些许暖意。

张丽娜轻轻地拭去泪水，站直了身体，对着镜子努力地微笑。

镜子里的她，青春动人，脸颊上有着少女特有的嫣红。

可是，那种心悸的感觉，为什么还没有消失？

仿佛有什么地方不对劲似的。

莫名的恐惧，不祥的预感，如流星般悄然而至。

她的身体开始发冷，浑身直打哆嗦。

这一次的感应，比弟弟溺死的那次还要强烈。

终于，她发现了问题。

镜子里，她的身影在渐渐变淡。

除了她以外，所有的东西都没有变化，只是她身体的颜色在慢慢地褪去。

就连脸颊上少女特有的嫣红，也从鲜艳变得枯萎，最终了无痕迹。

镜子里，她只剩下一个影子。就连这影子，也在逐渐变淡，越来越模糊。

然后，她的身影从镜子里消失了。原本被她身影遮挡的场景，却清晰地显示出来。

怎么回事？

这时，她听到一阵奇怪的声音，仿佛蛇爬行的声音，又仿佛蚕吃桑叶的声音，夹杂在"哗哗"的流水声中，显得异样的诡异。

张丽娜侧耳聆听，水声中的确掺杂了一种怪异的声音，极其细微。即使在如此寂静的夜晚，如果不用心去听，也很难听出来。

她慢慢地转过身子，昂起头，望向声音的来源。

她看到了她一生中最恐怖的画面。

肾上腺素大量分泌，心跳加速，血液如狂风怒涛般冲击着心脏，嘴里充满了苦味。

张丽娜的身体仿佛一根弓弦，绷得紧紧的，骤然被拉断。

眼前一片漆黑，身体软绵绵地倒了下去，再也没醒过来。

她被吓死了。

其实，那不能说是"走"，更像是"跳"。她的膝盖，似乎不能弯曲，两条腿像圆规的两个支脚，虽然没有电影中的僵尸那么夸张，却也不由得令人生出恐惧。

第二章
死而复生

艾丽丝餐厅。

这家餐厅主打的是法国风味，据说店主请来的大厨是正宗法国厨师，收费不菲。

此时，苏雅正饶有兴趣地看着眼前的年轻男生。

他叫何家骏，南江大学哲学系三年级学生，长得白白净净的，留着长发，戴着金丝眼镜，看上去颇有儒雅之气，言谈举止都很得体，仿佛欧美贵族家庭的年轻绅士般。

"小雅，你想吃点儿什么？"何家骏把菜单递给苏雅。

苏雅抿着嘴微微笑着："随便。"

"这里的香煎鹅肝和鸡肉沙拉都不错。"

"你点吧，我是第一次吃法国餐。"

"不会吧？"何家骏仿佛难以置信，"那你应该好好尝尝，整个南江市就这家法国餐厅最正宗了，主厨的是法国厨师。"

他招手叫来服务员，点了几个菜，又问苏雅："喝什么红酒？"

苏雅摇头："我不会喝酒。"

"那由我做主吧，来瓶波尔多红酒。"何家骏笑了笑，"这种酒味道柔顺细雅，很有女性柔媚气质，被称为法国葡萄酒王后，你不妨尝尝。"

"好。"苏雅的笑靥在餐厅柔和灯光的衬托下显得娇艳欲滴。

"小雅……"何家骏仿佛看傻了般，"你笑的样子，真的很漂亮。"

"是吗？"苏雅叹息了一声，"漂亮有什么用，还不是孤家寡人一个。"

何家骏的眼睛陡然间亮了许多："不会吧，你到现在都没有男朋友？"

"嗯。"

"是不是你要求太高了？"

"没有啊，我要求很低的。我理想中的男朋友，肯定要博学多才，英俊潇洒，有很好的个人素养，对我能体贴入微，一生一世只爱我一个。嗯，还要家庭环境好，有房有车，事业有成。"

何家骏喃喃道："你的要求……还真的不高。"

"是啊，我要求很低的。世间最不能勉强的事情就是爱情了。对于女生来说，爱情是一生中最昂贵的奢侈品，要用一辈子的时间去刻骨铭心。如果勉强，不但对别人不负责，对自己更是一种伤害。一个连自己都不懂得珍惜的人，有什么资格去要求别人珍惜？所以，我认为，女生要么别谈恋爱，要谈，就要找一个真正值得去爱的男生谈，全身心地投入去谈，而不仅仅是为了寂寞或其他原因勉强自己。"

说完，苏雅意味深长地看了何家骏一眼。

何家骏急忙问："那你觉得我这个人怎么样？"

"你？"苏雅上下打量着何家骏，仿佛在点评一个与己无关的东西般，"你还不错，学哲学，有点儿才华，长得还凑合吧，稍微柔弱了点儿，但多锻炼下也可以将就。家庭背景很好，现在有房有车了吧。虽然是学生，谈不上事业有成，但以你的能力，将来做出一番事业也是情理之中的事。可惜……"

"可惜什么？"

看到何家骏猴急的样子，苏雅忍住笑意，做出一副惋惜的样子，摇头道："可惜你已经有女朋友了。"

"谁说的？"何家骏的脸色一下子变得很难看。

"不是吗？"苏雅仿佛很吃惊，"同学告诉我，你是南江大学出了名的公子哥，身边的女朋友不知有多少。什么章绮雪、钱念珊、楚雁云……哦，最近的一个，叫宁惜梅，听说比电影里的女明星都漂亮。"

"哪有的事！"何家骏的脸涨得通红，仿佛一个搽了胭脂的戏子般，"你的同学弄错了。不错，这些女生我都认识，但仅仅是普通朋友而已。我人缘不错，经常邀请朋友们一起出去玩，其中也有她们，所以容易引起别人误会。其实，我家人管我管得很紧的，不准我在大学交女朋友，要我专心学业。"

"哦。"苏雅做恍然大悟状，"我想也是，何市长的公子，怎么可能那样？肯定是那些嫉妒你的人，在背后说你的坏话造谣。"

"对！不过，以后我也要注意点，和女生们保持点距离，免得影响不好。"

何家骏正想表白，口袋里的手机却不合时宜地响了起来。他看了眼来电显示，是宁惜梅打来的，没接，直接挂了。

服务员将所点的法国菜和红酒陆续端上来。

"来，尝尝这个，香煎鹅肝，味道很美。"何家骏殷勤地给苏雅切下一块，放到苏雅的盘子里。

苏雅却对鹅肝提不起兴致。

真无聊，居然和这样的人浪费时间。不知道方媛知道后，会不会笑我？

从一开始，苏雅就在看戏，看何家骏如何表演。

可惜，何家骏还是让她很失望。他的演技，一点儿都不高明。而且，还很低级、造作，让她大倒胃口。

真不知道，那些被他以谈恋爱为名玩弄的女生有没有智商。

世界上没有凭空掉下来的馅饼。当一个涉世未深的女生遇到年少多金的男人，首先要想的不是对方有多好，而是对方究竟对自己有什么企图。

白马王子的故事之所以是童话，只因在现实中发生的概率实在太低，不比中六合彩头奖的概率大多少。

何况，对于很多女生来说，如果真有白马王子可以依赖，即使是六合彩头奖也会毫不犹豫地放弃。

"怎么了？"看到苏雅郁郁不乐，何家骏关切地问。

苏雅没有说话，抬起头，冷冷地看着何家骏，眼中再无笑意。

何家骏有些疑惑，正要开口，手机再度响起。

"真讨厌！"

他拿起手机，来电显示上依然是宁惜梅。看来，不接她的电话，她会一直打下去。

"对不起，我接个电话。"何家骏拿起手机，走到餐厅门口接听。

一走出苏雅的视线范围，何家骏就仿佛变了个人，对着手机低声喝道："你想干什么？不是告诉你了吗，我们已经分手了！"

"我很痛，真的很痛。"宁惜梅的声音很疲惫，"我没想到，原来割腕自杀也会这么痛的。"

"你……你说什么？"何家骏的心悬了起来。如果闹出了人命，别说学校，就是身为副市长的父亲也不会放过自己。

"你昨天叫我去死。我想了很久，决定为你做好这最后一件事。我不敢跳楼，摔死后样子太难看，又不想上吊，所以选择了割腕。我没想到，割腕也会这么痛的……"

"你！你别吓我！"

"我没有吓你。听说，割脉后，十几分钟血液就会流得差不多，半小时后就会死。你能不能在我临死前来看我一眼？"

"你别做傻事，我现在就过去！你在哪儿？"

"我还能在哪儿？当然在我们的爱巢。"

"你坚持住，用手按住伤口。梅梅，听我说，我昨天说的都是气话，其实，我是爱你的。你千万别死，我们重新开始。我答应过你，去巴黎香榭丽舍大街散步，去日本富士山看樱花。你等我，我马上就到！"

"是吗？你又在骗我了。"宁惜梅幽幽地叹息着，"可不知为什么，我就是喜欢听这样的谎话。"

"我没撒谎，我说的都是心里话，你等我……"何家骏真急了，他甚至没和苏雅打招呼，直接跑到自己的奔驰小车里，一溜烟地驶到人潮汹涌的街道上。

餐厅里，苏雅正津津有味地细细品尝法国名菜和红酒。

没有何家骏那张讨厌的脸在眼前晃动，她的心情和胃口都好了许多。

这时，她当然想不到，自诩为绅士的何家骏，接个电话居然会消失得无影无踪。如果知道竟然要她来埋单，恐怕就不会有这么好的心情了。

4

坐在车中，看着一张张匆匆而过的陌生脸孔，何家骏真想不顾一切地撞过去。

这些该死的人，活该一辈子受穷！没钱干脆去挤公车多好，骑什么自行车、摩托车，害得街道上动不动就堵车。

何家骏缓缓地行驶着奔驰车，拼命地按喇叭，试图加快车速。可是，此时正是下班的高峰时期，所有的机动车辆只能跟着前面的车流如蜗牛般慢慢挪动。

没时间了！

何家骏急得直冒汗。以这样的速度，等他赶到出租屋时，宁惜梅身上的血早流光了，就算是神仙也救不了她。

这个时候，何家骏也顾不了身份，将小车停到路边，扬手招来一辆"摩的"，避开车流从小路赶往出租屋。

"快点儿！"坐在摩托车上，他还一个劲儿地催促车手。

已是深秋，寒冷的秋风直往他脖子里钻，一向养尊处优的何家骏冷得直打哆嗦。

"臭婊子、贱货……"在心中，他不停地咒骂着宁惜梅。他怎么也想不通，一个人怎么会变得这么快？

他还记得，半年前第一次看到宁惜梅时的场景。

那个初夏的清晨，阳光灿烂，空气里弥漫着暧昧的暖意。他陪楚雁云去图书馆借书，一眼就注意到了坐在角落里独自看书的宁惜梅。

她穿着一袭乳白色的连衣裙，全身心地阅读，嘴唇微微上翘，带着几分笑意，仿佛古典仕女般，显得聪慧和文雅。

何家骏悄悄靠拢，站到了她的身旁，她却毫无察觉。

什么书看得这么入迷？何家骏凝神望去，居然是一本线装插图版的《红楼梦》。

多年前，四大名著中他最喜欢的就是这本《红楼梦》，尤其是那么多性情各异的古典美女，经常出现在他幻想的梦境中，而他，就是梦境中唯一的主角贾宝玉。

现在，他早已不做这种幼稚的幻想了。随着对女人身体的熟悉，他越来越痴迷于原始的肉欲，那些吟诗作赋的才女也远没有魔鬼身材、天使面孔的青春女生来得实际。

不知为什么，他对眼前的女生特别感兴趣。他总觉得，这个女生有些地方与众不同，对他有种从来没有过的吸引力。

可想了好久，他还是没想清楚，她究竟哪里与众不同。

直到楚雁云一脸醋意地走到身旁，他才顿悟。

宁惜梅身上，没有他所熟悉的香水味。

他终于想到了一个词：素净。

是的，宁惜梅给人的感觉就是素净，没用香水，没化妆，没有一个饰物。赛雪的肌肤，修长的双腿，协调的五官，让他有种特别舒坦的感觉。

由于楚雁云的到来，宁惜梅终于发现了何家骏。她有些羞涩，脸颊泛着些许红潮，仿佛邻家女生般。

就在那一刹那，何家骏有种想要征服她的欲望。

这么纯净天然的美女，只能让他何家骏这么优秀的男生享用。

后来的事就很庸俗了。在他一系列原始而有效的追求手段下，在她身边所有朋友的怂恿和纵容下，他顺利地得到了她。

然而，没过多久，他就开始厌倦了。

宁惜梅是个没味道的美女。她不喜欢交际，不喜欢聚会，不喜欢说话。她仿佛一杯白开水，淡淡的，虽能解渴却没一点儿激情。就连做爱，她也那么生硬，一点儿也不主动，仿佛只是为了完成某种工作般。

何家骏喜欢原始的肉欲，宁惜梅却热衷精神的交流。从一开始，他们在一起就是一个巨大的错误。

在何家骏眼中，宁惜梅不再是那个素净的古典美女，而是一个食之无味、弃之可惜的鸡肋。而且，她开始变得不可理喻起来，丝毫不考虑他的感受，竟然阻止他和其他女生交往。

本来，他还想用稍微温和一点儿的方式和她分手。没想到，她死活不同意，还说身子交给了他，他要对她负责。

什么年代了，居然还有这种思想的女生！摆明了是想威胁他。这年头，想嫁给他、踏进副市长家门的女生数不胜数，他会吃这一套？

他随口骂了句"去死"。没想到，宁惜梅的脑袋真是一根筋，竟然真的割腕自杀！

快到出租屋的时候，何家骏似乎想起了什么，叫摩托车司机停下。

然后，他左右张望了一下，看到没人注意，偷偷地从另一条小路拐进了出租屋。

这间出租屋坐落在青山湖畔，依山靠水，是一座独门独院的小别墅。半年前，他就是在这里，以过生日为名，在朋友们的帮助下灌醉了宁惜梅，和她发生了性关系。后来，她正式成为他的女友后，经常周末到这里过二人世界。

他记得，刚开始的那几天，他和她的确很开心。仿佛一个小家庭般，一起煮饭、炒菜、看电视。当然，还有无休止、随时随地地做爱。

这里的一切，都是她精心布置的。她曾经说，这是他们的爱巢，希望他以后赚了钱能买下来。

她真傻得可爱！

在何家骏的计划中，她的所谓"女友"身份根本就不会超过一年。

已是黄昏，天色渐暗。

"梅梅？"

何家骏蹑手蹑脚地走进出租屋，大声叫着，可没人回答他。

房间没开灯，黑糊糊的，影影绰绰，让他莫名地惊悸。

不会吧，来晚了？

何家骏没有多想，走到卧房门口，伸手推开门。

他看到了血。

殷红的、鲜艳的、缓缓流动着的血。

从来没有看到过这么多的鲜血，几乎覆盖了卧房里的所有地面。

浓浓的血腥味刺激得他想呕吐。

宁惜梅就这样平静地躺在床上，左手无力地下垂着，血液无声地滴落在木地板上，顺着地势缓缓流淌。

她的脸，特别的苍白，特别的干瘪，仿佛一具被风干的木乃伊。

这就是他曾经同床共枕过的宁惜梅？

何家骏终于没有忍住，扭头跑出卧室，钻进卫生间一顿狂吐。

然后，他跌跌撞撞地从出租屋里跑出来，深一脚浅一脚地没有目的地瞎跑。

秋风飒飒。

何家骏的脑袋被寒风一吹，冷静下来了。

宁惜梅的死已是事实，现在要做的是如何善后。幸运的是，今天是周六，他还有足够的时间来公关。

派出所、新闻媒体、南江大学……这些地方都要事先打好招呼，要将事情控制在尽可能小的范围里，要禁止一切媒体的传播。否则，会给父亲的事业带来阻碍，说不定某些政敌会借机来诋毁父亲。

他不能留下一点儿痕迹，让别人有证据证明他和宁惜梅的关系。他必须再回出租屋，取走里面所有的相片。

想起宁惜梅临死的模样，何家骏不禁打了个寒战。

原来，死人的模样是那么的可怕。就在几天前，她还活灵活现、笑靥如花，现在却成了一具发臭的尸体。

此时，天色已暗。

何家骏壮着胆子，战战兢兢地回到出租屋。他怕引起别人的注意，没敢开灯，借着手机屏幕的荧光搜寻相片，然后统统装进兜里。

突然，他听到一阵歌声。

是女人的歌声。

歌声很轻，曲调悠悠，说不清道不尽的凄凉和寂寥。

"无言独上西楼 / 月如钩 / 寂寞梧桐深院锁清秋 / 剪不断理还乱 / 是离愁 / 别有一番滋味在心头……"

这声音，这声音怎么那么熟悉？

是邓丽君唱的《独上西楼》？

不，那不是邓丽君的声音，那是……是宁惜梅的声音。

宁惜梅不是已经死了吗？

巨大的恐惧，如潮水般淹没了他。脚开始发软，腿肚子直发抖，连站都站不稳。

他记得，宁惜梅最喜欢唱的就是这首《独上西楼》。

隐隐约约，身后传来脚步的声音。

很轻，很柔，有种说不出的灵动，仿佛一个跳跃着的小女生般。

不，不是宁惜梅的脚步声。记忆中，宁惜梅是那种很安静的女生，就连走路也是很优雅的，绝不会如小女生般蹦蹦跳跳。

"嗒、嗒、嗒……"声音越来越大，分明是朝这边走了过来。

然后，声音停止了。

她似乎就站在何家骏的身后，连呼吸都可以听得清清楚楚。

一股冷气，从何家骏的脚底直冲脑门，身体开始情不自禁地微微战栗起来。

背后，究竟站着什么？

是人，还是鬼？

5

何家骏不敢出声，僵硬地站在原地。

屋子里静悄悄的，静得只剩下他心跳的声音。

侧耳听了听，身后没有一点儿声音。

难道，只是幻觉？

是自己太紧张了?

没事的,她已经死了。不关我的事,她是自杀的。

何家骏在心中自我安慰着,慢慢地平复慌乱的情绪。

空气中依然弥漫着淡淡的血腥味。

他小心翼翼地转过身子,睁大了眼睛望过去。

瞳孔急剧放大。

卧室的床上,空空如也。

宁惜梅的尸体,不见了!

地板上的血液已经开始凝固,变成深褐色的血块,如一块块黑色的泥土般。

怎么回事?

何家骏险些眩晕。

慌张中,他似乎看到门口有个白影一闪而过。

那位置……那位置,就是刚才他听到脚步声停止的位置啊!

何家骏再也忍不住了,大叫一声,踉踉跄跄地夺门而逃。

他的身影,很快就消失在苍茫的黑幕中。

这时,他根本没注意到,在他身后,一个白影躲在黑暗的角落里轻蔑地讥笑。

白影摇了摇头,轻飘飘地"走"回卧室。

其实,那不能说是"走",更像是"跳"。她的膝盖,似乎不能弯曲,两条腿像圆规的两个支脚,虽然没有电影中的僵尸那么夸张,却也不由得令人生出恐惧。

无论怎么看,这都不是一个正常人的行走方式。

白影关上了门,又开始哼起了歌曲:"无言独上西楼 / 月如钩 / 寂寞梧桐 / 深院锁清秋 / 剪不断理还乱 / 是离愁 / 别有一番滋味在心头……"

灯亮了。

灯光下,白影的模样清晰地显示出来,赫然是宁惜梅的模样。

她的脸色和何家骏看到的一样,如木乃伊般,特别的苍白干瘪,明显是失血过多的症状。

她走到镜子前,对着镜子细细审视自己,皱了皱眉头,似乎很不满意镜中的自己。

头发乱了。

拿起梳子,轻轻地梳理长发。

手腕上,赫然有道伤口,伤口已经不再流血,结成褐色的伤疤,在白皙的肌肤上显得格外醒目。

宁惜梅梳得很有耐心，仅仅靠一把梳子，她就梳出了一个发髻，绾了起来，后面再缠了两条辫子，颇有些复古的味道。

然后，她开始轻轻抚摸自己的脸，看得出她对自己的脸有些失望。

其实，她的脸形本来很好的，瓜子脸，小巧微微上翘的嘴，水灵灵的眼睛，沉静的时候典雅文静，活泼的时候乖巧俏皮，不比网络上那些校花逊色多少。

可惜，现在她的脸色实在太差，一点儿血色也没有，仿佛一具毫无生命的死尸般，实在让人恶心。

宁惜梅轻轻地叹了口气，随手拿起茶壶，仰起头，对着壶嘴喝茶水。

那只茶壶起码装了两公升的水，相当于七八瓶矿泉水，她陆陆续续地全部喝光了。

她整个人仿佛充了电一般，突然间红润起来。虽然，脸色还是有些苍白，却不再干瘪，隐隐有了几丝血色。

她张了张口，开始说话："宁、惜、梅。"

她说的是自己的名字，却说得很拗口，似乎有些口吃，连音也没咬准。

而且，她还在出租屋里一步步来回踱步，仿佛慢镜头般，尽量让身体保持平衡，仿佛长时间卧病在床的病人般。

宁惜梅就这样反复练习着，练习了十几分钟，勉强和平常人一样，这才稍稍满意。

然后，她熄了灯，关了门，慢慢地从出租屋里走出来。

五分钟后，宁惜梅出现在青山湖畔的小路上。

和许多地方一样，南江市的夜晚比白天更加绚丽多彩。五彩缤纷的霓虹灯拼命地粉饰坚硬冰冷的建筑物，在阳光下被压抑的各种欲望泛滥成灾，到处是一片莺歌燕舞。

天色不好，没有月亮，没有星星。灯光照不到的地方黑黢黢的，几只老鼠穿梭在垃圾堆，里啃着腐烂的骨头。

她抬头看了看天空，嘴角露出一丝古怪的微笑。

"雨。"

这次，她把音节咬准了。

果然，没过多久，天空就飘起了剪不断理还乱的霏霏小雨，带着些许凉意，轻快地飞舞在她的脸颊上。

雨丝冰凉，仿佛渗入了心灵深处。

她很享受这种感觉，竟然哼起了歌曲，欢笑着在雨中漫步。

宁惜梅笑起来的样子很好看，脸颊上露出两个淡淡的酒窝，黑色的长发随风轻舞。

"宁惜梅？"一个迟疑的声音在身旁响起。

她微微怔了怔，转过身，看到一个年龄相仿的男生，眼神怪异地望着自己。

"真的是你？"男生长吐口气。他和宁惜梅并不是很熟，生怕认错人。

宁惜梅没有说话，打量着眼前的这个男生。

个头比常人稍高些，估计一米七，体型是这个年龄男生普遍性的瘦削，但并不柔弱，相反有种如剑一般的锐气。脸庞棱角分明，显得坚毅沉着，很容易让人产生好感。

"你不认识我了？我是杨皓轩啊，何家骏的同学。"男生笑着说。

"嗯。"宁惜梅含含糊糊地应了声。

杨皓轩关心地问："你……你是不是有什么事？"

这么冷的秋夜，又下起了雨，宁惜梅竟然只穿着一袭白色连衣裙独自在湖边散步。再联想到何家骏那个花花公子的性格，杨皓轩担心宁惜梅会做傻事。

"你和何家骏吵架了？"

宁惜梅摇摇头，仿佛孩童一般，侧着脸，睁着一双清澈的眼眸，好奇地看着杨皓轩。

虽然对宁惜梅没有想法，但被她这样一直看着，杨皓轩也有些窘迫。

"这小子！"他恨恨地骂了句，掏出手机，拨打何家骏的电话。

电话响了很久才接通。

"家骏吗？你在哪儿？"

"我在家休息。有什么事？"何家骏的声音有气无力。

"这么早就回家，不像你的风格啊？"

"我身体有些不舒服，要早点儿睡，没事我挂了。"何家骏很不耐烦的样子。

"等下，我和你说件事。我在青山湖畔遇到了宁惜梅，她一个人在街上淋雨。你俩是不是出了什么事？"

"你说什么？你遇到了宁惜梅？"

虽然隔着手机，杨皓轩仍然感到他的声音有些古怪，似乎在微微颤抖。

"是啊！"

"她……她……她和平时有什么不同？"

"没什么不同，就是脸色苍白了点儿，心情似乎也不好，穿得很少。你们俩是不是吵架了？"

"没……没吵架……"

"你要不要和她说几句？"

"不用了，我要睡了！"没等杨皓轩反应过来，何家骏就挂掉了电话。

再打，已经关机了。

杨皓轩苦笑，转过头看到宁惜梅幽怨的眼神，暗自揣测两人的感情肯定是出了问题。

"要不，我送你回学校？"

他始终有点儿担心，怕宁惜梅想不开。在他的印象中，宁惜梅是个很纯情很古典的女生。而他的那位同学，恰恰是个很多情很现代的男生。

从一开始，他就不看好两人的感情。只是，碍于同学关系，他不便多说什么。

这个世界，有太多类似的故事在演绎。

宁惜梅依旧没有说话，对着杨皓轩点了点头。

杨皓轩脱下外套，披在宁惜梅身上："别淋雨了，小心感冒。我们去对面打车吧。"

"好。"宁惜梅总算说了一个字。

她倒真是惜字如金。

杨皓轩吐了口气，之前，宁惜梅一直不说话，害得他很紧张。

"走吧。"

他迈步往前，走了几步，又停了下来。

原来，宁惜梅走得很慢，还是保持雨中散步的那种节奏。

他只好放慢速度，和宁惜梅齐肩并行。

还好，雨不大。否则，以这种速度行走，两人不淋成落汤鸡才怪。

不远处，就是过街的地下通道。挨着石梯下行，走到地下通道的三岔口。

杨皓轩正要上石梯，突然听到"叮"的一声响，清脆入耳。

原来，在石梯的角落里躺着一个老头子，穿着破棉袄，戴着一副墨镜，地上铺了张纸，上面写着"摸骨听声"四个字。

6

只是个江湖相士而已。

杨皓轩掏出一些零钱，悄悄放进老头的瓷碗中。

他并不想算命占卜，只是有些同情这个露宿街头的老人。

"这位先生，谢谢你的好意。可否暂且留步，听小老儿唠叨两句？"老相士慢腾腾地爬起来。

杨皓轩笑了笑："谢谢师傅好意，可我现在有事，下次再来听师傅教诲吧。"

老相士的声音仿佛有磁性般："耽误不了你多少时间。茫茫人海，你我能相遇，便是有缘。小老儿一无所长，便赠几句金玉良言给有缘人吧。"

杨皓轩原本不信这些，见老相士情意切切，倒也不好拂了他的意。

"好吧，我洗耳恭听。"

老相士坐得端端正正，一脸肃穆，伸手去摸杨皓轩的手。

原来，老相士是个瞎子。

老相士将杨皓轩的手捏在手中，略微揉搓了几下，慢腾腾地说："先生年龄虽轻，却出身尊贵，日后前途亦是不可限量。只是……"

杨皓轩微微一笑，先道喜，再报忧，正是江湖术士骗钱的不二法门。

"只是什么？"

"只是，先生近日恐有小劫，还请远离女色为好。自古道，红颜祸水，此言极是也。"

杨皓轩暗自苦笑。他出自官宦世家，家风严谨，绝非何家骏之流可比。虽然也在南江大学读书，却以治学为重，对男女一事一向不放在心上。其中固然有未遇倾心女子之故，亦有自视极高不愿随波逐流之意。

"谢谢师傅点拨，小小心意，不成敬意。"

尽管不相信老相士的话，他还是拿了张二十元的纸币，递到老相士手中。

意外的是，老相士却不接受，叹息着说："先生宅心仁厚，将来必有厚报，倒是小老儿多虑了。"

杨皓轩微微一怔，没想到自己的心思竟然被老相士猜得一清二楚。

"师傅还是收下吧，金玉良言，我必将谨记于心。"

老相士知道杨皓轩态度有所转变，便不再推却，坦然受之。

"宁惜梅，我们走吧。"

自始至终，宁惜梅没有说话，静静地站在那儿看着老相士，眼神里充满了迷茫。

老相士大吃一惊，声音都有些沙哑："这位先生，你身边可有位姑娘？"

"是啊，怎么了？"杨皓轩这才发现，宁惜梅和老相士的脸色都怪怪的。

一向镇定自若的老相士居然有些激动："这位姑娘，可否说句话，让小老儿听听？"

宁惜梅走上前，张了张口，想说些什么，最终却什么也没有说，摇了摇头，转身独自走上石梯。

"不好意思，她心情不好，不愿意说话。"杨皓轩没有多想，匆匆解释了两句，快步追过去。

此时，宁惜梅走路的速度，比刚才雨中漫步时要快多了。

"咦，怎么一下子就走这么快了？"

宁惜梅抿嘴微微一笑，清澈的大眼睛毫无顾忌地直视着杨皓轩。

杨皓轩有些不好意思地挠挠头，笑了笑："走吧。"

他没注意到，身后的老相士直打哆嗦，口中喃喃自语，仿佛在述说一个极为恐怖的事情般，身体神经质般地抽搐着。

穿过地下通道，杨皓轩和宁惜梅来到路旁的店面下避雨。等了十几分钟，杨皓轩都没有拦到出租车。征得宁惜梅同意后，他干脆和宁惜梅走到前面站台乘坐公共汽车。

公共汽车仿佛一条犁地的老牛，喘着粗气慢腾腾地行驶着，里面挤满了人。

窗外的景物，在霓虹灯和秋雨的印染下显得光怪陆离，仿佛另一个虚幻的世界般。

宁惜梅似乎很不适应公交车的颠簸，一只手牢牢抓住吊环，另一只手竟然握住杨皓轩的手，半个身子靠在他身上。

她的手很冷，仿佛一块寒冰般。

看到宁惜梅柔弱的身体，杨皓轩不禁有些心痛。

如果宁惜梅是他的朋友，他会毫不犹豫地劝她离开何家骏。可惜，他和她仅有一面之交，而这一面之交还是因为何家骏的缘故。

想到何家骏，杨皓轩就有些气愤。如果不是父亲再三叮嘱，不要和他发生冲突，他真想暴打他一顿。

即使是世交，即使是从小玩到大的好友，即使是同居一室的同学，他依然没办法接受何家骏的所作所为，甚至以此为耻。

但是，这是何家骏的私事，只要没出事，他就没办法。何况，要管，也是他的家长和学校来管，还轮不到他来管。

公共汽车突然紧急刹车，宁惜梅的身体失去了平衡，整个人都撞进了他的怀中，柔腻无比。

杨皓轩毕竟年轻，不免有些心猿意马。

耳边，突然响起老相士的话："红颜祸水……"

他不由得打了个寒战，强自按捺住悸乱的心跳，身体稍稍向后靠。

"你小子吃了豹子胆，连我的女朋友都敢抢！"一个粗鲁的声音在他耳边大叫，把他的耳朵都快震聋了。

怎么回事？

杨皓轩正疑惑着，身旁一下子多了三个年轻人，一个个面露凶悍之色，对着他直瞪眼睛。

其中一个高个子，一把拽过宁惜梅，搂在怀中，叫道："哥们儿，给我揍他！"

一个小平头扬起了手，一巴掌打过来。

杨皓轩下意识地用手臂去挡，正好切中了小平头的手腕，痛得他直龇牙。

"哟，你还敢还手！不想活了！"另一个光头"刷"的一下亮出了匕首，刀刃白晃晃的非常刺眼。

身边的乘客早已识趣地闪出一片空地。

杨皓轩这才明白，遇到了流氓。

可悲的是，整车的乘客没有一个人愿意帮他。就连司机也当做没事发生般，专心致志地开着他的公交车。

匕首慢慢地横在了胸前，光头恶狠狠地说："你玩了我大哥的女朋友，又打伤了我的兄弟，这笔账怎么算？"

"你想怎么样？"出乎乘客们的意料，杨皓轩表现得很冷静。

"看你斯斯文文的，估计是大学生吧。别说我们欺负你，你出点儿医药费，这件事就算了。"

光头倒也不客气，伸手就去掏杨皓轩的钱包。

杨皓轩没有反抗。

"妈的，真晦气，就这么点儿钱！"光头将杨皓轩钱包里仅有的六百元全部掏光，怒冲冲地吐了口唾沫。

这时，公共汽车到站了，司机恰到好处地开了车门。

"我们走吧！"小流氓们准备撤退。

高个子怪笑着说："老子的破鞋，你喜欢，就送给你吧！"

他在宁惜梅的脸蛋上狠狠地捏了一把，狂笑着下了车。

杨皓轩问道："你没事吧？"

宁惜梅摇了摇头。

"我们下车！"

杨皓轩拉着宁惜梅下了车，对前面还没走远的小流氓们叫道："等一下！"

小流氓们看到杨皓轩追过来，一个个嘻嘻哈哈地大笑着。

"哟，找场子来了？"

"想在美女面前逞英雄？当心英雄没逞成，把小命丢了！"

杨皓轩快步走过去，厉声喝道："道歉！"

"道歉？我看你嫌命长了！"高个子凶神恶煞般地亮出匕首。

没等他捅过来，手腕就被杨皓轩扭住，骨头"咯咯"直响，痛得眼泪都流出来了。

身旁的两个同伙见势不好，一拥而上，却被杨皓轩两个干净利落的高劈腿踢得头晕眼花。

"道歉！"

"对不起！"高个子的声音带着哭腔，"这位兄弟，咱有眼不识泰山，哎哟，轻点儿，轻点儿，要断了……"

"不是我，是向她道歉！"杨皓轩指着宁惜梅喝道。

在公共汽车上，他怕误伤乘客，所以索性让他们敲诈点儿钱财。谁知他们得寸进尺，竟然对宁惜梅动手动脚，还用言语辱骂了她。他脾气再好也受不了。

"对不起，你饶了我们吧……"

小流氓们一个个点头哈腰，满脸的媚笑。

杨皓轩实在看不下去，放开手，怒骂道："滚！"

小流氓们如获大赦，落荒而逃。

杨皓轩怕节外生枝，打了辆的士送宁惜梅回了南江大学。

下车后，他才发现，钱包里空空如也，竟然忘记向小流氓们要回被抢的钱。

还好，在校门口遇到一个相识的同学，从他身上借了一百元，这才付了车费。

回家后，他一夜未眠，满脑子都是宁惜梅的身影。

7

"叮"的一声，阴暗的后巷里冒出一串火焰，将一个光头映衬得闪闪发亮。

他是刚才调戏宁惜梅的其中一个小流氓，喝得醉醺醺的，正眯着眼睛狠狠地吞吐着手上的香烟。

被杨皓轩教训了一番后，他们什么兴致都没了，躲进了一家小餐馆里喝酒骂娘。

这年头，当混混儿，也不是那么容易的。

以前，他还以为自己是做大事的，像《英雄本色》中的小马哥、《古惑仔》中的陈浩南一样，轰轰烈烈，数不清的美女、花不完的钞票，走到哪儿都有兄弟，走到哪儿都受人尊敬。在社会上转了一圈才知道，电影只是电影，生活远比电影来得现实。

想出头，就要比别人狠，比别人凶，结果狠的凶的，不是被别人打残打死，就是进了深牢大狱不见天日。运气好的，侥幸躲开警察的追捕，也一样成为过街老鼠被通缉，惶惶不可终日。

他终于明白，电影里的黑帮故事只是一个童话，和白雪公主的故事没什么区别，都是用来麻醉和幻想的。如果连虚拟和现实都分不清楚，这种人活该被社会淘汰。

于是，他学精了。尽管剃了光头，文了身，时不时装出一副凶神恶煞的样子，可抢劫杀人绑架贩毒的事从来不干，骗人敲诈小偷小摸的事没少做。

今天，他和高个子、小平头约好找一对小情侣敲上一笔，混几个零花钱。上车的时候，他们就盯上了杨皓轩和宁惜梅，一看就知道是不谙世事的大学生情侣。没想到的是，杨皓轩个头不高，身材瘦削，手上的功夫却不弱，三个人被他打得落花流水。

"真是个笨蛋！"光头在心里骂了声。

那小子只顾着英雄救美，被他们抢去的六百元钱却没有收回，白白便宜了他们。

从杨皓轩手里逃出来后，他们转身就开始讨论怎么花这笔横财。

高个子的意思是去迪厅买药"嗨"一下，可惜这点儿钱无论如何都不够三个人"嗨"。小平头是个酒徒，二话不说拉着他们就进了小餐馆。其实，按他的意思，不如去宾馆开房快活一下。

刚才，那个学生妹清纯的样子，让他有种情难自禁的感觉。在车上，趁着混乱的时候，他可是偷偷摸了学生妹好几下。

"小强，你倒是快点儿！"前面，高个子不耐烦地喊道。

"来了！"光头熄灭了手上的香烟，摇摇晃晃地往前走。

可是，没走几步，他就停了下来。

他听到了一个奇怪的声音，"呼哧呼哧"……

仿佛是喘气的声音。

他记得很清楚，这条后巷是单行道。他出来的餐馆，就是后巷的尽头。

"谁？"光头恶狠狠地骂道，"别鬼鬼祟祟的，给老子滚出来！"

没有人回答他，不过喘气的声音渐渐变小了。

光头猛地转过身子，左手紧紧拽住兜里的匕首。

什么都没有！

喘气的声音突然消失了。

是幻听？

光头突然想起一件事。

听说，上个月，就在这条后巷里，一个上晚自习的高中女生被人奸杀了，连眼睛都被凶手挖掉了。

那晚，风凄雨冷。小餐馆的老板说，他似乎听到有人拍门。可是雨太大，他懒得起来开门。结果，那一晚，他睡得很不踏实，老是听到喘气声。

原本，他还以为只是在做噩梦，天亮后才知道听到的声音是真的，那是高中女生喘气的声音。

只是，直到现在，他都没弄明白，隔得那么远，怎么能听得到高中女生的喘气声？

至于眼睛被挖，很可能是凶手怕女生的眼睛泄露他的秘密。

据说，有种电脑技术，可以从死人的眼睛中，抽取临死那一瞬间最后一幕的场景。

光头打了个哆嗦，不知怎的，他的腿有些发软，似乎有股寒气从脚底直冲脑门。

难道，真的是被害女生的冤魂？

"你……你别找我，我和你无冤无仇……"光头慢慢地转过身子，重重地抬起脚，深深地呼吸，小心翼翼地迈开步子往前走。

身后，什么动静也没有。

一切正常。

可他清晰地感到不对劲。

究竟是哪里不对劲？

光头抬起头，终于发现了异常。

是月亮！

原本皎洁的月亮，竟然变成了血红色，如鲜血一般，红得妖艳凄迷，仿佛不似人间。

他不由得全身发冷，身体开始战栗不已。

相传，血月当空必有妖邪之事发生，妖狐拜月、野鬼画皮、借尸还魂……

他使劲地咬了咬嘴唇，唇间清晰地感觉到疼痛。

不是梦，不是幻觉。

一切，都是那么真实，却又那么虚幻。

光头再也忍不住了，张开口想大喊一声，喉咙却好像被什么东西扼住了，一点儿声音也发不出来。

一只手，纤细洁白，轻轻地扼在他的喉咙上，毫不费力地将他的身体提了起来。

光头呼吸越来越困难，脸涨得通红，却根本无法反抗。

所有的力气，仿佛突然间失去般。

"咯咯……"

他听到自己喉骨破碎的声音。

"小强，你在做什么！怎么还不过来？"高个子明显有了火气，他是小流氓团伙中的头领。

"是不是喝醉了，走不动了？"小平头打着哈哈笑着说。

"这小子，真是孬种，就知道在女人身上折腾，连酒都不会喝，怎么出来混？"高个子气呼呼地往回走。

光头躺在地上，脸朝下，仿佛睡着了。

高个子气不打一处来，伸出脚狠狠地踢向光头："你给老子起来！"

光头浑然不觉，躺在地上，动也不动。

"喝点儿酒就成这样，真没用！"高个子摇摇头，叹了口气，对小平头说，"你把他扶起来。"

奇怪的是，小平头不听他的指挥，呆头呆脑地站在那里，仿佛一具僵尸般。

"你聋了！我叫你把他扶起来！"高个子一肚子气没地方发泄，想也不想，朝小平头扇了记耳光。

这记耳光扇得结结实实，小平头根本就没有躲闪。

高个子愣住了。

他终于发现，气氛有点儿不对劲。

小平头依然笔直地站在他面前，可眼神空洞无比，没一点儿色彩，仿佛——仿佛死鱼的眼睛般。

"你……"高个子后退了几步，手指向小平头，声音里满是掩饰不住的惊慌，"你……你怎么了……"

直到现在，他才发现，原本比他矮了许多的小平头，现在居然和他差不多高。

低头一看，小平头的脚竟然是悬空的。

转过头，再看看地上的光头，哪里像睡着了，分明是一具没有生命的尸体。

"怎么会这样？"高个子呻吟了一声，酒意全醒了，浑身直冒冷气。

他扶着墙，想绕过小平头逃出去。

可小平头的身体居然也随着他环绕的角度慢慢地旋转，嘴角仿佛带着一丝不易觉察的笑意，说不出的诡异。

高个子大叫一声，猛地发足狂奔，奔向后巷的出口。

出了后巷，就是灯火通明的街道，那里有川流不息的人群。

短短的一百多米，现在却显得特别漫长。也不知是喝多了酒，还是心慌意乱，快出巷口时，他被什么东西绊了一下，狠狠地摔了一跤。

挣扎着爬起来，隐隐看到有什么东西顺着墙壁爬过来，仿佛巨大的壁虎般，奇快无比，瞬间就超越了他，跳到他面前，挡住了他的去路。

他终于看清了眼前的东西。

可惜，他永远没有机会说出来了。

宁惜梅静静地躺在床铺上，什么也没盖，眼睛紧闭，双腿伸直，双手展开，手心向上，似乎连呼吸都停止了。方媛心中一动，这睡姿，哪儿像妙龄少女，更像传说中的僵尸。

第三章
同室诡友

8

阳光很好。

方媛懒洋洋地躺在绿油油的草地上，闭上眼睛，尽情舒展身体。

金色的阳光倾泻在她的脸上，带着几许暖意，从裸露的肌肤一直渗入内心深处。

她喜欢这种感觉，暖暖的，烘得身体都仿佛要融化般。

即使经历了这么多事，她依然觉得，这个世界是如此美好，用感恩的心去对待生命里的每一天。

她突然想起普希金的那首小诗：

假如生活欺骗了你，
不要悲伤，不要心急！
忧郁的日子里需要镇静；

　　相信吧，快乐的日子将会来临。

　　心儿永远向往着未来；

　　现在却常是忧郁。

　　一切都是瞬息，

　　一切都将会过去；

　　而那过去了的，

　　就会成为亲切的怀恋。

　　生活总是充满各种悖论。谁又能想到，能写出这种诗的人，仅仅因为别人对他妻子的示爱而决斗身亡。

　　"可怜的人。"方媛在心里暗想。

　　她不明白，为什么那么多才华横溢的诗人总是掩藏着一颗脆弱的心灵。很多人说，女人是感性动物，可那些诗人、作家，比女人更感性。王国维、海子、顾城、海明威、川端康成……

　　这些人，都是亲手结束了自己的生命。

　　"真寂寞啊！"

　　方媛不想让自己沉浸在伤感的情绪里，缓缓睁开眼睛，转身背向渐渐滚烫的阳光。

　　"喂！"

　　操场的另一边，凌雁玉朝方媛摇了摇手，继续和那个瘦高的男生踢足球。其实，她根本就不会踢，只是胡乱纠缠着那个瘦高男生而已。

　　这小妮子，春心荡漾了？

　　方媛站了起来，想回寝室去冲凉。

　　"喂！"

　　这次，声音就在身旁。

　　转身一看，居然是苏雅，拉着一张臭脸。

　　她却见怪不怪："咦，你不是去相亲了吗？"

　　"相完了。"

　　"哦。"

　　方媛没有继续问下去，似笑非笑地看着苏雅。

　　苏雅没好气地质问："你笑什么？"

方媛一副委屈的样子："我没笑。"

"你还说你没笑？你明明在笑我。"

"唉，欲加之罪，何患无辞。"方媛故做悲伤状，"看来你是受了严重打击，没想到，居然会有人看不上我们苏大小姐。"

苏雅气结："你瞎说什么？"

方媛一本正经地说："苏雅，你就别硬撑了。天涯何处无芳草，哦，不对，是天涯何处无帅哥，你就节哀顺变吧。唉，又说错了，是养精蓄锐，等待下一次机会吧。想哭的话，你就哭出来吧，我把肩膀借给你。"

苏雅彻底被方媛打败了："方媛，你……你真讲义气！"

"那当然！我们是好姐妹嘛！"方媛一副义不容辞为朋友两肋插刀的样子。只是，她的笑容，怎么看起来那么假？

"我真的好感动。"苏雅搂住方媛，嘴唇靠近方媛的耳朵，轻轻地说，"你去死吧！"

话音刚落，苏雅肩、腰、臂一起用力，一个漂亮的背负摔，把方媛摔在草地上。

方媛仰面躺在草地上，金色的阳光刺得眼睛都睁不开，炽热的温度让她感觉仿佛变成一只烤鸭般。

尽管如此，但她丝毫没有站起来的意思，懒洋洋地躺在草地上，双眉微蹙，似乎在思索着什么。

"方媛？"苏雅有点儿担心，怕摔伤了她，"你没事吧。"

"没事，我在想……"方媛停顿了一下，不怀好意地看着苏雅，慢悠悠地说，"我在想，究竟是什么样的男生，惹得我们苏大小姐这么生气。"

苏雅伸出手，拉住方媛的手，弯腰用力，将她拉了起来。

"别提了，是色中恶魔、人中极品。"苏雅愤愤地说，"我还以为他只是卑鄙无耻下流，没想到还那么猥琐恶心龌龊。"

方媛怔了怔，能得到苏雅如此评价的男生，可真不是一般人。

"他究竟做了什么人神共愤的坏事，让我们的苏大小姐气成这样？"方媛仿佛自言自语，思索了几秒，突然间恍然大悟般，惊骇地望着苏雅，"难道，他……你……不会吧……"

苏雅差点儿跳了起来："方媛，我警告你，别用这种眼神看我！你别想歪了，我和他之间什么事都没有。只不过……"

"只不过什么？"方媛的笑靥充满了暧昧。

苏雅气极了，恨恨地看着方媛，突然莞尔一笑："可惜啊，那个方振衣，一点儿也不懂得怜香惜玉，就这样消失在茫茫人海中，害得我们方媛同学夜夜孤枕难眠。"

"你说什么！"方媛的脸仿佛被什么烫了一下，没来由地红了起来，宛如醉酒般，格外的楚楚动人。

"好了，我不说了。"苏雅仿佛获胜的将军般，大度地摆摆手，"我说，方媛同学，己所不欲，勿施于人。这点儿道理，还要我教你？"

方媛苦笑，做投降状："你赢了，总行了吧。等会儿我们去逛街买衣服，我来埋单好了。"

苏雅笑了："算了吧，你那点儿血汗钱，我可不敢花，免得被人诅咒遭报应。"

这时，凌雁玉总算结束了她的踢球运动，小兔子般蹦蹦跳跳地来到两人身旁。

"一个好消息，一个坏消息，你们要听哪个？"

方媛说："坏消息吧，我习惯先苦后甜。"

凌雁玉仿佛有些不好意思："坏消息是，他们寝室向我们寝室提出联谊寝室的申请。"

苏雅"哼"了一声，冷冷地说："好消息是，你答应了他们？"

凌雁玉笑得古灵精怪："我哪儿有那么笨，这事当然要全寝室民主决策。好消息是，他们愿意接受我们的考察，时间、地点、活动，全部由我们定，费用全部由他们出。耶！法国大餐、高尔夫球、酒吧、会所、万达影城……"

"停！"苏雅没好气地说，"只是联谊寝室，你以为是当小三啊，净想着别人口袋里的钱。"

"你当然不用想，反正你有个有钱的老爸，怎么花也花不完。可怜我们这些平民百姓，生活在水深火热中，连个包包都买不起，平常吃饭只能吃个半饱，生怕吃了这顿没下顿。"凌雁玉可怜兮兮地说。

苏雅才不吃这套："你别在我面前装可怜，不就是想谈恋爱泡帅哥嘛，别把我拉上就行。"

方媛本想装着没看见凌雁玉的眼色，耐不住她苦苦哀求的样子，看了看操场那边，那瘦高男生还算顺眼，勉勉强强地说："我看，联谊寝室也不错。不是所有的男生都像你遇到的极品。话说回来，他到底对你做了什么事？"

"你想知道？"

"嗯。"

"我偏不告诉你！"苏雅恨恨地说，"你这么喜欢做好人，小心好心没好报！"

凌雁玉对苏雅做了个鬼脸："我就说嘛，方媛姐姐最好了，不像苏雅姐姐，冷冰冰的，怪不得这么漂亮也没人要。"

"这话你就说错了。"方媛严肃地对凌雁玉说,"我们苏大小姐身边从来不缺追求者,而且都是极品级别的。她还有未婚夫,来头还不小,据说是高干的独生子。"

"啊!"凌雁玉张大了嘴,仿佛不相信般。

"只不过,我们苏大小姐可不是那么好追求的,那小子一个没注意,惹得苏大小姐生气,结果被她亲手送到刑场上去了。"

"方媛,你说的不是真的吧?"

"如果我说的是假话,苍天作证,让我一辈子嫁不出去。"

凌雁玉脸色有些苍白,看了看方媛,又看了看苏雅,嘴唇抽动了几下,终于没再说什么。

9

方媛看气氛有些尴尬,转移话题,指着操场上那个踢球的瘦高男生:"咦,这个男生,我以前似乎没见过,是哪个班的?"

凌雁玉仿佛有些不好意思,轻声说:"他是南江大学 03 级哲学系 2 班 332 寝室的。"

方媛愣住了:"南江大学? 不是我们医学院的?"

前些日子,省教育厅对全省大学进行了整合,南江医学院并入了南江大学,成为其附属学院。但在学生眼中,并没有什么变化,校区、老师、学生依然保持原样。

他怎么会突然跑到医学院来? 还偏偏这么巧认识了凌雁玉,提出联谊寝室的要求? 难道他从来没听说过 441 寝室的恐怖传闻?

方媛心里想着,嘴上却没有说出来。她知道,对一个想恋爱的女生来说,除了她想听的,其余的话根本就听不进去。

她总觉得,爱情是一种病,一种精神亢奋的病,能把智商迅速降低到白痴的程度。

"你刚才说什么? 哪个寝室的?"苏雅仿佛被蛇咬到一般,突然叫了起来。

凌雁玉吓了一跳,慢吞吞地说:"南江大学 03 级哲学系 2 班 332 寝室……如果你们觉得不合适,我推掉就是了。"

显然,凌雁玉言不由衷。

"不,太合适了!"苏雅冷笑两声,反问道,"谁认为不合适? 南江大学,哲学系,332 寝室,呵呵……"

她笑得很开心，仿佛捡到了宝贝似的。

方媛皱了皱眉。苏雅的笑声实在难听了点儿，看来 332 男生寝室有人要倒霉了。

"方媛！"柳雪怡上气不接下气地跑了过来。

"别急，休息下，慢慢说。"

"我们寝室，新搬来一位同学。"

"哦，寝室有那么多空位，有新同学搬来，也是正常的。"方媛似乎不以为意，心里却直犯嘀咕。

仅仅是三个月前，医学院出现了连环杀人案，五名少女同时离奇死亡。巫咒、苗蛊、鬼火、邪降、魔音……在一名叫方振衣的奇人帮助下，方媛和警方顺利捣毁了盘踞在医学院地底下的月神宫殿，剪除了月神族的余孽。

事后，方振衣飘然而去，秦雪曼隐世不出，吴小倩返回苗族，441 女生寝室只剩下方媛、苏雅、凌雁玉和柳雪怡四个女生。

现在，又不是开学的时候，怎么会有人突然搬进 441 女生寝室？何况，441 女生寝室的名声实在不怎么好听。

"笨，你不会拦住她，别让她搬进来。"苏雅骂道。

柳雪怡怯怯地说："我不敢。"

"不敢？"

"为什么不敢？"

"我也不知道为什么，就是不敢。"柳雪怡压低了声音，"我总觉得，她身上有股邪气。"

"邪气？"

苏雅摸了摸柳雪怡额头，仿佛自言自语般："奇怪，你没发烧啊。"

柳雪怡咬着牙说："我知道，我说什么都没用，所以叫你们一起去看看。"

"去就去，我还不信，她能吃了我！光天化日，朗朗乾坤，我还能见鬼不成？"

凌雁玉弱弱地问："那联谊寝室的事？"

这小丫头，还惦记着联谊寝室。怪不得别人说，动了真感情的女人是天底下最笨的。

方媛微微笑着说："联谊寝室的事，当然要征询新室友的意见。你说对吧？"

凌雁玉的脑袋果然不好使，机械地点头："对，应该的。"

方媛叹息了一声。凌雁玉这种女生迟早要被男生骗的。只希望，骗她的男生有点儿良心，别让她伤得太深。

"我们回寝室吧。"

一路上，四人缄默不语，各自想着心事。

回到 441 女生寝室，推开门，走进卧室，果然看到一个白裙女生，坐在方媛的床铺边，托腮凝望着窗外，若有所思。

方媛轻声问："请问，这位同学，你是？"

"宁惜梅。宁死不屈的宁，惜墨如金的惜，梅妻鹤子的梅。"白裙女生站起来，转身面对着方媛。

好素雅的女生！

美女见得多了，但或多或少有化妆的痕迹。眼前的这个女生，娥眉翠羽，明眸皓齿，细光如脂，粉光若腻，却是浑然天成，不施粉黛而容颜如朝霞映雪，宛如温润美玉。

"方媛？"宁惜梅微微一笑，眼神却高深莫测，和她清纯的容颜形成极大的反差。

她怎么认得我？

方媛蓦然一惊，惊愕地望着宁惜梅。

这个女生，看上去如此完美，却让她有种胆战心惊的感觉。怪不得柳雪怡说，她身上有股邪气。

"你不是我们医学院的学生！"苏雅冷冷地说。

"我是南江大学中文系的。"宁惜梅看都没看苏雅，眼睛一直在打量方媛，似乎对她充满了好奇。

"中文系的，跑到我们医学院的宿舍来做什么？"

"我喜欢这里。"宁惜梅总算将目光从方媛身上移开，看着苏雅，轻声问，"不可以吗？"

苏雅本想说："当然不可以！"

可是，她还没来得及说出来，身体突然被什么东西压住了般，根本就不听使唤，仿佛梦魇中的"鬼压床"般。

怎么会这样？

光天化日，朗朗乾坤，苏雅的身体仿佛被禁锢了，连话都说不出来。

"你不反对，就是同意了，对吧。"宁惜梅轻蔑地看着苏雅，嘴角露出几丝嘲笑。

苏雅竟鬼使神差地点点头。

"你们两人不会有意见吧？"

宁惜梅虽然是在问凌雁玉、柳雪怡，但丝毫没有等待她们答复的意思。她对方媛嫣然一笑，施施然地走到方媛的床铺，轻声说："你把这个床铺让给我，好吗？"

"好。"

话说出来，方媛也吃了一惊。她分明是想说不好。

"那就这样了，我有点儿累，想休息了。"

宁惜梅伸了个懒腰，大白天的居然说睡就睡，仰面躺在床铺上，闭上眼睛，不一会儿就睡着了。

如果秦雪曼和吴小倩在这里就好了。

苏雅朝方媛招了招手，四个人悄悄走出卧室。

走出卧室时，方媛特意回头望了一眼宁惜梅。

宁惜梅静静地躺在床铺上，什么也没盖，眼睛紧闭，双腿伸直，双手展开，手心向上，似乎连呼吸都停止了。

方媛心中一动，这睡姿，哪儿像妙龄少女，更像传说中的僵尸。

10

四个女生站在寝室客厅里，面面相觑，一时间，不知道说什么好。

半晌，柳雪怡压低了声音说："我早就说过了，她身上有股邪气。"

"不仅仅是邪气，还有杀气。"苏雅的话更加让人毛骨悚然，"只有传说中的杀气，才会有如此强大的压制力，能让人说出违心的话。"

"杀气？那不是武侠小说家编出来的吗？"凌雁玉傻傻地问。

"不是，杀气是真的存在。刚才，她和我说话的时候，突然两眼发光，仿佛有一座山压在我身上般。那时，我有种奇怪的感觉，感觉她随时能将我撕裂。"苏雅心有余悸地说。

"奇怪，我的感觉怎么和苏雅完全不同？"方媛挠了挠头，直皱眉头。

"你是什么感觉？"

"我的感觉是，我的确是说'不好'，可耳朵听到的是'好'，似乎有人抹去了那个'不'字。"

"我听到你是说'好'，心里还奇怪，你怎么这么好说话。"

凌雁玉和柳雪怡也表示听到方媛说的是"好"。

方媛苦笑："看来，这个宁惜梅真的是高深莫测了。如果雪曼和小倩没走就好了。"

苏雅说："你打个电话问问她们。她们见多识广，也许会知道宁惜梅是什么人。"

方媛掏出手机，拨打秦雪曼的手机号码，对方却关机了，始终打不通。

再拨打吴小倩的手机号码，这次，没等多久，就听到吴小倩的声音："方媛，找我有什么事？"

"小倩，我们寝室新来了一个女生，叫宁惜梅，举止很怪异，想问问你。"

她把刚才的情形原原本本地讲述了一遍。

吴小倩沉默了一会儿，问："她的眼睛有没有红光或黑点？"

方媛想了想，说："那倒没有。"

吴小倩仿佛在思索："按你的描述，那个女生用的应该不是蛊术，更像雪曼那一脉的摄魂术。只是，摄魂术易修难精，以她的年龄，怎会有那么深的功力？你为什么不去问她？"

"不知为什么，打不通雪曼的手机。"

吴小倩叹息的声音传来："我和雪曼分手的时候，她曾偷偷告诉我，她命中注定有天劫，不知道是否能够脱逃。"

方媛奇道："不就是月神殿七星夺魂阵之劫？她不是已经破了？"

"雪曼原来也是这样认为的。后来遇到一个高人，重新占了一卦，才知道天劫只是刚刚开始。就连我，也是应劫之人。而且，此劫……"

说到这儿，吴小倩停了下来，似乎在考虑是否说下去。

方媛没有催问，拿着手机静静地等待。

良久，吴小倩终于接着说下去："这次天劫，和我们 441 女生寝室有关，非人力所能避免。不但雪曼和我，方振衣也是应劫之人。除了远离 441 女生寝室，积善惩恶，顺应天道，没有其他办法。"

"啊！"仿佛一个惊雷，炸得方媛目瞪口呆。

怪不得，方振衣匆匆离去，秦雪曼和吴小倩不辞而别。

吴小倩的声音充满了歉意："方媛，你多保重。"

"等一下！"方媛大叫了一声，把苏雅她们吓了一跳。她们还从来没见过方媛如此失态。

"会不会是你们弄错了，根本就没什么天劫？说这话的人，是骗你们的？"

吴小倩斩钉截铁地说："不会！"

想想也是，方振衣、秦雪曼、吴小倩，他们是何等人物，又怎会轻易上当受骗。

"你告诉我……"方媛握着手机的手都在微微颤抖，"我和苏雅，还有凌雁玉、柳雪怡，是不是应劫之人？"

吴小倩回答得很干脆："抱歉，我真的不知道。如果让我推测的话，应该不是。"

"为什么？"

"如果你们也是应劫之人，大师没道理不让你们离开 441 女生寝室。何况，你们都是凡夫俗子，天劫的对象一般是我们这种修'道'之人。"

所谓的"道"，原本就很玄乎，没人能说得清楚。剑有剑道，棋有棋道，茶有茶道，天地万物，似乎都有规律可循。

方媛总算松了口气："那你……"

吴小倩笑了，虽然隔着手机，银铃般的笑声依然非常悦耳："你就不用担心我了，过些天，天劫一了，我就回 441 寝室找你们。"

"那你要小心。"

"好的，再见。"

方媛挂了手机，将吴小倩的话转述给苏雅她们听。

苏雅低着头思索了一会儿，似乎想到了什么，刚要说出来，却看到方媛朝她使眼色。

柳雪怡嘀咕了一句："寝室里来了这样一个怪人，我们怎么办？"

方媛微微一笑："静观其变吧。我想，我们诚心诚意对她，她未必会拿我们怎么样。"

凌雁玉附和道："方媛姐姐说得对。人心都是肉长的，我们对她好，她总不可能对我们坏吧。"

苏雅的脸色却不太好看，似乎想发作，碍着方媛的眼色，强自忍了下来。

这时，寝室里的固定电话突然响了起来。

凌雁玉一个箭步冲了过去，立马提起话筒，那反应、那速度，分明是早就准备好的。

"喂……是你啊……怎么样……哦……这样啊……等一下，我要和寝室的姐姐们商量下。"

凌雁玉捂住话筒，对方媛她们说："332 男生寝室邀请我们晚上去万达广场，看电影、吃肯德基。"

"好啊！"方媛想也没想就答应了，"苏雅，你也去，好吗？"

苏雅显然没那个兴致，不知道方媛葫芦里卖的什么药，不置可否。

柳雪怡自然不会反对。自从失恋后，她总是一个人闷着，都要闷出病来了。

凌雁玉看她们都不反对，兴奋地说："闷哥，你听着，她们答应了。我们这边一共四个人，你那边几个人？晚上七点，来我们女生宿舍门口接我们，记住，千万别迟到哟。"

放下电话，凌雁玉按捺不住心中的兴奋，竟然在原地蹦了好几下。

"唉，你这小妮子……"方媛摇摇头，仿佛被凌雁玉感染了，微微笑了笑。

"现在才上午十点，离晚上七点还早呢。"柳雪怡好意提醒凌雁玉。

就算是傻瓜，也能看出凌雁玉被丘比特之箭射中，坠入爱河。

"今天周末，我们正好去逛街买衣服啊。女人街、步行街、万寿宫……话说回来，我来南江这么久，你们还没带过我去逛街呢。"凌雁玉撅起了嘴。

其实，她就是一个不谙世事的小女生。

"好，今天就带你去。"方媛笑呵呵地说。

"等一下，方媛，我有话和你说。"苏雅的脸拉得老长，明显心中有气。

"雁玉、雪怡，你们先下去，我们马上就下去。"

方媛等凌雁玉和柳雪怡走出 441 女生寝室，关上门，和颜悦色地问："苏雅，你别生气，我知道你想说什么。"

"哼！"

"你是不是想说，小倩在骗我们？"

苏雅更加不高兴了："你既然知道，为什么不找她问个清楚？刚才，你虽然在笑，却笑得太勉强，我一看就知道你是在演戏。"

方媛说："我不笑，难道哭？笑总比哭好。雁玉这丫头难得动真情，何必扫她的兴？再说，小倩也是一番好意。"

"好意？"苏雅不怒反笑，"既然是好意，她为什么骗我们，说我们不是应劫之人？从血玉现身开始，你和我的噩运，就没有消停过。别人倒也罢了，所有的事情都和你有关，你怎么可能是劫外之人？"

方媛沉吟着说："也许，她没有骗我们。我们可能不是应劫之人，而是……"

"是什么？"

方媛抬起头，眼睛格外的清澈明亮："是破劫之人。"

11

方媛和苏雅走下女生宿舍时，凌雁玉和柳雪怡已经等得有点儿不耐烦了。

尤其是凌雁玉，自从接到 332 男生寝室的电话后，整个人都变了，仿佛吃了兴奋剂般，又仿佛得了多动症的儿童般，走路都是一蹦一跳的。

"我说，方媛、苏雅，你们就不能快点儿？"凌雁玉撅着嘴的样子还真可爱。

方媛笑笑："急什么，有的是时间，够我们玩的。"

苏雅拉着脸，并不热衷，却经不住方媛一个劲儿地拉着她。

柳雪怡倒没说什么，和杨浩宇分手后，她就变得沉默寡言。如果不是秦雪曼反复开导她，真不知道她会消沉成什么样。

441寝室的女生们也没有嫌弃她，仍然把她当成寝室的一分子。

"一个女生，为了得到自己深爱的男生，就算用些手段，也是可以理解的。何况，她并没有伤害那个男生。"就连一向冷漠的苏雅也为柳雪怡说起了好话。

就这样，柳雪怡继续留在了441女生寝室。而且，她也确实没其他地方可去。南江医学院里到处流传着她会用爱情降头的流言，没有女生愿意和她来往。

四个女生，并肩漫步在南江医学院的校园里，高傲、平和、调皮、沉静，四种不同的气质组合在一起，成为校园里一道清新唯美的风景。

不时有男生投来异样的眼神，有的男生还吹起了口哨。尤其是苏雅，早就名声在外，才貌俱佳，再加上她冷艳高贵的衣着打扮，格外引人注目。

凌雁玉嬉皮笑脸地说："苏雅，早就和你说了，要找个男朋友。否则，别人真还以为你和方媛玩暧昧。那句话是怎么说的？大一女生是篮球，你争我抢；大二女生是排球，来了才接；大三女生是乒乓球，你推我挡；大四女生是保龄球，撞一个是一个。你和方媛现在都大三了，怎么连个推的挡的都没看到？"

苏雅没有说话，狠狠地瞪了凌雁玉一眼。

凌雁玉吐了吐舌头，转身又对方媛说："方媛姐姐，我就想不明白。苏雅不找男朋友，可能是要求高，你为什么也不找？"

方媛摇头道："凌雁玉，你果然中了毒，爱情毒，没救了。也不知道，那个闷哥是什么货色，竟然让我们的凌小妹高兴成这样。"

凌雁玉脸蛋一红，嘴上还在逞强："他是什么货色，关我什么事。我联系联谊寝室，纯粹是为大家着想，让我们寝室的生活多姿多彩些。"

方媛恍然大悟："原来是这样的啊。我们凌小妹大公无私，舍己为人，舍身喂狼，天地可鉴！"

"等等，舍身喂狼？不是舍身喂鹰？"凌雁玉一时还没转过弯。

"当然是狼，你想想，南江大学，离我们南江医学院十万八千米，那个闷哥，吃多了没事做，不待在南江大学踢球，跑到我们这里来踢球，还脱光上衣卖弄肌肉，不是色狼是什么？"方媛一本正经地说。

"他不是色狼！"凌雁玉急了，"他本来和医学院的同学约好了一起踢球聚会，不知为什么，他同学爽约了。"

方媛问："男同学还是女同学？"

凌雁玉愣住了："应该是男同学吧。现在有几个女生会踢足球的？"

"好了，你还真和她扯。"苏雅不耐烦了，"我们去哪儿？"

四个女生商量了一下，决定按照时代广场、女人街、步行街、万寿宫、绳金塔的路线游玩。

其实，绳金塔是方媛要求加上去的，她希望可以再次遇到曾经点拨她的夷大师，向他当面请教一些问题。

可是，凌雁玉实在太贪玩了，等她们逛完万寿宫时，已经是下午五点了。

方媛还想去绳金塔，可凌雁玉怕误了晚上332男生寝室的约会，硬拉着方媛心急火燎地赶回寝室。

在医学院门口，她们意外地遇到了李忧尘。

"大表哥！"凌雁玉一下子就黏上去了，拖住李忧尘的胳膊。

仔细看看，李忧尘还是蛮帅的，有种成熟男人的魅力，难怪凌雁玉一看到他就黏上去。

李忧尘甩了甩胳膊，没把凌雁玉甩开，想对她凶一点儿，却怎么也凶不起来。

他可是凌雁玉货真价实的大表哥，有很亲近的血缘关系。

"方媛、苏雅，你们好。"李忧尘一脸苦笑，"你们最近可好？"

"还不错。"方媛随口问道，"你呢？"

"很不好。"李忧尘皱着眉，总算把胳膊从凌雁玉身上抽回来，"好了，小玉，别玩了。对了，最近外面不太平，晚上没事就别出去。"

凌雁玉问："发生了什么事？"

李忧尘咳了咳，似乎并不想说。

凌雁玉生气了："你倒是说啊，别装神弄鬼！"

李忧尘想了想，终于还是说了出来："今天早上，在南江大学附近的后巷里发现三具尸体。"

"是南江大学的学生吗？"

"不是，是经常在那边鬼混的三个小流氓。"

"这有什么奇怪的，大城市哪天不死几个人？"

苏雅白了凌雁玉一眼，说："怎么死的？很奇怪吗？"

"都是被正面扼住脖颈压迫气管窒息而死。其中一个高个子，身高一米八四，臂展超两米。"

"三个都是被正面扼住脖颈窒息而死？"苏雅一向喜欢写推理小说，此时也怔住了。

凌雁玉还在嘀咕："这有什么奇怪的？"

李忧尘叹息了一声："你伸手扼我脖颈试试。"

凌雁玉伸出手，可手还没碰到李忧尘，就被他的手掌盖在脸上，什么也看不见。

"你别乱动啊，我扼不到！"凌雁玉退后两步，跺着脚说。

方媛慢腾腾地说："也就是说，凶手至少也有一米八左右，臂展能和高个子差不多，力气超出凶手，才有机会正面扼死他。"

李忧尘苦笑："理论上应该是这样的。"

苏雅问："难道还有什么隐情？"

李忧尘说："问题是，法医从死者身上套取了手印，是手指纤细的那种。根据形状，很可能是女性的。他们用电脑模拟了凶手的身高，应该在一米六至一米七之间。"

这回，连凌雁玉也呆住了："一米六几的女人，用手硬生生地扼死了三个人高马大的流氓？"

"后巷以前有个高中女生被奸杀弃尸，她的身材和手形和模拟结果很接近。所以，有人说，那里闹鬼。"

方媛突然问："你怎么知道得这么详细？而且，这是法医的事，你是附属医院的脑科医生，这事和你有什么关系？"

李忧尘示意方媛借一步说话，两人走到无人的角落处。

"我有个朋友，正好是这个案件的法医。她同事请假外出了，回不来，临时叫我过去帮忙。我总觉得，这三个人死得不简单。而且……"

李忧尘四处望了望，确定身边没有其他人，压低了声音凑近方媛耳边轻声说："而且，现场找到一张铅笔素描画，画里的女生非常像你。"

这回，轮到方媛傻眼了。

原来，李忧尘并不是和她们偶然相遇的，而是一直在这里等她们。

"我也是偶然看到的，并没有告诉警方。你心中有数就行，别和任何人说，更不能说是我说给你听的。"

说完，李忧尘匆匆离去，生怕别人看到他似的。

12

总算回到了 441 女生寝室。

在外面玩了一下午，出了一身的汗，女生们一个个身上黏糊糊的。

凌雁玉手疾眼快，一走进寝室就冲进卧室拿好换洗衣服，嘴里念念有词："我的一生最美好的场景，就是遇见你，在人海茫茫中静静凝望着你，陌生又熟悉，尽管呼吸着同一天空的气息，却无法拥抱到你……"

苏雅皱了皱眉，她从来没有听到有人能把《星月神话》唱得如此难听的，跑调跑到火星上去了，原本柔情似水的流行歌曲变成了山里人对唱的情歌，响亮而直接。

柳雪怡忍不住了："凌雁玉，你唱的歌……"

"不好听吗？"凌雁玉笑嘻嘻地说。

"好听，简直就是天籁。此曲只应天上有，人间能得几回闻。"没等柳雪怡开口，方媛就帮她回答了。

"也没那么夸张吧。"凌雁玉有点儿不好意思。

"不夸张，唱歌贵在心诚。金莎是金莎的唱法，你是你的唱法，各有千秋。"方媛说起大话来居然也不脸红。

"我先去洗了。"凌雁玉笑逐颜开地走进卫生间，稍稍停顿了几秒，继续展现她的美妙歌喉，"如果转换了时空身份和姓名，但愿认得你眼睛，千年之后的你会在哪里，身边有怎样风景……"

苏雅摇着头，叹息着说："又疯了一个。方媛，你怎么这么无聊，什么时候变成了圣母？"

方媛笑笑："我也知道爱情只是一场风花雪月的美梦，迟早要醒来。可是，小玉既然在做梦，为什么不让她做得精彩些？"

苏雅无语。

柳雪怡幽幽地说："梦越精彩，醒来越痛苦。与其如此，不如永远别做这个梦。"

方媛知道柳雪怡还在牵挂曾经心爱的男生，拍着她的肩膀说："不管怎样，我们都曾经用心去爱过。这是人生中最真最美的梦，也是我们最大的财富。花开花落，春去春回，我们终将白发枯骨。到那时，我们再回想起年轻时的岁月，拥有这样的美梦，也是一件幸福的事情。"

柳雪怡轻叹一声，默默地走进卧室，拿了换洗衣服去洗澡。

441女生寝室里只有两个莲蓬头，方媛和苏雅要等她们两个出来才能进去洗。

没办法，只能等了。方媛也累了，对苏雅做了个鬼脸，懒洋洋地走进卧室。

可是，一走进卧室，她就倒吸了口凉气，脸都白了。

苏雅发现她的异常，忙走过来，低声问："怎么了？"

方媛没说话，用眼色示意苏雅。

原来，那个叫宁惜梅的奇怪女生还躺在方媛的床铺上，姿势和她们离去时一模一样。

苏雅想了几秒，突然想到了什么，身子一个摇晃，差点儿摔倒。

方媛朝她摆摆手，示意别做声。

两人悄悄后退，蹑手蹑脚地走回客厅，走到阳台上。

方媛深深地呼了口气，问："苏雅，你怎么看？"

苏雅的脸色比方媛好不了多少："太邪门了。我只希望，她不是冲着我们来的。"

"但愿如此。"方媛望着阳台外的一棵老树，枯黄的树叶掉落一地。

苏雅疑心重重："从上午十点，睡到下午六点，睡了整整八小时，连姿势都没有变。就算她通宵没睡，也不可能睡得这么死。"

虽然是深秋，南江的温度却一直保持在15摄氏度左右。一个年轻女生，在这样的天气，白天不吃不喝，保持一个睡姿连续睡眠八小时，的确是件匪夷所思的事情。

何况，她身上什么东西也没盖，难道感觉不到深秋的寒意？

方媛说："也许，她是累着了。"

苏雅"哼"了一声："那她晚上做了什么？"

"也许，看书看得太晚；也许，压力过大失眠；也许，和朋友玩睡得太晚……"方媛胡乱猜测着。

"也许，她根本就不是人！"苏雅被自己的话吓了一跳。

"不是人？"方媛苦笑，"我想，我还没有那么衰，遇到那些传说中的东西吧。"

"方媛，你还记得，我们第一次在寝室里看到小倩时的情景吗？"

"记得，那时，她穿着雪白的衣裙，听着苗歌，坐在我们寝室里。"

"你知道吗，我看到小倩时，就感觉不对劲，莫名地生出恐惧感。后来，我才知道，小倩的身上的确弥漫着一种神秘的气息——她是蛊女。这是我第一个一见面就感到害怕的人。现在，宁惜梅给我的感觉也是如此。"

"是的，她让人恐惧，我也有这种感觉。"

苏雅呻吟了一声："可是，宁惜梅给我的恐惧感远远超过了小倩。我现在越来越觉得，宁惜梅的身上也弥漫着一种神秘的气息——是死人的气息。虽然她活生生地站在我面前，能说能笑，可我总感觉她仿佛是一个傀儡，或者是一具空壳，就像……"

方媛把那个答案说出来了："就像鬼片中的'鬼附身'。"

"对！"苏雅和方媛对望一眼，各自察觉到对方心中的惊恐。

天色暗了下来，校园里的男生女生们渐渐偃旗息鼓，一个个隐藏在黑暗中。

方媛和苏雅默默地站在阳台上，相对无语。

"你们在看什么？"身后，传来温柔悦耳的声音。

方媛吃了一惊，转过身，看到宁惜梅笑嘻嘻地站在她们身后。

她是什么时候来的？

怎么没一点儿声息？

她是否听到我和苏雅的对话？

方媛脑海里飞快旋转着，面对着宁惜梅，一时间，竟不知道说什么才好。

"苏雅，有件事，我想问你。"宁惜梅的神情有些不自然，仿佛有些害羞，"刚才，我睡觉的时候做了一个梦，梦到一个男生，醒来后一直忘不了。我好像很想见他，又有些怕见他。好像很讨厌他，但又想和他说说话。你说，这是怎么回事？"

苏雅愣住了。

宁惜梅所说的，分明是一个单恋少女的相思情愫。难道，她爱上了别人？

见苏雅没回答，宁惜梅不高兴了："苏雅，你快回答我啊。"

"哦。"苏雅这才回过神来，谨慎地说，"可能，你和他有某种缘分。"

这样的答案，不能说不模糊。可是，宁惜梅很满意："我想也是这样。"

方媛按下客厅里日光灯的开关。

"刺刺"，整流器响了几声，灯亮了。

在日光灯的映射下，宁惜梅的脸如白纸一般苍白，没有一点儿血色。奇异的是，她的皮肤却没有萎缩，依然饱满充实。

宁惜梅坐到客厅的桌前，从随身的包包里拿出一支铅笔和一张白纸，认真地画了起来。

她画得很快，笔走龙蛇，轻描淡写，看起来颇具功力。十五分钟后，她的素描完成了，递给苏雅看。

画中是一个年轻男生，留着长发，戴着眼镜，儒雅清秀。

苏雅只看了一眼，差点儿失声惊叫起来——这不是何家骏吗？当然，画中的何家骏比现实中的何家骏潇洒多了。

这时，她才想起来，传闻中，何家骏是有一个叫宁惜梅的女友。今天，不知怎么搞的，她竟然忘记了。

难道，她是冲自己来的？

苏雅握着画的手微微战栗。

"你认识他，对吧？"宁惜梅笑着说，"你能帮我约他出来吗？"

苏雅强作镇定，快速地瞥了一眼宁惜梅，猜不透她的用意。

方媛突然对宁惜梅说："你的画真漂亮，我很喜欢，能不能送给我？"

宁惜梅迟疑了一下，说："你喜欢就拿去。苏雅，你考虑好了没有？"

苏雅面无表情地说："他叫何家骏，南江大学 332 寝室的，今晚约了我们寝室的人一起去万达广场玩。"

宁惜梅并不吃惊，仿佛早就知道般，喜笑颜开："好极了，我也去，你们不会反对吧？"

宁惜梅的皮肤很白，手臂、脖颈、臀部、大腿都如羊脂般，白得诱人。可是，在她的背部，却出现一大片紫红色的斑痕，和其他地方的皮肤颜色形成鲜明对比，引人注目。这种颜色的斑痕……方媛几乎想也没想，脑海里就闪现出一个词——尸斑。

第四章
死亡约会

13

没有人反对。

即使想反对，也没有人敢说出口。

不仅仅是方媛和苏雅，凌雁玉和柳雪怡比她们更害怕这个来历不明的女生。

有时候，恐惧也会传染的。

"对了，我也应该去洗澡了。"宁惜梅迈着轻盈的步伐走向卫生间。

她没带一件换洗的衣服，也没带一条毛巾，就这样穿着衣服走进卫生间。

没过多久，卫生间里就传来莲蓬头"哗哗"的冲水声。

声音很响，水流放得很大。

方媛轻轻地揉捏太阳穴。刚才，她的头有些疼，仿佛被充斥了太多的东西在里面。

苏雅关心地问："你头疼？"

"没什么，可能有点儿用脑过度。"

苏雅不再说话，坐了下来，低着头默默地想着心事。

凌雁玉看了看众人的脸色，怯怯地问："那我们还去不去玩？"

方媛说："去，谁说不去？"

苏雅说："我不想去。"

"不行！"方媛坚决地说，"苏雅，你也要去。"

苏雅抬头看着方媛，眼中充满了疑惑。

"我觉得，这是一个契机。"方媛并不想隐瞒自己的想法，"她既然对那个叫何家骏的男生那么感兴趣，也许可以从何家骏身上找到她的来历。"

苏雅眼睛亮了一下，很快就暗淡下去："方媛，你不知道，她原来就是何家骏的女朋友。"

"哦？"方媛仿佛在自言自语，"这么说，何家骏和她很熟悉，应该知道她不少事。"

"也许吧。"

"你认识何家骏？"

"也不算认识，一面之交。"

"我怎么从来没听你说过？"方媛想了想，很快就猜到了，"难道，他就是你相亲的那位？"

"嗯。"苏雅有气无力地应了声。

方媛还想问下去，卫生间传来宁惜梅的声音："方媛，你能过来一下吗？"

"有什么事吗？"方媛苦笑着看了苏雅一眼，慢慢地走到水房门口，让自己的身影不脱离苏雅她们的视线。

"我没有衣服，你先借几件衣服给我。"虽说是"借"，但从宁惜梅口里说出来没有半点儿"借"的央求之意，反而有几分命令的意思。

"好的。"方媛没在这种小事上计较。

很快，方媛就找出全套的衣裙，走到卫生间门口，轻轻地敲门。

木门无声地打开了，热气腾腾的卫生间里面隐约看到宁惜梅赤裸的胴体，涂满了浴液泡沫，背对着方媛用热水冲洗。

"衣服放在椅子上，小心别弄湿了。"方媛将衣裙放好，正想离去，无意间又看到一件奇怪的事。

宁惜梅的皮肤很白，手臂、脖颈、臀部、大腿都如羊脂般，白得诱人。可是，在她的背部，却出现一大片紫红色的斑痕，和其他地方皮肤的颜色形成鲜明对比，引人注目。

这种颜色的斑痕……

方媛几乎想也没想，脑海里就闪现出一个词——尸斑。

身为医学院的学生，她曾经在解剖课时仔细观察过尸斑。现代法医学，也经常用尸斑来判断死亡时间和死亡姿势。

她的心跳猛然加速起来，如小鹿般"怦怦"直跳。大脑变得特别沉重，仿佛缺氧似的。

难道，宁惜梅，真是一具已经死亡的尸体？

这怎么可能？

也许，是她洗澡时不小心搓洗成这样的吧。漂亮的女生洗澡，总是特别麻烦些，其中还有一些女生有洁癖，喜欢用毛巾拼命搓洗，容易把皮肤搓成红色。

方媛换了个方向，想看清宁惜梅背后斑痕的颜色，没想到宁惜梅突然转身。

"你怎么还不走？"

宁惜梅的身上虽然涂满了泡沫，脸上却干干净净，这让方媛可以清楚地感受到她的眼神——仿佛一把剑一般，凌厉地刺在方媛身上。

方媛的脚有些发软，说话都不利索起来："我正想出去。地上太湿，怕滑倒。"

"是吗？"宁惜梅的声音冷得仿佛从冰窖里飘出来，听得方媛直打哆嗦。

方媛并不是胆小的人，但此时，她心中莫名地升起深深的惧意。从宁惜梅的眼神里，她感到了危险的信息。

目露凶光。

是的，宁惜梅对她起了杀意。

方媛想退出去，在宁惜梅的注视下却始终不敢抬腿。

有种想大叫的冲动，却被她克制住。

就算放声大叫，又能怎样？苏雅、凌雁玉、柳雪怡，又能帮到她什么？说不定，还害了她们。

宁惜梅死死地盯着方媛，慢慢地走过来，脸颊突然不规则地抽搐了一下。

这种抽搐，当事人自己都不知道，通常是心情紧张时才会出现。

宁惜梅想杀我！

方媛本能地往后退，脊背一阵冰凉，贴到了冰冷的墙壁上。

卫生间本来就小，两人又靠得近，根本就没有腾挪的空间。

宁惜梅的身体慢慢前倾，整张脸就要碰到方媛的脸了。

她的眼睛，有绿色的荧光闪烁，如黑暗中的猛兽，让方媛情不自禁地心悸。

"喵……"

这时，窗外突然传来猫叫声。

普通的猫叫声，软绵绵的，尾声拖得特别长，和撒娇一样。但这声猫叫很奇怪，低沉急促，给人的感觉是愤怒中带着警告。

方媛转过脸，惊奇地看到卫生间窗帘下蹲着一只黑色的老猫。

是它？

方媛差点儿叫了出来。

两年前失踪的黑猫居然又出现了！

和原来一样，它的眼瞳泛着金属般的浅蓝色光芒，深不可测，仿佛带着一种摄人心魂的魔力，让人不敢直视。

"喵喵！"方媛对黑猫招了招手。

黑猫仿佛不认识她似的，眼睛一直盯着宁惜梅，尾巴竖了起来，仿佛随时会一跃而下。

这时，方媛发现宁惜梅的脸色有些不对劲。

她的脸原本已经有了几缕血色，现在又变得苍白如纸。

她的身体非但没有前倾，反而和方媛一样贴到了墙壁上，摆出防守的姿势。

宁惜梅害怕这只黑猫？

莲蓬头的热水还在"哗哗"地喷洒，热气依然袅袅升腾。宁惜梅、方媛、黑猫，两人一猫都没有进一步的动作，就这样僵持着。

"方媛！"大厅里的苏雅突然叫了一声。

"来了！"方媛一边看着宁惜梅，一边缓缓退出卫生间。

宁惜梅只是瞥了一眼方媛，什么也没说，眼神却缓和了许多，不再目露凶光，更多的是疑惑。

方媛刚走出卫生间，黑猫又叫了一声，竟然往窗外跃去。

"喵喵……"方媛跑到水房窗户，探头往下看，哪儿还看得到黑猫的身影。

"方媛，你在做什么？"苏雅、凌雁玉、柳雪怡三个女生凑成一团走过来。

"没什么，我刚才遇到一只黑猫。"方媛快快不乐地关上窗户。

"黑猫？"苏雅眼睛一亮，"是不是以前的那只？"

"应该是。"方媛并不能肯定,毕竟黑猫的样子都差不多。

"什么黑猫?"凌雁玉不懂她们在说什么。

"别问了。"想起刚才的场景,方媛还心有余悸。

现在仔细想想,宁惜梅身上的斑痕十有八九就是尸斑,她刚才的确是想对自己意图不轨。

女生们回到卧室。

凌雁玉心情不错,对着镜子打扮,又是涂口红又是画眉毛,嘴里还哼着小调。

柳雪怡病恹恹的,无精打采,沉默寡言。自从和杨浩宇分手后,她就失了魂,对什么都提不起兴趣。

本来,方媛还想和苏雅商量,可看到苏雅一副气哼哼的样子,只能苦笑着摇摇头。

过了一会儿,宁惜梅洗完澡,出现在卧室门口。

"方媛、苏雅,你们还不去洗澡?我们马上就要出发了。"宁惜梅颐指气使,如同呵斥用人般。

苏雅难得地没有反驳,拿了换洗衣服和方媛一起走出卧室。

两人匆匆洗完澡,换好衣服出来。宁惜梅已经等得不耐烦了,催促她们一起下楼。

方媛和苏雅走在后面,离宁惜梅较远。她看着宁惜梅前行的背影,突然有种很熟悉的感觉。

容貌不熟悉,声音不熟悉,但她走路的姿势,实在是太熟悉了,熟悉到仿佛早就相识相伴过。

方媛轻声对苏雅说:"你仔细看看,觉不觉得她的身影很熟悉?"

苏雅也是一脸疑惑:"是啊,我也觉得她的身影很熟悉,可就是想不起来像谁。"

凌雁玉见两人走得太慢,催促道:"方媛,你倒是快点儿!"

方媛和苏雅同时停下脚步,相互对望。

她们发现了一件可怕的事实——宁惜梅的举止,像极了方媛!

14

苏雅看着宁惜梅的背影说:"她怎么这么像你?"

方媛也是一脸愕然。

　　寝室里，苏雅过于苗条，凌雁玉太矮，柳雪怡个头又稍大了些。所以，宁惜梅才会向她借衣服。

　　她万万没想到，宁惜梅不但身材和她相似，就连走路的姿势也和她一模一样。从背影望去，宁惜梅简直就是第二个"方媛"。

　　方媛头脑一阵眩晕，一阵寒意悄无声息地爬上她的脊背，连走路都有些分神，险些被什么东西绊倒。

　　苏雅连忙伸手扶住方媛。

　　"我没事。"方媛深深地吸气，勉强挤出个笑脸，"也许，她真的和我有缘。"

　　"我倒情愿她和你没任何关系。"苏雅恨恨地说道。

　　这时，一辆崭新的奔驰小轿车停在了凌雁玉身边，响了几声喇叭。

　　紧接着，车窗摇下，闷哥探出头，对着凌雁玉叫了一声："喂，小玉！"

　　小玉？方媛摇摇头。两个人才见了一面，居然就叫起昵称来。现在的年轻人，真让人无语。

　　凌雁玉看到奔驰小车，眼睛都要喷出火来："哇！闷哥，这是你的车？"

　　闷哥有些不好意思，挠挠头："哥们儿的车，我借来玩玩的。"

　　"哦。"凌雁玉有些失落，打开车门，毫不客气地坐到了闷哥身边，"我还以为是你的车。也是，你一个学生，哪儿来的车？"

　　闷哥笑容可掬："这些都是你寝室的同学？叫她们上车啊。"

　　话音刚落，宁惜梅走到了驾驶位旁，弯下腰笑吟吟地看着闷哥。

　　此时，天色已经全黑了，昏黄的灯光正好投影在她微微仰起的脸蛋上。

　　"你……"闷哥看到宁惜梅，脸色一下子就变了，好像看到不可思议的怪物般。

　　宁惜梅也在观察闷哥："我怎么觉得你眼熟？我们认识吗？"

　　闷哥有些紧张："我们见过几次。"

　　宁惜梅盯着闷哥看了好半天，最终笑了笑，没有再问下去，打开车门钻了进去。

　　闷哥如释重负。

　　宁惜梅在车里叫喊："方媛、苏雅，你们快进来！"

　　没办法，方媛和苏雅只好钻进小车。在这之前，柳雪怡已经坐进去了。

　　闷哥发动了奔驰车，慢慢地驶出医学院。

　　车内，宁惜梅似乎对闷哥颇感兴趣："喂，你叫什么名字？"

　　"我叫杜承泽。不过，朋友都叫我闷哥。"

　　"闷哥，我们以前在哪儿见过？"

闷哥没有立刻回答宁惜梅的问题，仿佛在斟酌："在哥们儿的聚会上见过。"

"哦，你哥们儿叫什么名字？"

闷哥突然停下车，回头看着宁惜梅的脸，仿佛要从她脸上找出什么。

半晌，他才说："你真的不记得了？"

宁惜梅摇摇头："我的头有些疼。我只记得，你很眼熟，这辆车子，也很眼熟。你会告诉我的，对吧？"

宁惜梅笑了，笑得很纯，很开心，仿佛一朵白莲花刹那间轻轻绽放，别有一番风情。

闷哥看得心神荡漾，他从没看过一个女生笑起来会这么美丽。

凌雁玉重重地咳嗽了几声，幽怨的眼神狠狠地瞪着闷哥。

闷哥察觉到凌雁玉的不满，赶紧转回头，开动了车子："我那哥们儿叫何家骏，这车子是他的。他和另外两个哥们儿在香格里拉大酒店等我们。"

"何家骏？"宁惜梅将这三个字反复念了几遍，突然想起了什么，嘴角露出诡谲的笑容。

十五分钟后，他们来到了香格里拉大酒店，这也是南江最豪华的酒店。

走进预订好的包厢，里面已经坐了三个年轻的男生。

"来，我为你们介绍。这是李文渊，我们哲学系的才子，外号老三。"闷哥指着一个戴着眼镜、文质彬彬的男生说。

"这是吴浩东，我们都叫他阿东。"

吴浩东个头偏矮，长相一般，眼睛却滴溜溜乱转，一看就知道是机灵诙谐的主儿。

"至于这位嘛，是我们哲学系的领军人物何家骏！才学相貌为人都是顶尖的。在哲学系，他说第二，没人敢说第一。"闷哥正吹得起劲，突然发现何家骏的样子极不自然。

他的额头，竟然汗水涔涔。

已是深秋，房间里虽然开着空调有些暖意，可没道理热得直流汗啊。

闷哥转身，看到宁惜梅正笑容可掬地看着何家骏。

他悄悄地退后几步，让两个人直接面对。

"你……你……你……"何家骏一连说了三个"你"字，硬是没办法说下去。

宁惜梅欢喜地走到何家骏身旁，侧着头，近距离地打量着何家骏，从头看到脚，又从脚看到头，似乎连一根头发都不放过。

"何家骏？"

　　宁惜梅缓缓地低下头，身体突然抽搐了几下，仿佛只是打了个寒战般，然后又慢慢地站直了身体，迅速抬起头来，眼神如火一般炽热。

　　"家骏！"

　　声音是一样的，情感却明显不同，疑问没有了，取而代之的是兴奋和开心。

　　宁惜梅几乎扑到了何家骏怀里："我还以为再也见不到你了！"

　　何家骏僵硬地站在那儿，根本不敢乱动，仿佛一个不知所措的小孩般，显得极为尴尬。

　　宁惜梅像久别重逢的恋人般，黏在了他身上，双手毫不客气地挽住了他的手。

　　闷哥轻轻地咳了一声："大家都坐下来吧。老三，点菜了没有？"

　　"还没，这不是等你们来了再点嘛！"李文渊双手捧起菜单，殷勤地拿到方媛面前，"这位是方媛吧，早就听说过你的大名了。你看看，喜欢吃什么？"

　　方媛拉了苏雅一把，把她推到了前面："你弄错了吧，我们医学院名气最大的是她，才女苏雅。你没听说过吗？"

　　"当然听说过。"李文渊有意无意地瞥了一眼何家骏，接着说，"我还听说，苏雅同学的脾气不太好，一般人不敢招惹。"

　　"老三，这就是你的不对了。你不敢招惹苏雅，就去招惹方媛？摆明了是欺软怕硬嘛，不会是别有用心吧？"没等苏雅开口，一旁的吴浩东抢着讥讽李文渊。

　　李文渊明显不是吴浩东的对手，脸上有些挂不住："浩东，瞧你说的。其实，我真想向苏雅讨教一下写作技巧，这不是不熟不好意思问嘛。"

　　"这有什么，一回生，两回熟，三回拉着棉被一起睡……"吴浩东一边说，一边观察女生们的反应。

　　方媛皱了皱眉；柳雪怡浑然不觉；凌雁玉专心致志地看菜单；苏雅冷若冰霜，冷冷地看着吴浩东。

　　"哟，不好意思，说错了！是一回生，两回熟，三回拉手是朋友。"吴浩东避开苏雅的眼神，将菜单递到了一直没说话的柳雪怡面前，"美女，你想吃什么？"

　　柳雪怡吃了一惊，"美女"这个称呼，对她来说实在陌生。

　　吴浩东也被她惊讶的样子搞糊涂了："你怎么这样看我？我脸上有东西？"

　　"没有。你是不是看到女生就叫美女？"

　　"怎么会呢？"吴浩东仿佛受了很大的委屈般，"如果看到一个丑八怪，我叫她美女，还不被她骂死啊。"

　　"那是。"柳雪怡居然同意。

"可不是嘛。前几天，隔壁班的一名男同学，看到一名女生衣着时尚、身材窈窕，和她搭讪，叫她美女。结果女生脸上长满了青春痘，正为此伤心，满腔怒火发泄到他身上，脱下皮鞋追着他打，从前门追到后门，把他打得像猪头一样……"吴浩东一边说，一边模仿女生打人的动作，手舞足蹈，仿佛单口相声般。

"你说得太夸张了吧。"

"一点儿也不夸张，你没看到他那模样。"吴浩东眼睛向上翻，嘴巴歪斜，舌头伸出来，活脱儿一个痴呆相。

他的演技或许不够专业，却很滑稽，逗得柳雪怡"咯咯"直笑。

苏雅没理会吴浩东和李文渊，眼睛始终没离开过宁惜梅。

她发现，宁惜梅变了。

从早上见到宁惜梅开始，她就觉得这个人充满了邪气，高深莫测，让她感到压抑。

现在，压力陡然间消失了。

眼前的宁惜梅，分明是一个热恋中不谙世事的年轻女生，满心欢喜地靠在何家骏身上，和柳雪怡一样被吴浩东的滑稽模样逗得"咯咯"笑。

尤其是她的眼神，失去了冷入骨髓的凛冽，清纯得没有一丝杂质。

仿佛就在短短的一瞬间，宁惜梅完全变了个人，变回了普通人。

到底是怎么回事？

15

毕竟是豪华酒店，没过多久就进来一名个头高挑的女服务员，化着淡妆，乍看上去也有几分姿色。

"请问，可以点菜了吗？"

女服务员脸上带着职业性的笑容，礼貌而谦卑。

"我来点！"宁惜梅毫不客气地抢过菜单，自顾自地念下去，"浔阳鱼片、竹筒粉蒸肠、啤酒烧鸭、肉末茄子、蒌蒿炒腊肉、全家福……"

说到"全家福"时，宁惜梅抬头意味深长地看了一下何家骏，在他的脸上停留了几秒，然后略微扫了眼在场的众人，嘴角突然露出一丝难以捉摸的笑意。

"全家福"是南江的一道名菜，各个酒店的做法不尽相同，大多是用海鲜、飞禽、走兽、蔬菜等配备而成。香格里拉酒店的"全家福"是用虾仁、鱿鱼、香獐、土鸡、鲜菇等材料精心烹制的，色香味俱全，一道菜有好几种不同的味道，是何家骏最喜欢的菜肴。

不仅仅是这道菜，她所点的菜几乎全是何家骏喜欢吃的。

"家骏，你还想吃什么？"宁惜梅嗲声嗲气，仿佛一个撒娇的情人般。

"可……可以了。"何家骏拿起酒瓶，给自己倒酒，却因为颤抖打翻了酒杯。

宁惜梅轻巧地帮他扶好酒杯，倒满酒，递到他的唇边。

何家骏嘴唇哆嗦了两下，终于还是低头一口气喝完了杯中的酒。

"还要点什么菜吗？"女服务员记下宁惜梅点的菜，征询其他人的意见。

凌雁玉要过菜谱，加了几个菜。其他人补充了两三个后，女服务员识趣地退出包厢。

也许是酒精发挥了作用，何家骏的气色红润了一点儿，举止渐渐恢复到常态。

吴浩东打了个哈哈，说："要不，我给大家讲几个故事吧，都是真人真事，很有趣的。"

见众人没有反对，吴浩东绘声绘色地讲起来。

"这个故事是我的朋友说给我听的，网名叫楚州狂生。楚州狂生有一个朋友，就称呼他为小 A 吧。小 A 是学画画的，据说在绘画方面颇有天赋，对戏剧、文学、摄影都有研究，可惜他社交能力太差，看到女生就腼腆得说不出话来，以至于读到大三都没有女朋友。不过，小 A 在 QQ 群里很活跃，经常妙趣横生，说话也有深度，引起了一个叫小 B 的女网友注意。两人加为好友，又是聊天又是视频，没几天就成为无话不谈的好朋友。于是，小 B 主动提出真人见面，见面的地点是附近的另一座城市。小 A 心里那个激动啊，独守空房二十载，终于有美人青睐。他和小 B 视频了好几次，虽然称不上貌比天仙，但也清丽动人。小 A 计划先和小 B 吃饭，然后带她去开房。

"不过小 A 也不是傻瓜，对飞来的艳福还是心存警惕。他怕被别人拍下裸照传上网络，或者被犯罪团伙搞仙人跳敲诈勒索。临行前，他向对推理颇有研究的楚州狂生咨询，如何防范。楚州狂生告诉他，身上别带太多钱，两千元左右就行了，千万别带银行卡。和小 B 见面时，千万别喝酒。见面的时间你来定，见面的地方她来定。开房的宾馆你来定，房间号她来定。由于时间和宾馆的不确定性，对方不可能偷拍。一切顺利的话，你开了房间后给我发条短信，告诉我宾馆和房间号。如果一小时内不再发短信或打电话报平安的话，我马上打电话给附近的派出所报警。

"第二天，小 A 乘坐火车到附近城市和女网友小 B 见面了，一切都很顺利，吃饭、开房，并把宾馆号和房间号发送给楚州狂生。过了四十多分钟，小A给楚州狂生再次发送了短信，告诉他一切都好，回去再联系。

"第三天，楚州狂生见到了小A，问他，和小B发展到什么程度。小A长叹一声，告诉楚州狂生，开房后，他正哄着小B脱衣服，突然有人敲门。小B打开房门，冲进来三个膀大腰圆的大汉，把他控制在房间里，说他抢了别人的女朋友，问他咋办？他没有办法，只好让那三个人把他身上带的一千多元钱全部卷走。后来，他从房间的窗口看到小B和三个大汉有说有笑地打车走了，知道自己被人仙人跳了。问题出来了，小A从一开始见到小B时，就一直注意着她，确定小B从来没用手机打过电话、发过短信，她的同伙怎么知道他们开房的宾馆呢？"（此谜题引自推理之门楚州狂生原作）

说完，吴浩东笑眯眯地看着众人，那模样特搞笑，分明是一副你们怎么猜也猜不出来的样子。

"这还不简单，小B的同伙们一直跟踪着他们嘛。"凌雁玉颇不以为然。

吴浩东摇摇头："小A选宾馆时特意拐了好几道弯，还特意往回绕了一圈，肯定没人跟踪。"

柳雪怡沉吟着说："也许，小B的同伙在她身上或包里安放了定位器，可以准确定位小B。"

吴浩东还是摇头："这个在理论上虽然有可能，但在现实中不符合常理。就算他们知道小A在哪家宾馆，也不知道房间号，总不能乱搜人。何况，四个人才骗一千多元，穷到这种地步，哪儿还有钱去买定位器这种价格昂贵的高科技产品？"

苏雅本来没心情理会吴浩东，但看不惯他那副得意的嘴脸，低声骂了句："幼稚！"

吴浩东不服气地问："苏雅，我倒想听听你是如何解释的。"

"原因很简单，有人把宾馆名和房间号告诉了小B的同伙，知道地点的就三个人：小A、小B、楚州狂生，排除小A本人，再排除小B，就是楚州狂生把宾馆名和房间号告诉了他们。就这么简单。"

"啊……"凌雁玉和柳雪怡的目光齐刷刷地看向吴浩东。

"果然不愧是悬疑推理名家，一猜就中。"吴浩东不好意思地挠挠头，突然夸张地大叫一声，"哇，好香啊，这是什么菜？"

原来，女服务员已经端上了一份浔阳鱼片。

苏雅想不到吴浩东不但幽默诙谐，而且脸皮的厚度也是超出常人。见势不对，立马转移话题。

还好凌雁玉没放过他："楚州狂生为什么要这样做？"

　　吴浩东夹了块鱼肉放进口里，含糊不清地说："其实，小B和她的同伙都是楚州狂生的老乡，出来找工作却不顺利，于是向他借钱。楚州狂生既想帮他们，又不想自己出钱，于是设计让小B出面勾引小A。他深知小A寂寞难耐，明知是陷阱也会去试一下。而且，他也叮嘱了同乡，注意分寸，骗个一千多元见好就收。真正的仙人跳，哪儿会这么容易放过小A，本来就是业余客串的。"

　　柳雪怡说："这个骗术也太简单了吧。"

　　方媛笑了："傻瓜！真正的骗术都是很简单的，正因为简单才实用。那些上当的人，并不是因为骗术的手法有多么高明，而是自己犯了贪、嗔、痴等人性弱点。高超的骗术，就是合理地运用了被骗者的人性弱点，请君入瓮。"

　　说话间，桌上的菜肴丰盛起来，包厢里菜香扑鼻。

　　"家骏，你尝一尝！"宁惜梅夹了块啤酒烧鸭，喂给何家骏吃。

　　何家骏张口咬住，慢慢咀嚼。

　　"好吃吗？"宁惜梅笑靥如花，只是，她的笑容看上去总是缺少点儿什么。

　　"嗯。"何家骏脸上阴晴不定。

　　"你知道你刚才吃的是什么？"宁惜梅慢慢地收敛起她的笑容。

　　"鸭胗？"何家骏并不肯定。

　　"不是，是鸭心。"宁惜梅的声音突然变得有些特别，"听说，吃什么补什么。不知道你多吃些鸭心，能否补回来。我真的好想知道，你还有没有良心。"

　　宁惜梅眼睛里的神采渐渐褪去，仿佛流星般燃烧了最后一丝光芒，重新变得飘忽起来。她慢悠悠地站了起来，用看陌生人的眼神俯视着正襟危坐的何家骏。

　　何家骏打了个寒战，心悬在半空，整个人仿佛动弹不了了。

　　他终于知道宁惜梅的笑容里所缺少的东西——真诚。那些笑容，更多的是讥讽和嘲弄。

16

　　包厢里的气氛陡然间沉重了许多。

　　何家骏的额头上又冒汗了。

他低下头，仿佛做错了事的小孩般，僵硬地坐在那里，一动也不动。

闷哥打了个哈哈，想说些什么，被宁惜梅那个阴冷恶毒的眼神恶狠狠地剜了一眼，整个人仿佛掉进了冰窖般，浑身发冷，一个字也说不出来。

吴浩东是个八面玲珑的主儿，见势头不对，又没搞懂状况，干脆装作什么都不知道，自顾自地吃菜喝酒。

李文渊相比之下明显呆板了许多，竟然问："咦，大家怎么都不说话了？"

凌雁玉向李文渊挤眉弄眼，示意他别乱说话。他居然浑浑噩噩地说："你干什么？你眼睛有问题？"

"没事，呵呵，来，我敬大家一杯。"凌雁玉端起酒杯，强装笑脸，仰头一口喝干，心里直骂李文渊。

宁惜梅没有举杯喝酒，仍然反复盯着何家骏细细打量，仿佛在欣赏一件艺术品般，嘴角却露出不屑的嘲笑。

何家骏的脸色越来越苍白，身体开始微微战栗。

他哆嗦着拿起桌前的餐巾纸，不停地在额头上擦汗。

这时，他的手机突然响了起来，突如其来的手机铃声吓了众人一跳。

电话是同寝室的杨皓轩打来的。

"家骏，你带闷哥他们去哪里了？寝室里怎么一个人也没有？"

"我和闷哥、老三、浩东在香格里拉吃饭，你能不能过来？"

"吃饭？没事跑那儿去吃饭做什么？又贵又不好吃，纯粹是浪费钱。不是又在追女生吧，我不过去了。"

"不是追女生，是和联谊寝室一起搞活动。你快过来吧。"一向自大的何家骏竟然露出几分哀求之意。

"联谊寝室？我怎么不知道？"

"你别问那么多了，快过来吧，算我求你了。"

杨皓轩听出了异常："家骏，你们不会出了什么事吧？"

"我们能出什么事。皓轩，你就别问了。总之，如果你当我、闷哥、老三、浩东还是你兄弟的话，现在赶紧过来。"

何家骏不等杨皓轩回答就挂掉了电话，抬起头，意外地发现宁惜梅的脸色平和了许多。

"杨皓轩？他会过来？"宁惜梅慢慢地坐了下来，拿起红酒旁若无人地自斟自饮。

方媛松了口气。她一直在暗中观察宁惜梅，生怕她做出残暴的事情来。

在宁惜梅讥讽何家骏没有良心的那一刻，她甚至怀疑宁惜梅会杀了何家骏。

这个女生，绝不像表面看上去的那么柔弱。

"要不，我去接皓轩过来？"何家骏仿佛在征询大家的意见，眼神却始终没接触宁惜梅。

"好。"闷哥艰难地吐出这个字。

"那我现在就去接他。"何家骏马上站了起来，想走出包厢。

"我也去，"宁惜梅对何家骏说，"我们一起去。"

她的手，很自然地挽到了何家骏的身上。

"啊！嗯，这个，我看，还是算了，他要来，自己会来。"何家骏有气无力地说。

"来，惜梅，我敬你一杯，祝你身体健康，万事如意。"方媛倒了杯啤酒，站了起来，隔着桌子敬宁惜梅。

宁惜梅把目光从何家骏身上转到方媛身上，高深莫测地微笑着，轻轻地咬了下红彤彤的嘴唇，仿佛在抑制某种欲望般。

方媛心里打了个寒战，毛骨悚然，不知怎的有种莫名的心悸。

不知为什么，她总觉得宁惜梅仿佛想吃了她似的。

这餐饭，吃得很沉闷。

何家骏掩饰不住心中的惊惧，搞得包厢里死气沉沉。

现在，不仅仅是441寝室的女生们，连332寝室的男生们也感觉到宁惜梅的异常。

自始至终，宁惜梅都没有吃一口菜、一粒米，只是不停地喝酒。

一会儿的工夫，她一个人就喝了两瓶红酒，越喝脸越红润，却浑然没半点儿醉意。

以前，他们也曾经和宁惜梅一起吃过饭，喝过酒，那时的她，勉勉强强喝两杯红酒就醉意绵绵。

而现在，她整个人都变成妖魅般，不仅仅是眼神，浑身上下都弥漫着一股强烈的阴冷之气，多看几眼都心寒。

原本，332寝室的男生们还想带女生们去看电影、进迪厅，现在却巴不得尽快散伙。

何家骏拿出金卡刷完账单，还在想用什么借口摆脱宁惜梅，她却如影随形地跟着过来。

"何家骏，我想去一个地方。"

"我……我的头有些晕，可能醉了，"何家骏东张西望，想找救兵，"要不，我让闷哥开车送你去。"

"不行，你一定要陪我去。"宁惜梅斩钉截铁地说，没半点儿讨价还价的余地。

"那，你想去哪里？"何家骏无奈地说。

"你还记得第一次吻我的地方吗？"

"象湖边上？"何家骏小心地察看宁惜梅的脸色，搜肠刮肚地回忆，"要不，是在万达影城？金葫芦山庄？万寿宫？"

"梦幻乐园，"宁惜梅的语气有些伤感，"你真的不记得了？"

"对，梦幻乐园！我记得，我怎么会不记得！那天晚上，我抱着你坐在旋转木马上。你说，你希望我一生一世都这样抱着你……"

"够了！走吧。"宁惜梅冷冷地打断了何家骏的话。

"可是，我喝了酒不能开车。"何家骏向闷哥招手，"闷哥，还是你来开车吧，送我们去梦幻乐园。"

闷哥并不情愿，但经不住何家骏一直使眼神哀求。

"好吧。"

"我也去！"凌雁玉不知好歹地凑过来。

"不行！"这回，闷哥的态度很坚决。

"可是，我想去嘛，"凌雁玉不满地说，"我一次也没去过。"

"不如大家一起去吧，"何家骏唯恐天下不乱般，"浩东，你们再打一辆车子，跟着来，好不好？"

"好！"凌雁玉第一个鼓掌欢迎，"这就对了嘛，还说要去看电影、跳迪吧的，结果一个个都食言。"

方媛摇摇头，对苏雅苦笑。这丫头，完全傻了。别人躲都来不及，她却撞上枪口。怪不得别人说，动了真情的女生智商会严重下降到白痴级别。

"还是别去吧，这么晚了，梦幻乐园恐怕早已关门了吧。"尽管希望不大，方媛还是想尝试着阻止大家。

"是啊，要不，我们明天再去？"何家骏边说边看着宁惜梅。事实上，只有她一个人真正想去梦幻乐园。

"不行，我没时间了，现在就去！"宁惜梅没有松口，伸手抓住何家骏的手，拖着他走向奔驰车。

"去就去嘛，你倒是放手啊。"何家骏挣扎了几次，却始终没能从宁惜梅手中挣脱。

宁惜梅的手仿佛一道铁箍般，冰冷、坚硬，紧紧地扣着他的手，一直走到奔驰车前才松开。

何家骏的手腕上，明显出现了一道红痕。

真奇怪，这个女人，什么时候力气变得如此之大了？

那晚，她到底死了没有？

何家骏心里直嘀咕，越想越觉得不自在。幸好，闷哥他们跟着出来了。

他把车钥匙交给闷哥，叮嘱他小心点儿开车，让凌雁玉坐到副驾驶位，自己和宁惜梅坐到后面。

奔驰车开动了，车外的场景渐渐加速往后退，仿佛电影胶卷倒带般，一切都变得模糊起来。

17

饭店门口，剩下的人聚在一起。

柳雪怡说："我们去不去？"

方媛说："还是去吧，总不能扔下小玉一个人吧。"

吴浩东拦下一辆的士，五个人正好挤进去。

"去梦幻乐园。"

"你们去那里玩？"司机表情怪怪的。

"是啊。"

"可是，那个游乐园两个月前就关闭了。"

"关闭了？"众人愕然。

"你们不是本地人吧，"司机很健谈，打开话匣子就收不住，"两个月前，梦幻乐园连续发生三起意外事故：一个在摩天轮上被挂住卡死，一个从云霄飞车上摔下来跌死，还有一个更离奇，是在鬼屋里被吊死。"

"是意外还是他杀？"苏雅问。

"谁知道呢！有人说，那个游乐园选址不好，招惹了邪东西，所以才这么倒霉。政府对游乐场的设备检查了好几次，没找出事故发生的原因，干脆让它停顿整修。"

"到现在也没整修完？"

"那倒不是。听说，游乐场的老板是外籍侨胞，对经营游乐场本来就没多大兴趣。他是醉翁之意不在酒，在于地皮。"

"地皮？"柳雪怡不解。

"这些年来，全国房地产一片红，南江的房价是嗖嗖嗖猛蹿，地皮也越来越贵。游乐场的地理位置这么好，占地面积又大，如果用来搞房地产，那还不发达！"

"原来如此。"柳雪怡叹道。

"既然关闭了，宁惜梅为什么还要拉着何家骏去？不是有病嘛！"李文渊不以为然。

苏雅白了李文渊一眼，想说些什么，却被方媛暗地里拉了一下。

半小时后，的士停在了梦幻乐园的大门口。

方媛钻出的士，看到何家骏的奔驰车刚刚熄火，应该是闷哥故意把车速放慢，等方媛他们一起赶来。

宁惜梅走到梦幻乐园大门口，怔怔地望着里面，仿佛梦呓一般："怎么会这样？"

整个游乐场都没有一点儿灯光。靠近门口的浮桥、玩具小屋、多层滑梯等建筑物影影绰绰，在微弱的月光下显得阴森森的。

"惜梅，你看，游乐园都关门了，我们还是走吧。"何家骏低声下气地说。

"不，我要进去玩，"宁惜梅仿佛一个偏执的小孩般，"我一定要进去玩。"

"玩什么啊，你没看到铁门都生锈了！这个游乐园已经关了两个月了。别说是人，连鬼影也没看到一个！"李文渊没好气地说。

他一肚子的火气。本来，他对方媛和苏雅颇有好感，心里在盘算着用什么方法接近她们。可是，一见面就被吴浩东调侃了一番，让他颜面尽失。宁惜梅又阴阳怪气，搞得气氛全无，方媛和苏雅连正眼也没瞧他一眼。

"小朋友，东西可以乱吃，话不可以乱说。"一个苍老的声音突然在身后响起。

李文渊吓了一跳。

不知什么时候，一个长满树皮般皱纹的老人站到了他的身后，打着手电筒，一脸的坏笑。

"你是什么人？"李文渊大声喝道。

"我是这个游乐场的看门人。你们这么多人，都是来游乐场玩的？"

"关你什么事？"李文渊打量了一眼老人，轻蔑地"哼"了一声。

老人"呵呵"直笑："如果是别的事，当然和我无关。要是来游乐场玩的话，也许，我这把老骨头还能帮上忙。"

宁惜梅问："你能开门让我们进去玩？"

"当然可以，不过要花钱买票。"老人有意无意地瞥了一眼何家骏的崭新奔驰车。

"别听他瞎说，就算他能开门让我们进去也没用，你没看到里面全部停电了？"何家骏对这个半路杀出来的程咬金很不满。

"停电是因为我拉下了电闸，"老人不紧不慢地说，"如果你们有钱的话，那就另当别论。"

何家骏还想劝说，宁惜梅根本就不理会。

"老人家，开门吧，我们都进去，一共九个人，"宁惜梅一把拽过何家骏，从他身上搜出一大堆红红绿绿的大钞，看也没看，全部塞给老人，"这些，够不够？"

"够了。"老人乐呵呵地走到门口小屋，打开铁门，拉上电闸。

快乐轻松的音乐声飘扬起来，流光溢彩的花灯闪亮起来，仅仅是一瞬间，游乐场就从一个暗淡无光的灰姑娘变成了浓妆艳抹的靓丽公主。

"快进去吧，没时间了！"宁惜梅拽着何家骏冲进游乐园。

何家骏疼得龇牙咧嘴，连声说："轻点，轻点，好痛啊！"

凌雁玉也拉着闷哥进去："走，我们去荡秋千！"

方媛和苏雅对视了一眼，跟了进去。

李文渊是最后一个走进去的。说实话，他对游乐场实在不感兴趣。如果可以，他情愿和方媛、苏雅一起去看电影，和她们探讨人生和文学艺术，借此炫耀下自己的文采。

游乐场很大，占地几千亩，在夜色中更是一眼望不到尽头。

李文渊进去后没多久，游乐场的铁门就徐徐关上了。门口小屋里的老头蘸着口水一张张地数着那堆红绿相间的钞票，眯着眼，一脸的坏笑。

方媛和苏雅也没兴趣玩这些游艺机，两人找了一张路灯下的木椅，拭去灰尘，坐在那儿远远地望着宁惜梅和何家骏。

"当当当"，钟鼓楼上的大钟响了，时针指向十点。

方媛心里一动，宁惜梅说了两次"没时间"了，是什么意思？

经历了这么多事，她早已处变不惊、遇挫不折，知道人生不如意事十之八九。与其怨天尤人，随波逐流，不如积极应对，主动寻求解决之道。

看上去，宁惜梅很高兴，拽着何家骏陪她一起玩跷跷板。说来也怪，梦幻乐园里有很多新鲜刺激的项目，如过山车、摩天轮、太空火箭等，可她却像小孩似的玩简单幼稚的游乐项目。

她的脸上露出孩童般的笑容，天真纯净，仿佛没有一丝杂质般的美玉。

何家骏似乎也看傻了眼。

认识宁惜梅这么久，他从来没看过这样的笑容。以前，她也曾笑靥如花，但那时更多的是一个妙龄少女的妩媚，给他的感觉娇艳欲滴，让他有种想征服的欲望。可现在，分明是一个不谙世事的孩童，比湛蓝的天空还要纯粹，比轻舞的蝴蝶还要轻盈。

只是，宁惜梅的笑靥仅限于她旁若无人尽情玩耍的时候。离开跷跷板，看到何家骏时，她的脸色立马变了，满脸的不屑和厌恶，眼神恶毒得仿佛想杀了他。

可怕的女人。何家骏心想。他甚至在咒骂上天，让他遇到这样的女人。不过是一场游戏，她却纠缠着他不放。

宁惜梅似乎看穿了他的心思，冷冷地说："你是不是后悔认识了我？"

何家骏当然否认："不会，我怎么会后悔呢！你又聪慧又漂亮，遇到你，是我几辈子修来的福分。"

宁惜梅凑近他的耳边，吹气如兰："我告诉你一个秘密。"

"嗯。"何家骏恭恭敬敬地听着。

"我不是你所认识的那个宁惜梅。"

"……"

宁惜梅"咯咯"直笑，笑得何家骏鸡皮疙瘩都起来了。

"我真的还想多玩一会儿，可惜，没时间了。我想和你一起坐旋转木马。"

宁惜梅朝方媛这边望了一眼，伸手拽住何家骏，拖着他走向游乐园深处。

仿佛有股寒风，从游乐场的角落里席卷而至，呼啸着旋过去。

月光清冷，幽幽地映射在游乐园中心的湖面上，仿佛一个巨大的平镜般，泛着惨绿的光芒。

18

旋转木马是一种很常见的游艺项目，它既没有云霄飞车的刺激，也没有摩天轮的新奇，更多的是一种温馨。

轻轻地依偎在爱人的怀里，闭上眼睛，让身体随着木马起伏旋转，心仿佛在飞，和爱人一起载满幸福慢慢地飞翔，仿佛回到纯真的童年时代。

现在，宁惜梅就仿佛孩童般露出陶醉的神情，闭着眼睛明媚地微笑。她的身后，是不知所措的何家骏，被动地搂着她，脸上惶恐不安。

木马轻轻旋转，载着宁惜梅的梦想，载着何家骏的惊惶。

方媛站在木马旁，偷偷观察宁惜梅，不时扭头去看庞大的钟鼓楼上的大钟。

时间一点点地流逝。

宁惜梅始终没有下来的意思，依偎在何家骏的怀里仿佛睡着了。她的嘴角，始终带着微笑，仿佛沉醉在幸福的梦境中。

闷哥、吴浩东、李文渊、方媛、苏雅、柳雪怡、凌雁玉，所有的人都围了过来，站在木马附近，默默地看着他们。

十分钟、二十分钟、三十分钟……

何家骏终于忍不住了，挪动了身子，想从木马上跳下来。

宁惜梅猛地睁开眼，一把揪住何家骏，冷冷地说："你想去哪儿？"

何家骏紧紧地抿着嘴，眼神沿着苏雅、方媛、柳雪怡、凌雁玉、闷哥、吴浩东、李文渊一个个扫视过去，再回到苏雅身上。

他看到惊奇、冷漠、讥笑、不置可否、幸灾乐祸，尤其是苏雅，分明是一脸鄙视的样子。

没有人说话，所有的人都望着他。

何家骏的脸涨得通红，不知从哪儿冒出来的勇气，大叫一声，用力推了一把宁惜梅。

也许，他压抑得太厉害，所有的郁闷都释放在这一瞬间，用的力气实在太大，竟然把宁惜梅从木马上直接掀倒在冰冷的水泥地上。

显然，宁惜梅没有防备，重重地摔倒，额头撞到了地上。等她抬起头时，额头上布满了鲜血，一滴滴地滴落在地上，仿佛盛开的桃花，格外醒目。

"何家骏，你好狠！"宁惜梅扶着木椅颤巍巍地站起来，伸手抹了下，手上全是鲜血。

"臭婊子、贱货……"何家骏跳下木马，张开嘴大骂，用尽了他所能想到的恶毒词语，比市井中的泼妇骂得还要难听。

宁惜梅怔怔地看着何家骏，仿佛不认识他似的，眼神从幽怨慢慢地变成了愤怒、仇恨。

"够了！"宁惜梅大叫一声，"这就是我在你心目中的形象？"

"对！"何家骏完全没有收手的意思，"你以为你是谁？清纯玉女？仙女下凡？不过就是一个烂货！我早就和你说过了，我们玩完了，你为什么要死缠着我不放？"

"我死缠着你不放？"宁惜梅几乎要哭出来，"是谁对我说，一生一世陪着我、呵护我？是谁对我承诺，让我开开心心每一天？是谁赌咒发誓，和我一起慢慢变老？是谁！"

此时的宁惜梅，完全变了个人，长发散乱，满脸血污，撕心裂肺地大叫。

　　何家骏越看越厌恶，干脆豁出去："是，是我对你说的。但那又怎样？当时，我是真心的。那时的你，聪慧、可爱、乖巧、温柔、善解人意。可是，人都会变的，我会变，你也会变。你也不想想，你后来变成什么样？愚蠢、啰唆、蛮不讲理，我无论到哪儿去你都想跟着去，恨不得时时刻刻都跟在我身边。"

　　"那是因为我爱你！"

　　"爱？你懂什么叫爱？"何家骏大笑，"你如果真的爱我，就要尊重我的决定，乖乖地在我生活里消失！"

　　"你说过，你爱我的。"温热的泪水，从宁惜梅的脸颊慢慢滑下。

　　"你不是喜欢看书？我问你，你会一直喜欢一本书吗？你会为了这一本书而不去看其他的书？你会为了这一本书而放弃其他所有的书？当你看完了这本书后，不想再看了，还会强迫自己反复去看？"

　　"我不是书，我是人！"宁惜梅大喊道。

　　"这不过是个比喻罢了！世界上有这么多人，你凭什么让别人一辈子都只对你付出真感情？"

　　"无耻！"这话，是苏雅说的。

　　何家骏狂笑："是的，我无耻。既然我无耻，她为什么还对我纠缠不放？我离开她，是为了她好。要不，你们劝劝她吧。"

　　苏雅无语。

　　她能体会到宁惜梅那种心痛的感觉。当年，小龙刚离开她时，她的天空都失去了颜色，对什么都失去了兴趣，仿佛行尸走肉般。甚至，她想到过自杀，去那个未知的世界寻找小龙。

　　但她终于挺过来了。她答应过小龙，要好好活着。她也答应过自己，要珍惜每一天。她不想活在虚伪和欺诈中，宁可和书籍、文字打交道，和古人交流，让自己的思索变成一篇篇文章记录下来。

　　后来，她遇到方媛，终于明白生命里最重要的东西——对真善美的信仰。正是有这种信仰，她才能克服重重困难，和妹妹一起完成自我救赎。

　　"算了吧，惜梅，你爱的，不是眼前的这个何家骏，是那个已经死去的何家骏。"苏雅竟然真的劝慰起宁惜梅来。

　　每个男生内心深处都有个白雪公主的童话。每个女生内心深处都有个白马王子的童话。

　　可是，童话只是童话，再美丽的童话也会被残酷的现实粉碎。

"我不管！他既然说过要陪我一生一世，就要做到。"宁惜梅仿佛突然失去了力气，软绵绵地坐到了木椅上，头颅慢慢地垂落下去。

这模样，好像——好像死尸。

但是，仅仅过了几秒钟，宁惜梅再次抬起头，整个人都变了，仿佛吃了兴奋剂一般，如弹簧一样猛然站直了身体，眼神里闪烁着饿狼般的凶光。

"当当当……"钟鼓楼的大钟悠悠响起来。

"小心！"方媛提醒何家骏。

这是她第二次看到宁惜梅露出这样的目光。

可是，没用。

宁惜梅鬼魅似的蹿到了何家骏身前，伸出右手，扼住他的喉咙，轻而易举地把他举了起来。

她的动作实在太快，快得别人根本就没办法看清，更别说躲避。

何家骏双手本能地去掰宁惜梅的手，可是，无论他怎么用力，都没办法掰动。

宁惜梅"咯咯"直笑，一边笑，一边饶有兴趣地打量着眼前的何家骏。

她的右臂，渐渐向上举起来，仿佛一个支柱般，把何家骏慢慢提起来。

何家骏的脸憋得通红，两只脚慢慢地悬浮起来，仿佛一只要被吊死的青蛙般，无力地蹬踏着。

所有的人，都看呆了。

何家骏起码有六十公斤，一个女人，不可能有这么大的力气，单凭一只胳膊，就能把他举起来。

如果不是亲眼所见，没有人会相信眼前发生的这一幕。

她究竟是什么东西？

柳雪怡转身，看到一团黑影，仿佛袋鼠般，一蹦一蹦地蹦过来。以前，她看过林正英演的僵尸电影，里面的僵尸就是蹦着走路的。可是，这个黑影和僵尸不同，蹦的跨度很远、速度很快，瞬间就蹦到了两人面前。

第五章
恐怖乐园

19

李文渊吓得腿哆嗦个不停，站在那里目瞪口呆。

吴浩东想过去救何家骏，又顾虑宁惜梅的妖异，踌躇不前。

闷哥比他俩好多了，板着一张脸，从地上捡起一根碗口粗的木棍，蹑手蹑脚地走到宁惜梅身后，对着她的右胳膊大喝一声扫过去。

宁惜梅猝不及防，木棍结结实实地打在她的胳膊上。

闷哥用尽了全身力气，这一棍，如果是普通人，只怕胳膊都要被打断。

宁惜梅虽然妖异，毕竟也是肉身凡胎，胳膊上吃力不住，身体摇了摇，手一松，将何家骏甩了出去。

何家骏趴在地上，拼命喘气。

再晚几分钟，他就要被活活扼死。

闷哥得手后，手持木棍警惕地后退，两眼死死地盯着宁惜梅。

宁惜梅的右手软绵绵地垂下来，似乎受了伤。她用左手摸了摸被木棍击中的地方，咧开嘴，对闷哥无声地诡笑，一步步逼近他。

"你别过来！"闷哥举起木棍，作势欲击。

宁惜梅依然不紧不慢地靠近闷哥，脸上的诡笑越发恶毒起来。

闷哥退了几步，突然高呼了一声，加速冲向宁惜梅，手上的木棍重重地击向她。

然而，宁惜梅以一种不可思议的速度躲开闷哥的木棍，反手抓住他的手腕，竟将他整个人都抡了起来，重重地甩到路灯柱子上。

闷哥勉强扶着柱子站起来，眼冒金星，全身疼得难受。

宁惜梅并没有急着去追杀闷哥，而是仰面向天，放声长啸。

方媛记得，方振衣也曾仰天长啸，但那种啸声清雅明澈、铿锵高亢，宛如游龙长吟，听上去特别舒服。

可是，宁惜梅的啸声似鬼哭狼嚎般，仿佛积累了许多的怨气般，全然没半点儿乐感，刺得耳朵隐隐作痛。

紧接着，梦幻乐园里所有的电灯一下子全部熄掉了，只剩下幽幽的月光冷冷地洒落。

宁惜梅的身体，仿佛镀了一层若有若无的白光般，在夜色中格外显眼。

"跑啊！"不知是谁喊了一声，众人作鸟兽散。

闷哥转身撒腿就跑，可没跑几步，身边就有阵风掠过，一个白乎乎的影子追上来，腿上一紧，被什么东西抓住了，再次被抡了起来。

再次撞到路灯柱子上。

这次，他摔得更重，连爬都爬不起来了，只能趴在地上一个劲儿地咳嗽。

宁惜梅似乎胸有成竹，并不急着去追其他人，慢悠悠地走到闷哥面前，伸手揪起他的头发，饶有兴趣地看着他的脸。

"我最恨别人偷袭我了，"宁惜梅的声音很遥远，仿佛在述说一件毫不相干的事情般，"我本来不想杀你的，可你自寻死路，怪不得我。"

闷哥想说些狠话，嘴唇抽动了好半天，硬是没说出一个字。

是啊，能说什么？对一个似人非人的东西，有什么可说的？

就要死了吗？

这时，他脑海里竟然在想：这次赌博，输得太惨了。

这些年来，他一直处心积虑地巴结何家骏，就是想毕业后靠他的关系留在南江。

为了这个简单而卑劣的目的，他甚至利用凌雁玉，接近 441 女生寝室，不过是为了帮何家骏追求苏雅。

那个傻丫头，还以为两人是偶然邂逅，其实他是故意安排的。在来医学院之前，他就将凌雁玉的情况摸得清清楚楚，所以才能投其所好，一见如故。

他有些后悔，刚才不应该逞强去救何家骏。

这次赌博，下的注未免太大了。

他的父亲，一个老赌徒，曾经告诫过他，千万别用身家性命去押注。

只要是赌，就有失败的可能。用身家性命下注，失败了就再也没办法东山再起。

人的一生都在赌博，但一定要输得起、放得下。

闷哥缓缓地闭上眼睛，头皮的疼痛也渐渐麻木。

既然输了，就坦然接受吧。

"不要！"

突然传来一个女生的尖叫声。

睁开眼，凌雁玉娇小的身影出现在他的眼前。

"宁惜梅，我求求你，放过他！"凌雁玉非但没有逃跑，竟然还自投罗网。

这个傻瓜！

"你快逃，她不是人！"闷哥用尽全身力气大喊。

"不，我不能眼看着你死，"凌雁玉也不知哪儿来的勇气，径直走到宁惜梅面前，双膝一弯，跪了下来，"我知道，你不是坏人，你不会乱杀无辜的。"

宁惜梅阴着一张脸："是他先攻击我的。"

"他只是为了救他朋友。而且，你也教训了他。就行行好，放过他吧。"凌雁玉仿佛看到一丝希望，苦苦哀求。

"你真傻，"宁惜梅长叹一声，"你以为，他是真的爱你？他和那个何家骏有什么区别？都是在利用你。"

"我不管，就算被他利用，我也心甘情愿。"凌雁玉斩钉截铁地说。

宁惜梅仿佛在看一个怪物般看着凌雁玉，低下头思索了一下，冷冷地说："你想救他也可以，用你的命来交换他的命。"

"可以！"凌雁玉生怕宁惜梅会后悔，"这是你说的，你说话要算数！"

宁惜梅大怒："你难道不想想你的父母、亲人？他们知道你这样毫无意义地牺牲，会怎样？"

凌雁玉怔住了。

是啊，她就这样死了，父亲和母亲怎么办？要知道，他们只有她一个独生女。

宁惜梅转脸去看闷哥："你呢，是不是真让她替你去死？"

闷哥很想说"不"，可是，话到嘴边却缩了回去。

是的，他不想死。

他还年轻，还有很多理想和抱负。

"我愿意！"凌雁玉似乎想通了，一字一字地说，语气坚决。

宁惜梅冷若冰霜："我再问你一次，你真的愿意？"

"是的，我愿意，"凌雁玉直视着宁惜梅，"你再问一百次，我的答案只有一个，我愿意。"

宁惜梅突然发作起来："为一个仅仅认识一天的男人去死，你怎么对得起关心爱护你的父亲、母亲和其他亲戚朋友？你了解他吗？你知道他将来如何对你吗？"

"像你这么笨的女生，不死也没用！"宁惜梅越说越怒，猛地伸出右手，扼住凌雁玉的喉咙。

"不要！"闷哥终于喊出声音来。

凌雁玉的喉咙被宁惜梅扼住，说不出话，却连连摇手，示意闷哥不要多说。

宁惜梅没有松手："你说不要？那就是不要她替你死？"

闷哥吞咽了几下，终于还是说了出来："不要。"

说完这两个字，他仿佛虚脱般，无力地靠在路灯柱子上。

"她不死，你就要死！"宁惜梅恶狠狠地说。

闷哥无力地点点头。

"你真的不要她替你死？我再给你一次机会，你考虑清楚。"

"不要，"闷哥苦笑，声音很沙哑，显然受了内伤，"死就死吧，反正所有的人都会死的。如果让她替我去死，我就算活着也没意思，还不如就这样死了算了。"

宁惜梅终于松了手。

"你们走吧。"她平静地说。

凌雁玉大口大口地喘气，然后走到闷哥身边，露出一个惨淡的笑容。两人相互搀扶着，一瘸一拐地走向门口。

"等一下，"宁惜梅在身后幽幽地说，"我想过了，既然你们这么有情有义，那就做一对同命鸳鸯吧。"

"……"

没等凌雁玉叫出声，她的后脑勺被什么东西重重地击中，两眼一黑，失去了知觉。

20

吴浩东是个精明的人。

在香格里拉的包厢里，他就发现不对劲。

宁惜梅的表现太反常，根本不是他以前认识的那个温柔典雅的漂亮女生。

但也仅仅是觉得她有点儿反常而已，并没有感到太多恐惧。

开始，何家骏点名叫他带方媛、苏雅一起来，碍于情面，他不好找借口中途溜走。

走进梦幻乐园后，他心中就越来越不安。

当宁惜梅鬼魅似的扼住何家骏，单手将他举起来时，吴浩东马上反应过来。

这完全不是一个正常女生能做到的。

确切地说，这不是一个正常人能做到的。

宁惜梅不仅仅是反常，而是妖异。

他想救何家骏，但不想赔上自己的性命。

正好，闷哥冲上去了。他睁着眼睛观望，看闷哥的偷袭能否奏效。

如果宁惜梅不行了，他就冲上去帮闷哥一起对付她。

可惜，闷哥失败了，宁惜梅也比想象中要强大。

所以，他大喊一声"快跑"，第一个开溜了。

别看他个子矮，跑起来却不慢，当年在班里可是数一数二的角色。

才几分钟的工夫，他就穿过了游乐园的人工湖，躲到了假山背后。

偷偷往后观察，确定宁惜梅没有追来，这才靠在假山上喘气。

"呼哧呼哧！"

奇怪，喘气的声音，怎么和自己的呼吸节奏不一样？

吴浩东全身发冷，屏住了呼吸，静静地聆听。

喘气的声音消失了，只听到风拂枯枝的声音。

虚惊一场。

吴浩东松了口气，继续喘气。

"呼哧呼哧！"

可是，节奏还是不对，声音太大，太急。

他骤然停止呼吸，然后清晰地听到呼吸声在继续。

"谁！"吴浩东大喝一声。

随之响起的是一个女生的尖叫声。

"啊——"

循着声音看过去，赫然看到柳雪怡正惊魂未定地看着他，嘴巴张成了"O"形没收拢。

吴浩东总算放下心来："是你啊，吓了我一跳。"

柳雪怡拍着胸口说："你还说，我差点儿被你吓死。"

"宁惜梅怎么跑到你们寝室去了？"

"我哪儿知道，你认识她？"

"嗯，她以前是何家骏的女朋友。"

"现在，我们怎么办？"

"先离开这个鬼游乐园再说，"吴浩东从假山后探头张望，突然想起一件事，"糟了！我们跑反了方向！"

"啊？！"

这回，吴浩东自己也傻眼了："我记得游乐园大门是在正北方，而我们却往正南方跑……"

柳雪怡差点儿被气晕过去："你这个猪头，怎么连方向都会搞错？"

吴浩东苦笑："我从小就方向感很差的。咦，你怎么也会跑反方向？"

"我……我根本就不记得大门在哪边，看你第一个跑，就跟着你跑。"

"你可真会挑人跟。"吴浩东居然笑得出来。

"我看你样子蛮聪明的，又是第一个跑，当然跟着你跑了。谁知道你是绣花枕头，比猪还笨。"

"那倒不至于，至少，猪是不会打电话报警的。"吴浩东从衣服口袋里掏出手机，打110报警。

可拨了好几次，没一次能接通。

把手机放到月光下，这才发现根本没有信号。

柳雪怡的手机也是如此。

"真邪门了！"吴浩东不甘心，继续拨打了几个电话，还是接通不了。

"我看，我们还是另想办法吧，"柳雪怡说，"也许，除了大门，还有其他出路。"

吴浩东摇头道："我以前来过这里，只有正门一个出口。"

"那个宁惜梅，到底是什么？我怎么觉得她不像是人？"

"我也觉得不像是人。刚才，我看到她对着月亮号叫。听老人说，只有妖魔之物才会这样。你没发现她的力气特别大、速度特别快吗？而且，她那么一叫，游乐园就突然停电，连手机信号都没了。"

"你别说了，你越说我越怕，"柳雪怡东张西望，心神不宁地说，"我们还是换个地方吧，离她越远越好。"

"我看能不能绕过去。"

"也好。"

两人确定眼睛可以看到的范围内没有宁惜梅的身影，这才从假山后面钻出来，沿着人工湖畔的小径慢慢前行，想绕过旋转木马所在地回到梦幻乐园大门。

他们走得很慢，一边走一边观察周围的环境。随风飘荡的布条、屹立无语的小丑、怪模怪样的鬼屋，都让他们心悸。

大概走了十分钟，差不多走到人工湖的尽头，柳雪怡突然不走了。

"快走啊！"吴浩东低声催促。

柳雪怡却浑然不觉，眼睛眨也不眨地望着人工湖附近的一张木椅。

木椅上，坐着一个娇小玲珑的女生，仿佛被乳白色的月光所簇拥着，背对着他们。

这背影，怎么如此熟悉？

吴浩东心中一动，想起一个人。

难道是她？

女生缓缓站起来，转身，面对他们，嫣然一笑。

真的是她！

小雪！

吴浩东差点儿叫了起来。

小雪是他一生的至爱。他记得，从初中开始，就莫名喜欢上这个有着童真笑容的女生。他喜欢看她的笑容，喜欢听她的声音，喜欢闻她的味道。连她生气的样子，在他眼里都是那么动人。

自卑的他，从来没向她表白过，一直在心中暗恋，一恋就是五年。那时，他做得最多的事，就是故意晚点儿下课，躲在放学后的人潮中，偷看她的背影。

多少次，在梦中梦到小雪，和自己牵手，相遇相知相偎。梦醒后，只剩下无尽的惆怅。

　　高考后，他曾想鼓起勇气去向她表白，可一看到她身边围绕的帅哥俊男，一个个衣着时尚，风度翩翩，自信满怀。再看看自己，一副穷酸样，个子又矮，相貌平平，实在是难以启齿。

　　没想到，她现在出现在这里！

　　吴浩东正要跑过去，耳边却听到有人喊："浩宇！"

　　转脸一看，是柳雪怡在喊，情绪比他还激动，眼睛里有泪光闪烁。

　　浩宇？这是个男人的名字。

　　顺着柳雪怡的眼神望过去，眼前只有那张木椅，只有小雪，正盈盈走来，笑容可掬。

　　柳雪怡迈开步子，激动地跑过去。

　　"等等！"吴浩东快跑两步，一把抓住柳雪怡。

　　他总觉得有什么地方不对劲。

　　柳雪怡挣扎了几下，没有挣脱，甚是恼怒："放手！"

　　吴浩东不但没放手，反而抓得更紧，用力往后拖："你别过去，她不是你看到的那个人！"

　　"你说什么？"柳雪怡愣住了。

　　"你是不是看到你曾经喜欢过的男生？"

　　"是浩宇。我看到他……"现在，柳雪怡也察觉到了异常。

　　浩宇怎么会出现在游乐园里呢？看到她为什么一言不发？身上怎么会弥漫着乳白色的光芒？

　　柳雪怡使劲地眨眨眼，聚精会神地盯着"浩宇"。

　　乳白色的光芒渐渐淡薄了，"浩宇"身上的衣服和脸开始扭曲变化，仿佛一条蜕皮的巨蛇般，剥下外表的伪装，展示真正的容颜——宁惜梅。

　　宁惜梅在笑，仿佛一个狩猎者望着囚笼里的猎物般，笑容里满是嘲弄和骄傲。

　　"啊——"柳雪怡低声惊叫，两腿发软，身体再也支撑不住，软软地倒了下去。

　　这回，她真的晕过去了。

　　她从来没看到过如此诡异的景象。一个人，竟然可以变化成另一个人。

21

吴浩东瞪着眼睛紧盯着"小雪"。

仿佛电影里的特效一样,"小雪"身上的乳白色光芒越来越淡,渐渐消失,然后,呈现出她本来的面目——宁惜梅。

也许是精神过于集中的原因,眼睛有点儿痛,仿佛有针扎在眼睛里一般,用力揉了揉眼睛,泪水都流出来了。

"原来,你才是他们当中最聪明的。"宁惜梅笑着说。

吴浩东脸上的表情越来越奇怪,仿佛看到怪物般。

"你是人,还是鬼?或者是妖怪?"吴浩东悲伤地说,"我知道我要死了,别让我当糊涂鬼行吗?"

"你真的很想知道?"宁惜梅的笑容灿烂纯真。

"嗯。"

"我偏不告诉你。"宁惜梅仿佛调皮的小孩般,笑得越发得意了。

吴浩东不再说话,弯腰背上地上的柳雪怡,转身看了一眼宁惜梅,突然撒腿就跑。

宁惜梅并没有急着去追,她慵懒地伸了个懒腰,活动了几下四肢。

吴浩东不敢回头,喘着粗气拼命地跑。也许,天太黑,柳雪怡太重,跑得太快,才跑了一百多米,就被一块凸起的石阶绊了一跤,重重地摔在地上。

他本能地伸出双手去撑身体,手掌磨得满是鲜血,膝盖上的裤子也磨破了,隐隐作痛。

柳雪怡倒没伤到什么,可也被惊醒了。

她爬起来,扶起吴浩东,问:"你没事吧。"

"没事。"吴浩东撕下衬衫,包扎了伤口。

"她呢?"柳雪怡很快就想起自己晕厥时的场景。

吴浩东没有回答,而是怔怔地看着柳雪怡的身后,一脸惊愕。

柳雪怡转身,看到一团黑影,仿佛袋鼠般,一蹦一蹦地蹦过来。

以前,她看过林正英演的僵尸电影,里面的僵尸就是蹦着走路的。可是,这个黑影和僵尸不同,蹦的跨度很远、速度很快,瞬间就蹦到了两人面前。

果然是宁惜梅。

"你明明知道跑不过我的,何必要跑?"宁惜梅生气了,"而且,你还背着她一起跑,也太小看我了!"

"我只是想试一试，"吴浩东坐了下来，放弃了逃跑的念头，"你有没有看过被猫戏弄的老鼠？可怜的老鼠被猫抓住后，不会立即成为猫食，而是反复被抓咬、放开。老鼠明明知道落入猫的魔爪，没机会跑掉，依然锲而不舍，直到筋疲力尽，浑身是伤流血过多而死。"

"我不喜欢猫！"宁惜梅显然对猫没有好感，"你也不是老鼠。你是人，即使你真想逃跑，也可以选择另外一个方式，比如说，扔下柳雪怡独自逃跑。起码，这种方式成功机会要大些。"

吴浩东突然大笑："放屁！我是个男人，虽然没什么本事，但绝不会扔下女人独自逃生！"

"咦？你还有点儿骨气？"宁惜梅好像不认识吴浩东似的，"你什么时候变得这么大义凛然？刚才，在旋转木马的地方，好像你是第一个跑的。不会是想逞英雄，演一出英雄救美吧。"

宁惜梅上下打量着柳雪怡，继续说："可是，她不漂亮啊。没想到，你的品位这么差。"

"够了！"吴浩东叫道，"你杀了我吧，用不着污辱她！"

"我又没说错，你叫什么叫！"宁惜梅很不高兴，"就算想死，也不用急于这一时吧。"

"好吧，让我来告诉你，什么叫美丽。"吴浩东也不知哪来的勇气，挺直了胸膛，挡在柳雪怡面前，"真正美丽的女生，绝不是外表的光滑鲜嫩，而是善良的心灵，是宽容、感恩、温柔，善待他人。柳雪怡就是这样一个女生，她从不去伤害别人。不像你，只因为自己受伤，就要拉着别人一起来承受你的痛苦。你以为天生丽质、高贵自傲，其实也不过是红粉骷髅，连个知心的人都没有。可怜之人，必有可恨之处。就算你没遇到何家骏，遇到李家骏、王家骏，情深似海，如胶似漆，最终还是会抛弃你。因为，你从来就没有真正美丽过。一个将幸福寄托在他人身上的女生，有什么资格看不起别人？"

宁惜梅愣住了。

"谢谢你。"柳雪怡往前走了两步，站到了吴浩东身旁。

本来，她还想说些什么，却发现语言是如此的贫乏，无法反映她现在的心情。

她轻轻握住了吴浩东的手，对着他的脸，轻轻地吻了一下。

他不是白马王子，他没钱，他没才。但此时，在柳雪怡眼里，他是一个顶天立地的男子汉大丈夫。

吴浩东紧紧地握住了柳雪怡的手，看着她那张普通并有些粗糙的脸，咧开嘴笑了。

他笑得很开心，笑得眼泪都流出来了。

在暗恋小雪的那些岁月里，他曾经幻想过，在小雪遇到危险的时候，挺身而出，像个英雄般救她出险境。

幻想终究是幻想，一直没机会实现。

直到今天，他才真正有机会去当一回梦想中的英雄。尽管不是理想中的爱人，尽管结局注定是悲剧，他依然义不容辞、身体力行。

"我给你们一个机会，"宁惜梅面无表情地说，"你们两个只能活一个。不管是自杀，还是他杀，都可以。"

吴浩东看了看柳雪怡，摇摇头："我自杀，你让她活。"

"好。"

"跳湖行不行？"吴浩东抱着一线希望问。

"随便。"宁惜梅不置可否。

吴浩东走到人工湖边，慢慢地解开衣服的纽扣。

他的水性不错，小时候经常在河水里嬉戏。如果没有其他干扰，他有把握可以从湖这边游到五六百米的另一边。

可是，宁惜梅会这么好骗？

她会不会在湖里动手脚？

吴浩东心里盘算着，赤裸上身，深深地吸了口气，想纵身跳下去。

"等一下！"

柳雪怡在身后叫，突然跑过来，拉住了他。

"要活一起活，要死一起死。"柳雪怡惨笑，"你跳下去，我也跳。"

"你……"吴浩东气得话都说不出来。

深秋的夜晚，夜风袭人，吴浩东冷得直打哆嗦。

这个柳雪怡，果然笨得可以。他一个人，或许还有机会，带着她这个累赘，在宁惜梅面前从湖里逃生，几乎是天方夜谭了。

"我知道你在想什么，"柳雪怡看穿了吴浩东的心思，"你以为，你能瞒过她？你只要跳下去，必死无疑，不管你的水性多好。我说得对吗，宁惜梅？"

"是的。"宁惜梅懒懒地说，"你还在等什么？难道在等我改变主意？"

吴浩东咬咬牙，一把推开柳雪怡，正要跳下去，身后再次传来叫声。

"宁惜梅！"

是个女生，却不是柳雪怡的声音。

奇怪，这时，有谁会找她？

吴浩东回头一看，两个人影远远地跑过来，是方媛和苏雅。

方媛问宁惜梅："小玉和闷哥呢？"

"死了。"宁惜梅淡淡地说。

苏雅怒道："你杀了他们？"

"是的，那又怎样？"宁惜梅根本没将苏雅放在眼里，"你想为他们报仇？"

"我……"

"不但是他们，"宁惜梅手指一个个点着，"吴浩东、柳雪怡、苏雅、方媛，还有那两个缩头乌龟，所有的人，今晚都要死。"

宁惜梅的脸上没有任何表情，仿佛在说一件无足轻重的小事般。

"不会的。"方媛笑了，"我知道你是开玩笑的，你不会杀我们的。"

"哦？"宁惜梅歪着头，打量着方媛。

"如果你想杀我们，在寝室里就可以动手了，用不着这么麻烦来这里。"

"也许，那时你们还有利用价值。"

"现在就没有利用价值了？"

"是的。"

"你撒谎。"方媛厉声说，"其实，你根本就不是宁惜梅。宁惜梅早就死了！"

"哦？我不是宁惜梅，那我是谁？"宁惜梅似笑非笑地看着方媛。

方媛盯着宁惜梅，一字一字地说："你是月神！"

22

月神？

传说中具有至高智慧、神形不灭的人？被月神族数千年来供奉信仰的神灵？

柳雪怡也走过来了，脸色惨白，哆嗦着嘴唇说："七星夺魂阵不是被破坏掉了？月神……月神不是再也复活不了了吗？她……月神……"

月神族的人实在太恐怖，章校长、吕聪、楚煜城等人，他们的所作所为，心肠之歹毒，手法之残酷，柳雪怡现在想起来都后怕，更别说比他们厉害几个档次的月神了。

"七星夺魂阵没有成功，并不代表月神一定复活不了。月神传承了几千年，不可能仅靠一个七星夺魂阵复活，肯定还有不为人知的其他办法，否则，月神早就消失了，月神族也早就崩溃瓦解了。"苏雅的推测很有道理。

正因为月神复活不可阻止，方振衣、秦雪曼、吴小倩他们才会远走他乡。如果我没猜错的话，所谓的天劫，就是月神之劫。修"道"的他们，遇到"道"更深的月神，只有死路一条。甚至，方振衣这些修"道"之人，可能就是月神复活后首先寻觅的猎物。

这些话，苏雅并没有说出来。她知道，这些事情，很难向普通人解释。

刚才，宁惜梅发怒之时，她和方媛本能地跑到游乐园大门，但发现没办法开门。大门是铁制的，开关都要靠电能来控制。游乐园本身具备发电机器和储电设备，没有发生故障的话根本不会停电。

她们也试过手机，打不通。在门口求助，叫了半天没看到一个人影。想想也是，游乐园本身就建在偏僻的郊区，停业多时，将近午夜，有谁会没事半夜三更跑这儿来。

李文渊原本也跟在她们后面，发现铁门打不开后，竟甩下她们独自逃走，不知躲到哪儿去了。

方媛和苏雅商量对策。其实，对策无非三种，在门口继续叫喊求助、找地方躲起来、回头面对宁惜梅。两人商量了一会儿，仔细推敲宁惜梅的诡异行为，得出一个大胆的结论：宁惜梅已经死了，现在的宁惜梅是月神在借尸还魂。

方媛和苏雅不知道月神有什么神通，但知道这是一个连方振衣都要躲避的东西。

如果宁惜梅真的是月神，不可能找不到她们。与其东躲西藏，不如勇敢直面相对。

果然，宁惜梅并没有否认，淡淡地笑："以你们的智慧，现在才知道，实在让我失望。"

皎洁的月光中，宁惜梅有一种俯视天下睥睨无物的傲气，虽然只是个年轻女生，却仿佛是天生的帝王般。

这种气质，是天生的。

"其实，我早应该想到的，只是……"方媛叹息了一声。

"只是，你不肯相信，对吧？"宁惜梅摇摇头，"我一直以为，你和苏雅是两个特别的女生，原来，和其他人一样，只相信自己的眼睛。"

"眼见为实，耳听为虚，我们相信自己的眼睛，有什么错？"苏雅不服气地说。

"佛曰，凡所有相，皆是虚妄；一切有为法，如梦幻泡影，如露亦如电，应作如是观。"宁惜梅仿佛累了般，"方媛、苏雅，这个道理，你们应该懂得，不用我和你们解释吧。"

方媛朗声道："既是虚妄，何苦执迷？不如放下。佛亦曰，放下屠刀，立地成佛，你为何放不下？"

宁惜梅微微笑道："你错了，不是我放不下，是她不放下。我不过是成人之美，圆她之愿罢了。"

显然，宁惜梅口中的"她"，才是"宁惜梅"本人。

想想，宁惜梅的表现的确怪异。难道，宁惜梅并没有完全死去？听说，人死后，意识并没有立即停止，而是视个体差异而逐渐消失的。月神不知用了什么方法，借用了宁惜梅的身体，却没有消灭宁惜梅的意识。所以，她的举止颇为诡异，不时出现两种意识的活动。换句话说，宁惜梅身上，有她自己和月神两个独立的人格。

怪不得她一会儿喜欢何家骏，一会儿又厌恶他。宁惜梅找到何家骏，并不仅仅是回忆往事那么简单，而是想拉着何家骏陪葬。

钟鼓楼的大钟又开始敲了起来，十一点半了。

宁惜梅叹了口气："方媛、苏雅，我本想多陪陪你们，可惜，我没时间了。"

方媛注意到，这是她第三次说"没时间了"。

"夜里十二点，是一天的结束，也是一天的开始。据说，此时阴气最重，最适宜生命的循环。你不会是想在夜里十二点杀死何家骏吧？"

"是的。"宁惜梅依然在笑，"不仅仅是他，还有你、苏雅、柳雪怡、吴浩东、李文渊。"

吴浩东穿好衣服，走到了方媛身边，冷笑着说："这也是宁惜梅的愿望？"

"不，这是我的愿望。因为，我也要死了。"宁惜梅幽幽地说，"我很孤单，在这个世界上只认识你们，很想你们来陪我。"

"无耻！"吴浩东豁出去了，"你要死就早点儿死，别在这里害人！"

宁惜梅怒目直视吴浩东，眼神凌厉如刀。

吴浩东浑然不惧，挺起胸膛，冷冷地和她对视。

两人默默无语，仿佛在进行一场没有硝烟的战争。

良久，宁惜梅才收回目光，低着头，仿佛在思考什么。

"奇怪……"

谁也不知道，她说的"奇怪"，究竟是什么意思。

"算了……"

宁惜梅并没有想通，但她似乎不想再研究，竟然对方媛她们微微一笑。

接着，她转过身，慢慢地走到身后一处玩具小屋，一把掀掉玩具小屋的屋顶，从里面揪出一个人。

长发，戴着眼镜。

是何家骏！

他已经吓得全身都在战栗，嘴里发出一种含糊的声音，似乎在哭泣。

"呜……别杀我……我给你钱，我家有很多很多的钱……我全部给你……"

宁惜梅摇头道："她不要钱。"

"我爸爸是副市长，我让他把你留在南江，安排个好单位。"

宁惜梅还是摇头道："对她来说，这些已经不重要了。"

"我浑蛋，我无耻，我下流，我卑鄙……你就放过我好不好？忘记我吧，这个世界上还有很多优秀的男人，你还有大把的青春……"

"好了，别说了，她快死了，她只想和你在一起。"宁惜梅扭头看了一眼钟鼓楼，微笑着说，"这也是你对她的承诺。你既然说了，就要做到。生生世世，都在一起。"

"我没说过！真的，我没说过，放过我吧！"何家骏双腿一软，跪在地上，不停地磕头。

"别怕，不疼的。"宁惜梅把何家骏举到自己面前，扶着他的肩头，让他站直，"来，像个男人样站好了。"

然后，她突然紧紧地抱住何家骏，脸上露出幸福的笑容，在皎洁的月色中显得特别的诡异。

她抱得是如此的紧，以至于方媛能听到何家骏身上传来的骨骼碎裂声。

"啊——"何家骏痛苦地大叫。

可是，他的叫声很快就中断了，仿佛被捏断脖子的公鸡般，头颅软软地垂落到宁惜梅的肩上。

宁惜梅心满意足地唱起了小曲："无言独上西楼 / 月如钩 / 寂寞梧桐 / 深院锁清秋 / 剪不断理还乱 / 是离愁 / 别有一番滋味在心头……"

歌声中，她和何家骏身上冒起一股青白色的火焰，发出"吱吱"的声音，仿佛不知名的小虫低声鸣叫。

是冥火！像吕聪一样会自燃的冥火！

方媛赶紧拿出手机，用摄像头拍下这可怕的场景。

她知道，几分钟后，宁惜梅和何家骏就会烧得连骨头都没有，只剩下一堆灰烬。

方媛站起来，正要走过去查看电视天线，忽然看到一件奇怪的事，浑身直冒凉气，脚仿佛被粘住了，丝毫动弹不得。电视里，一个诡异的人脸出现在荧屏上，面目狰狞，怒气冲天，狠狠地瞪着方媛破口大骂。

第六章
亡灵低语

23

这个夜晚，对 441 寝室的女生们和 332 寝室的男生来说，都是一场不愿回忆的噩梦。

现在，这一切，终于结束了。

无论生前有多少罪恶，都将随着生命的结束而洗涤得干干净净。

方媛只希望，宁惜梅和何家骏能安息。

尘归尘，土归土，让往生者安宁，让在世者重获解脱。

就在宁惜梅和何家骏身体被青白色火焰包裹的时候，游乐园突然来电了。

手机也开始有信号了。

苏雅第一时间用手机报了警。

然后，她和方媛在游乐园里找到了昏过去的闷哥和凌雁玉。

"自始至终，月神的目标只有一个——何家骏。她根本不会伤害我们。"

这是苏雅的推测。

可是，方媛并不认同。

"何家骏只是宁惜梅的目标。只能说，今晚，月神不会伤害我们。在这之前，她根本就不知道我们寝室和332寝室结成联谊寝室的事。所以，月神的目标还是我们441女生寝室。"

苏雅同意方媛的推测，她想到月神说过的那句话：她们还有利用价值。

当然，还有一种可能：因为七星夺魂阵的破坏，月神的重生并没有完全成功。

现在，她们没有时间去多想。随着警察的到来，何家骏的死亡成了一桩无法解释的悬案。

何家骏的父亲是南江市副市长，家里又仅有这一个独子，现在不明不白地死了，岂能善罢甘休。

可是，他就算想为何家骏报仇，也不知从何下手，只得频频向公安部门施加压力，限期破案。

但这案子，又哪里破得了？

警方将方媛、苏雅、凌雁玉、柳雪怡、闷哥、李文渊、吴浩东全部带回去分开做笔录，结果七个人的口供，没一个能让警方相信。

可警方又不得不信。

刑警队长萧强、女刑警冯婧都是方媛和苏雅的老相识，以前就一起破获过许多不可思议的案件。他们都是经验丰富的老刑警，用眼神一瞟，就知道对方说的是真话还是假话。

何况，他们七个人说得虽然荒诞不经，在时间、地点以及个人的行为等方面，能相互吻合，绝不是短时间串供能做到的。

最重要的是，方媛提供了一个非常关键的证据——用手机拍摄下来的自燃场景。

方媛的手机并不是很好，夜晚光线也不理想，画面有些模糊，但运用先进的电脑技术，还是可以推断出画面里的确是何家骏本人。

至于宁惜梅的信息，很快就反馈到公安局。

宁惜梅，19岁，南江大学中文系二年级学生，家在×市，父母都是中学教师。据她在南江大学的老师和同学反映，性格偏内向，为人和善，喜欢文学和电影，在校两年从来没和别人争吵。除何家骏外，没交往过其他男生。

此外，宁惜梅同寝室的同学还提到一个细节，从前天起，她们就再也没看到宁惜梅本人，手机也关机。其中一个同学还说，她曾遇到过宁惜梅，和她打招呼，宁惜梅却完全没有反应，似乎不认得她了。

最让人惊奇的是，方媛那里保存了一张何家骏的素描。专家认定，画画的人颇有功力，起码练习三年以上。可宁惜梅从来没学习过素描，根本就不会画画。而那张素描的笔法和技巧，偏偏和南江大学附近警方侦察三个小流氓神秘死亡案件时拾到的素描画极为相似。

也就是说，宁惜梅曾经在三个小流氓的死亡现场出现过。再加上杨皓轩的供词，证明她和他们曾经发生过矛盾，警方几乎可以肯定宁惜梅就是那个神秘杀手。

原本，那个案件由当地警方负责。萧强调来卷宗，查看那张素描画，这才发现，素描画上的女生和方媛有九分相似。

最终，由于案件过于离奇，上头决定，将这桩案件无限期封存。何家骏的父亲很恼火，找公安局领导交涉了几次，察看了案发时的摄影、所有人的笔录、相关的证据，最后不得不相信，自己的孩子是被一种邪恶力量谋害的。

当然，这些已经是后话了。

那晚，方媛和苏雅她们被警方折腾得够呛，直到第二天中午才从警察局脱身。苏雅的父亲开着小车来接她回家，却被苏雅拒绝了。

这时候，她宁可陪着方媛。起码，两个人可以相互温暖。

方媛、苏雅、柳雪怡、凌雁玉终于又聚在一起，在外面匆匆吃了餐便饭，一个个累得手脚无力，回到441女生寝室后倒头就睡。

方媛睡得很不舒服，脑子里"嗡嗡"直响，仿佛有只苍蝇般。

好不容易睡着了，身体渐渐变软，变轻，宛如一粒尘埃，沉浮在浩瀚的星空中。

一片寂静。

不知过了多久，她听到一阵水声。

"哗哗"的流水声，似乎是从水房里传来的。

她不想理会，水声却越来越急，从房外漫了进来，汹涌澎湃，淹没了整个寝室。

身体被浸在水里，随着水流漂浮。

视觉没有了，一片混沌。听觉没有了，天地寂静无声。接着，嗅觉、味觉、触觉都消失了，连身体的意识都没有了。

方媛仿佛已经融入水中，成为一颗小水珠，和其他亿亿万万的水珠融为一体。

无色、无欲，回到事物最原始的形态中。

渐渐地，对空间也失去了感觉。仿佛很小，小到可以忽略不计。又仿佛很大，大到仿佛另一个宇宙。

时间停止了，仿佛和整个宇宙在同呼吸、共沉浮。

最后，连思维都停止了。

方媛蓦然睁开眼，惊出一身冷汗。

她从来没做过这么奇怪的梦，说不出是什么感觉。似乎有些害怕，更多的是莫名的惆怅。

窗户没有关紧，秋风如刀一般掠过。

方媛起身，披起衣服，过去关了窗户。

夜色凄冷，月亮躲起来了，偶尔钻出云雾的几颗星星暗淡无光。

走到客厅，倒了杯冷开水，慢慢地倒入喉咙。

这时，她听到一阵惊叫声。

声音很小，是一个女生的声音。听不清在叫什么，却明显透露出惊骇。

方媛侧耳仔细聆听。

始终听不清楚。

循着声音，走到寝室大门前。

好像是从对面发出来的。

打开大门，女生宿舍的楼梯里一片漆黑。

奇怪，对面 442 寝室的门竟然是虚掩的，隐隐透出一丝光亮。

方媛回头看了眼大厅的石英钟，夜里一点十分。

这么晚，她们在做什么？

惊叫的声音依然没有消失，反复传入她的耳朵里，似乎在向她求救。

她走过去，轻轻推开门。

442 寝室的客厅里灯光明亮，一个年轻女生戴着耳机看书。

方媛认得这个女生，她叫小菲，听说为人不错，很少和别人争吵。

方媛进来时，小菲有所察觉，转过脸瞥了一眼，连招呼也没打，若无其事地继续看她的书。

她在看什么书？是为了应付考试吗？

可是，现在还只是十一月，离期末考试还早点儿啊。

方媛"喂"了一声，小菲没理她。

耳边的惊叫声越来越急了，声音也渐渐变大了许多。

"谁……谁……"

方媛隐隐分辨出，惊叫声好像在叫"谁"，似乎突然遇到某个可怕的人物一般。

声音就是从 442 寝室的水房里传出来的。

心里满是疑惑，脚却不由自主地慢慢走过去。

水房里没有亮灯，黑糊糊的，靠窗的角落里隐隐有什么东西在蠕动。

24

方媛用手摸索着开关，按了下去。

"啪"的一声，灯没有亮起来，依然是一片黑暗。

她的心顿时悬了起来，有种突然一脚踏空的感觉。

方媛呆呆地站在那里，睁大了眼睛瞪向黑暗的角落里。

"谁……谁……"

声音很小，却很真实，在耳膜里微微回响。

"谁！"方媛忍不住喝了一声。

没有回答，"谁……谁……"的声音戛然而止，仿佛被她的喝声所惊吓。

那个东西依然在不停地蠕动，仿佛一个蜷缩着的小女生，在寒风中瑟瑟颤抖。

方媛猛然想起一个女生——张丽娜。

前些日子，442 寝室的女生张丽娜半夜三更莫名其妙地死在水房的镜子旁。

当时，寝室的女生们全睡着了，没有人知道她为什么半夜爬起来去照镜子。

要知道，午夜照镜子，本身就是女生寝室的禁忌之一，听说会招来一些不干净的东西。

当然，这只是一个迷信传说。方媛从不相信这些。

她相信，世界上有一种神秘的力量，冥冥中自有其规律。正如同有些现象是现代科学没办法解释的。

比如人们常说的宇宙，其实并不是宇宙的全部。现代天文学有一种观点，认为人类现在所能认识的部分只占宇宙的 4%，还有 23% 是不发出任何光和电磁辐射的暗物质，剩下的 73% 则是能导致宇宙加速膨胀的暗能量。

人类所看到的，也许并不是物质本身的状态。对一个色盲来说，两种明显不同的颜色，在他们眼里却没什么区别。人们经常用视觉、听觉、嗅觉、味觉、触觉来感受物质，但很多物质超越人类这五感而存在。正如同人们认为没有视觉的盲人看不到物质的样子，缺少其他感觉的人类也体验不到物质的其他形态。

张丽娜的死，的确有些诡异。

据她同学反映，张丽娜来自农村，独立性很强，经常一人独来独往。有一次晚自习课，有个男同学恶作剧，把一条长蛇扔在教室里，很多女生吓得花容失色，她却若无其事，从容不迫的样子在一群尖叫的女生中特别显眼。

她的家人跑到学校大吵大闹，认为她死得不明不白。学校迫不得已，请来法医给张丽娜做尸检，结果发现张丽娜的身体里含有超量的儿茶酚胺。这种物质多半是突然受到惊吓后产生的，能促使心跳突然加快，血压升高，急剧增加心肌代谢的耗氧量，严重的会使心肌纤维撕裂，心脏出血，导致心跳骤停致人死亡。

也就是说，张丽娜的尸检证明，她是被吓死的。

442寝室里有什么东西，能吓死张丽娜呢？而且，寝室的女生们全都安然无事，众口一词说，当晚没有发现任何异常的事情。

方媛手心里全是冷汗。

不知为什么，她突然觉得刚才听到的声音，很可能就是张丽娜临死前发出的声音。

听说，张丽娜死后，442寝室有人听到水房里传来张丽娜的惊叫声，原本住在里面的两个女生受不了惊吓搬出去了。现在，442寝室比441寝室还要冷清，八人寝室只住了三个人。

方媛扭头，看了一眼看书的小菲。她还坐在那儿，慢条斯理地翻书，正眼都没往这边瞧一眼。

"小菲！"方媛叫了一声，小菲压根儿没理她。

看看小菲专心致志看书的样子，方媛感到一阵心寒。

她能肯定，小菲并没有真的在看书。她翻书的速度太快了，大概半分钟就翻一页，就是看小说也没这么快的速度，何况是上课的教材。

看那样子，又不像是装的。难道，她在梦游？

仔细观察，小菲果然和平常不一样。眼睛虽然是睁着的，却全然没半点儿神采，像是死人的眼睛一样。表情呆板、举止僵硬，嘴里似乎还在喃喃自语。

方媛没去打扰小菲。据说，梦游的人，如果被突然叫醒，可能会产生意识混乱，并做出一些疯狂的举动。

她壮着胆子，慢慢地往黑暗的角落里走过去。一步、两步，走得越近，心就跳得越厉害。

她像盲人一样伸出手，一步步走过去，走到跟前，才发现那蠕动的东西，居然是一池自来水，上面扔了条白毛巾，被窗口的风吹得荡漾不停。

原来是虚惊一场。

方媛长呼出一口气，刚放下心来，身后却传来脚步声。

"谁！"方媛惊叫一声。

"是我。"

回头一看，是苏雅，正站在水房门口，好奇地看着她。

"你没事跑这里来做什么？"

"我……"方媛张了张口，想和她解释，却发现根本就解释不清。

难道告诉她，自己听到已经死去多时的张丽娜在叫自己？

这种话，别说苏雅，就是自己也无法相信。

"没什么，回去再告诉你。"

"她是怎么回事？"苏雅用手指了指小菲，"梦游？"

"大概是吧。"

两人走出442寝室。在走出门口时，方媛又听到那种奇怪的惊叫声："谁……谁……"

她站在门口迟疑了一下，没有回头，和苏雅回到了441女生寝室。

"刚才到底是怎么回事？"苏雅问。

"我也不清楚。我听到一些奇怪的声音，好像在提醒我什么。"

"奇怪的声音？"

"是的，是一个女生的声音，在叫'谁谁'，叫得很惊恐。"

苏雅不可置信地说："你不会告诉我，你刚才去那里，就是找那个声音？"

方媛苦笑："是的。"

"你不会说，那个声音像前不久被吓死的那个女生吧。"

"是很像。"

"可我进去的时候，什么声音也没听到。"

"你进来的时候，声音就中断了。"

苏雅的心情沉重起来："难道，世界上真有回魂之事？"

方媛这才想起，今天就是张丽娜死后的第七晚。

两人坐在客厅里，缄默无语。

良久，苏雅伸了个懒腰，在客厅里来回跑了几趟。

"你小点儿声，别把楼下的吵醒了。"方媛提醒她。

苏雅非但没有放轻脚步，反而重重地在原地跳了几下。

方媛无奈地摇了摇头。

苏雅跳了几下，似乎心情好了许多，凑过来问："你还记得，我和你说过的诡铃事件吗？"

"嗯。"

"我后来还听到那个凶手的声音。"

"哦。"

"你知道为什么？"

"为什么？"

"李忧尘说，我可能和妹妹一样，患有精神隐疾。如果心理压力过大的话，说不定会和妹妹一样发作。我所听到的凶手声音，很可能只是我的幻听。"

"嗯。"

"我在想，你是不是也有精神隐疾。"

"……"方媛彻底无语，对着苏雅直翻白眼。

"你用不着这样看我。其实，很多聪明人在精神上都有问题的。比方说，现在很多天才都是白痴。比如，无法和别人正常交流的天才数学家丹尼尔·塔曼特、患有严重精神分裂症和自闭症的 1994 年诺贝尔经济奖得主约翰·纳什……

"最近发生这么多事，你的心理压力可想而知。再加上睡眠不好，心事又重，如果真有精神隐疾的话，这时候很容易发作出来，引发你的幻听幻视，其实也是很正常的。要不，你打电话问下你爸爸妈妈，问他们家族是否有精神病遗传史。"苏雅越说越起劲，似乎巴不得方媛和她一样，患有某种遗传的精神隐疾。

方媛打了个哈欠，转身就往卧室方向走过去。

苏雅一把抓住方媛："哎，你这是什么态度？要知道，精神病可不是一件小事，一定要认真对待，千万不能讳疾忌医。我认识好几位这方面的专家，要不，我介绍一位给你认识？"

方媛哭笑不得："你说够了没有？我爸爸在天堂，我妈妈已经十几年不见了。想知道的话，你去找他们问。"

苏雅挠挠头："不好意思，我忘了。"

"我看你不是忘了，你是闲得无聊。懒得理你，我去睡觉了。"

"睡什么觉啊，都睡了十几个小时了，你还睡？小心变成胖女人，到时没人要。"

"你不胖，也没看到谁肯要你！"

"别睡了，我们玩电脑游戏吧。CS、泡泡堂、劲舞团？"苏雅抓着方媛不放。

"服了你了。"方媛终于坐了下来，这时候，确实睡不着。

"还是玩 CS 吧，我们对打。别说我欺负你啊，让你三枪。"苏雅笑得特别狡黠。

有时候，尽情地放纵也是调节情绪的好办法。

这个凌晨，方媛被苏雅狠虐了一番。从没玩过电脑游戏的她，在虚拟世界中被苏雅欺负得好惨。

25

柳雪怡起床走出卧室的时候，被方媛吓了一跳。

在她的印象中，方媛一向温柔平和，很少生气。即使面对讨厌的人，她也会挤出一丝笑容，客客气气地婉言拒绝，从不会让别人难堪。

但现在，方媛坐在客厅的电脑前，咬牙切齿，手指在键盘上快速切换，嘴里不停地说："苏雅，你出来吧，让我爆一下，就爆一下。"

苏雅抿着嘴，一副坚毅冷血的表情，被她控制的枪手悄无声息地转到方媛身后，一个准确的点射，把方媛的枪手打趴在地下，头都被打变形了，鲜血四溅。

"不玩了！"方媛生气了，把键盘一推，关了电脑，气呼呼地靠在坐椅上，瞪着苏雅，一副要发脾气的样子。

"不玩了？"苏雅笑嘻嘻地说。

"还玩？玩了三四个小时，被你杀了上百次了。"方媛第一次玩这种游戏，确实累了，眼睛都有些酸痛。

"不能怪我，只能怪你水平太低。"

"你就不能让我一次？"

"我是有职业操守的枪手，上了战场，就要全力以赴，绝对不能让，亲妹妹也没得商量。"苏雅一副义正词严的样子。

"你妹妹还真可怜。"方媛站起来，原地跳了几下，看了看客厅里"滴滴答答"的石英钟，"怪不得别人说网络游戏有瘾，连我这个不玩网络游戏的人，玩起来都这么疯狂。"

"这个世界上能上瘾的东西实在太多，网络游戏其实不算什么。烟酒、赌博、毒品，甚至文学、艺术、歌舞、爱情等，都会让人上瘾。佛说人有三毒：贪、嗔、痴，上瘾就是痴中的一种。说真的，犯了痴的人，结果都好不到哪儿去。"

"那也不一定，如果没有贪嗔痴，那还是人吗？那不成佛了，活着还有什么意思？"方媛停顿了一下，看着苏雅，"你还在想小龙？初恋总是美好的。可是，人不能永远活在过去中。你还年轻，应该学着放松心态，乐观地面对现实生活。我想，如果小龙还活着，他也不希望你这样一直封闭自己。雪怡，我说得对吗？"

柳雪怡愣了下，她似乎没料到方媛会突然问她。

"对，我也觉得，有时候不必把这个世界想象得太坏。其实，有善就有恶，有真就有假，有美就有丑，这个世界就这样，没有我们小时候想象中那么美好，但也没有别人说的那么丑恶。"

"我也是这么想的。我看过一个关于爱因斯坦的小故事。有一天上课，教授问学生，上帝创造了一切吗？学生回答，是的。教授说，如果上帝创造了一切，那么邪恶也是上帝创造的了！根据人类的主要行为来判断，上帝也是邪恶的。还是学生的爱因斯坦问教授，寒冷存在吗？教授说存在。爱因斯坦反驳说，根据物理学，寒冷其实是不存在的，人类所感觉到的寒冷其实只是缺少热度，当热度存在时或者传递能量时，我们的身体是可以感觉到的。热度是可以测量的，而寒冷却不能，寒冷只是为了描述我们缺少热度时的感觉。同理，黑暗其实也是不存在的，事实上黑暗是因为缺少光亮。光是可以测量的，黑暗却不能。黑暗一词只是人类为了描述光亮不存在时的感觉。"

方媛喝了口水，继续讲下去："爱因斯坦接着说，邪恶是不存在的。邪恶只是心中缺少爱的状态，这就像寒冷和黑暗一样，邪恶是人类用来描述缺少爱的词语。上帝并没有创造邪恶，上帝只创造了爱。邪恶是人们的心中缺少了爱的结果，这正如寒冷的到来是因为缺少热度，黑暗的到来是因为没有光亮一样。"

故事讲完了，苏雅和柳雪怡陷入了沉思。

方媛没打扰她们，静静地走向水房洗漱。她相信，这个道理，苏雅和柳雪怡会弄明白的。

因为爱，才能看到人世间的真善美，才能开心幸福。爱，也是人的一种本能，和吃饭睡觉一样，都是生命里不可或缺的。

水很冷。冰冷的毛巾敷在脸上，慢慢地擦洗，脸蛋被冻得红彤彤的。方媛对着镜子照了照，微微露出笑容，很满意今天的美容效果。

没多久，苏雅、柳雪怡、凌雁玉也跑来洗漱，水房里乱成一团。她们三个可不像方媛那么简单，尤其是苏雅，用的都是高档的护肤品，每个动作都要小心翼翼、反反复复、慢慢腾腾，看得方媛直摇头。

柳雪怡和凌雁玉对苏雅的护肤品颇感兴趣，两人围在苏雅身边，你一句我一句地唧唧喳喳吵个不停。

苏雅今天的心情不错，一向严禁别人动用自己的私人物品的她，竟然把形形色色的护肤品拿出来和她们分享。什么洁肤膏、洗面奶、护肤露……林林总总七八样，方媛眼睛都看花了。而且，每种护肤品的用途都不一样，哪个先用，哪个用在哪里，要用多少时间，连方媛这么聪明的人都记不住。

"真服了你们！"方媛对护肤品的兴趣不大，扔下说教的苏雅和听得如痴如醉的柳雪怡、凌雁玉，跑回卧室补觉。

这次，她睡得很熟，连梦都没有做一个。

可惜没睡多久，就被洗漱完毕的苏雅毫不客气地叫醒。

"干什么啊，人家睡得正香！"方媛对着苏雅一阵咆哮。

"一起去吃早饭啊。"苏雅笑眯眯地说。

方媛打量着苏雅，她总觉得苏雅的笑容里隐藏着什么，似乎不怀好意。

柳雪怡和凌雁玉不在寝室里。

"她们呢？"

苏雅叹气："今天周末，她们佳人有约。"

凌雁玉有约还说得过去，毕竟她和闷哥暗生情愫在先、生死患难在后，感情有所进展合情合理。

可是柳雪怡呢？自从解除爱情降后，和杨浩宇分了手，一直郁郁不乐，从不和其他男生交往。事实上，她虽然相貌平平，但也心高气傲。条件差的她看不上，条件好的又看不上她。再加上她争夺杨浩宇的负面影响，医学院确实没有男生愿意接近她。

"柳雪怡也佳人有约？"

"嗯。严格地说，是她约了别人。"

"我知道了，是332寝室的吴浩东吧。"

"答对了。"

方媛突然笑了："我想，他们手挽手逛街时，吴浩东肯定很难受。那感觉像不像一只拴在电线杆上的瘦皮猴？"

"你真刻薄！"苏雅瞪着方媛，一脸严肃，却又忍不住，终于笑了出来。

其实，柳雪怡并不比吴浩东高多少。柳雪怡有一米七，在女生中算高的。吴浩东偏偏只有一米六八，在男生中算低的。两个人走在一起，乍看过去，柳雪怡绝对显高。

"那我们呢，吃完早饭干什么？你不会光为了吃早饭而叫醒我吧。"

"去看医生。"

方媛吃惊地看着苏雅："你去看医生？"

"不是我，是你去看医生。"

"我没事去看医生做什么？你是不是发烧了？"

苏雅没好气地说："你才发烧了！"

"没发烧你说什么胡话。你不会真的要我去检查什么精神隐疾吧。等等，我知道了。你是说去见他？"

"你知道就好，无论你有没有病，我们都要去看那个该死的医生。"苏雅想了想，接着说，"我总觉得这小子心里有鬼，有什么事瞒着我们。还有，他看你的眼色，怪怪的，好像……"

"好像你的大头鬼！"

"不是啊，你没看到。在你没注意的时候，他偷看你的眼神，是真的好像想吃了你……"

"……"

26

也许是熬夜的缘故，方媛的眼睛隐隐有些疼痛，眼中的世界也变得阴晦了许多。

不知道苏雅安的是什么心思，连洗漱的时间都不耐烦，急匆匆地拉着方媛走出阴暗潮湿的女生宿舍。

出来一看，眼前豁然开朗，校园里一片金黄，飒飒的秋风格外清爽，让人精神一振。

空气中弥漫着一股淡淡的香甜，鲜艳欲滴的新绿和成熟稳重的橘黄交错，交相辉映。

方媛深深地吸了口气，挺直了身体，毫无顾忌地站在金黄色的阳光里，任微微灼热的温度覆盖全身的肌肤。

她喜欢这种暖暖的感觉，仿佛驱除掉了所有的阴霾，心胸陡然间变得开阔起来，有一种说不出的舒畅。

苏雅白了方媛一眼，撑开随身携带的小花伞，遮住了两人的身体，拉着方媛往前走，一边走一边撇着嘴说："毛病，现在都没人，摆什么姿势！"

方媛气结，用力甩脱了苏雅的手。

"我说错了吗？"苏雅不甘示弱，"想摆姿势，等会儿让你在那个李忧尘面前摆个够。"

方媛摇头作打败状："真受不了你。你能不能不这么庸俗！"

"是，我庸俗。就应该让你这种不庸俗的人在太阳下暴晒，晒成非洲黑人那样，那才叫惊艳！"

"我就奇怪，你为什么非要拉着我去找李忧尘？难道，你看上他了？"

苏雅停住了脚步，转过身，怔怔地凝视着方媛，眼瞳里似乎蒙上了一层淡淡的轻雾，仿佛一首忧郁的小诗般，连方媛都生出我见犹怜的感觉。

"你还是忘不了他？"方媛叹息了一声，轻轻地握住苏雅的手，拉着她慢慢前行。

两人各怀心事，一路无语。

到了附属医院，找到脑科，却没有找到李忧尘。

"你们找他有什么事？"一个年轻的医师堆着笑容走过来。

"我们是他的朋友，找他有点儿事。"方媛客客气气地问，"他今天没来上班吗？"

"我是李忧尘的同事，也是他的好朋友。我姓梁，你叫我小梁好了。"梁医师显得很热情，亲自帮她们倒了两杯热茶，殷勤地端了过来。

"我们不喝茶，谢谢。"方媛推却，可梁医师还是很热情地递到她手上。

剩下的那杯，他端给苏雅，却不小心被苏雅打翻了，烫得他跳了起来。

"不好意思。"虽然这么说，苏雅的脸上却没有半点儿不好意思。

"没关系。"梁医师干笑了两声，转身又凑到方媛面前，"你们是医学院的学生吧。"

"嗯。"

"来实习的？如果是实习的话，找我也一样。"梁医师戴着金丝眼镜，一副文质彬彬、好为人师的样子。

"不，我们不是来实习的。"方媛轻声说，"既然李医师不在，我们先走了。"

"哎，等等。"梁医师有点儿不甘心，"你叫什么名字，手机号码是多少？等他回来，我叫他联系你。"

方媛想了想，笑着说："还是算了，我们下次再来找他吧。"

"他请了长假，这个星期都不会来上班。"

"哦。不要紧，反正我找他也没什么事。"

方媛礼貌性地回应了一句，苏雅早已不耐烦转身离去。

走出医院，方媛问："我们现在是不是回去？"

"不，我们去他家。他就住在我们医学院的教师宿舍里。"

"真的要去？"方媛隐隐猜到苏雅找李忧尘另有目的。

"嗯。"

"好吧。"方媛跟着苏雅，忍不住又问，"你为什么要故意打翻茶杯去烫梁医师？"

苏雅冷冷地说："不这样，怎么办？和你一样，对着讨厌的人，说着违心的话，还要装出一副笑脸来？"

"他人其实不错的。"

"是吗？"苏雅故意把那个"吗"字拖得很长。

"他毕竟是李忧尘的同事。何况，他对我们也很友好。"

"友好？哼，我看是居心叵测。"

"别人对你表示友好，就算你不接纳，也不必刻意去打击啊。"

"我不是你。"苏雅的声音变得深沉起来，"也许，人都是虚伪的，人生如戏。但我不想演戏，我只想做我自己喜欢做的事。"

"可是，你有没有想过，这样很容易得罪别人。"

"那又怎样？我本就不想和讨厌的人来往。"苏雅停顿了一下，接着说，"方媛，我知道你是为我好。但是，每个人都有自己要走的路。"

"那倒是。"

说话间，两人来到了李忧尘的家。

这是一幢最靠后的平房，独门独院，和医学院里新建的小区式楼房远远隔开。泛着灰色的红砖，长满铁锈的栏杆，苍翠欲滴的爬山虎，颇有些孤芳自赏的味道。

门是开着的，院子里种满了花草和盆景，弥漫着淡淡的清香。

方媛上前叫道："李医师在家吗？"

等了一会儿，还是没人回应。

两人走进去，果然没看到李忧尘的身影。

客厅里很乱。桌几上放着一只热水瓶，桌面上残留着康师傅方便面塑料杯。水果盘里还有一些香蕉，但明显已经开始腐烂了，也不知放了多久。

"他去哪里了？"苏雅皱皱眉，拿出手机，找到李忧尘的手机号码，拨了过去，不想那边却关机。

"门是开着的，想必很快就会回来。"方媛安慰苏雅。

"也只能等了。"苏雅快快地坐到沙发上。

"苏雅，你没事吧？"方媛越看越觉得不对劲。

"没事。"苏雅勉强地笑了笑，眼里的忧郁之色却更浓了。

"是不是苏舒（苏雅的妹妹）的病又犯了？"

"没，她现在很好。"

"你不会真的担心自己有精神隐疾吧？"方媛故意笑了笑，"天不怕、地不怕的苏大小姐，不会一下子就如此胆小吧。"

苏雅转过脸，凝视着方媛，一语不发。

她的眼神，居然有种说不出的寒意，连方媛都觉得有点儿心里发毛。

方媛抖擞了一下身体，站了起来，仿佛喃喃自语般："奇怪，这房子，我怎么觉得有股子阴气。"

苏雅没有说话，慢慢地收回目光，低下头，不知道在想什么。

方媛打开电视，拿着遥控器随意更换节目频道。

换了十几个频道，居然让她找到一个僵尸类型的香港电视连续剧，名字叫做《我和僵尸有个约会》。

方媛很喜欢这部电视剧，尤其是里面女驱魔师马小玲的风采，一直让她心有戚戚焉。

如果能和马小玲一样，凭无上法术，着靓丽彩衣，行驱魔捉鬼之事，伴深爱之人同行，那该是怎样的一种惬意和自在啊。

现在，正演到马小玲穿着白色超短裙，在日本白茫茫的雪地上捉拿女鬼，嘴里轻念"临兵斗者皆阵列在前"九字真言，身后金龙现身，有着一种触目惊心的美艳。

接下来，应该是一场精彩的打斗。方媛正满怀希望期待着，不料画面一转，失去了信号，变成了乱舞的碎雪花片。

可恨！方媛站起来，正要走过去查看电视天线，忽然看到一件奇怪的事，浑身直冒凉气，脚仿佛被粘住了，丝毫动弹不得。

电视里，一个诡异的人脸出现在荧屏上，面目狰狞，怒气冲天，狠狠地瞪着方媛破口大骂。

27

死一般的寂静。

方媛怔怔地站在那儿，整个世界仿佛突然消失了，只剩下电视里那张诡异的人脸。

虽然扭曲得厉害，但依稀能看出是个年轻女生的模样，从人脸的轮廓来看，五官搭配得不错，很有几分姿色。

可是，这张诡异的人脸，为什么如此仇恨她？

方媛在脑海里搜索了良久，始终没半点儿印象。

更让她胆寒的是，这张诡异的人脸，怎么会出现在电视里面？

难道，和《午夜凶铃》一样，她是被禁锢在电视里面的厉鬼？这也太搞笑了吧。

幻觉，肯定是幻觉！

方媛闭上眼睛，摇摇头，竭力舒缓一下紧张的神经。

"你在干什么？"苏雅的声音轻轻传过来。

"没什么，我眼睛有点儿涨，可能是昨晚没睡好。"

方媛缓缓地睁开眼睛。

果然，什么也没有发生。

电视里，依然继续着马小玲和女鬼的打斗。

方媛舒了口气，嘴里有着几丝苦涩的味道。

幸好，房间里有矿泉水。她拿起一瓶，仰头猛喝。由于喝得太急，她竟然被矿泉水呛到了。

现在，轮到苏雅问她了："方媛，你没事吧？"

"没事，我能有啥事！"方媛紧绷的神经突然放松，仿佛经历了一场战争般，全身隐隐作痛。

"可是，刚才你两眼发直，嘴角流涎，我还以为你见到鬼了呢！"苏雅开玩笑地说。

"别瞎说！大白天的，别提这些脏东西！"方媛坐了下来，把背靠到沙发上，长长地吐气。

苏雅疑惑地看了看方媛，张了张嘴，但什么也没有说，转过脸去看电视剧。

方媛好不容易平复了悸乱的心跳，问苏雅："对了，刚才你也在看电视吧？"

"嗯。"苏雅应了一声。

"你有没有看到电视里有特别的东西？"

"特别的东西？"苏雅脸色一变，凝视着方媛，好半天才缓缓说，"一个凶神恶煞般的女鬼。"

方媛的心一下子就沉了下来："啊！"

"嗯，看不清脸，有着一头长长的黑发，眼神恶毒。"

方媛的嘴唇发白："你也看到了？"

"是啊！我还看到她慢慢地从电视里爬出来，举起颤巍巍的手指，指着你，嘴里哆嗦着说，'还我的男人来！'"

方媛怔住了："咦？"

"神经！这是抓鬼的电视剧，你以为是《午夜凶铃》里的贞子啊！"苏雅没好气地说。

"不是，苏雅，我真的看到……"

"看到什么？"一个磁性的男人声音突然响起来，"怪不得我今天左眼老在跳，原来是你们两位稀客到了。"

原来是李忧尘回来了，手上提着一大堆菜。他的身后，跟着那条名叫小黑的巨型警犬。

"小黑，过来！"苏雅早就和小黑混熟了。在为妹妹治病的时候，她可没少给小黑喂食。

小黑看到苏雅也很开心，亲昵地跑过来，摇头晃脑，伸出舌头舔她的手。

李忧尘放下手中的菜，热情地为两人倒茶，可倒了半天，只倒出一小杯不知放了多久的冷开水。

"不好意思，忘记烧水了。"李忧尘找出两瓶矿泉水，一人递了一瓶，"其实，这矿泉水也不错，天然，比开水好。"

方媛问："你一个人住？"

"是啊。这房子是我父母留给我的。"

"他们人呢？"

"上天堂了。"

"对不起。"

"没关系。人都难免一死。"

可能是觉得气氛有些沉闷，李忧尘转变了话题："今天两位贵客光临，有什么事需要我效劳的？帮得上忙的话，万死不辞。"

方媛看了看苏雅。

苏雅却不理会她，自顾自地看电视。

"其实，也没什么事，就是想来看看你。"无奈，方媛只好随口敷衍。

"是吗？"显然，李忧尘并不相信，"不过，你们运气不错，我今天买了不少菜，有机会尝尝我的手艺。要知道，我可是一个星期难得开一次伙。"

说完，李忧尘提起菜，一头扎进厨房。

很快，厨房那边就飘来淡淡的肉香。

方媛心里记挂着刚才电视里看到鬼脸的事，心神不宁。她总觉得这房子里弥漫着一股子说不清道不明的冷意，阴气森森的。

难道，是因为在一楼的缘故？

一般来说，一楼的房子潮气较重，采光不好，空气要阴凉一些。

方媛转身，正巧和苏雅眼神相对。

苏雅若无其事地把目光收回，假装在专心致志地看电视。

方媛知道，苏雅心里一定有事。而且，她来找李忧尘，肯定另有隐情。

可她刚才为什么不说？难道，她不想让自己知道？

方媛叹息了一声，走进厨房。

"不用，这里不用你帮忙。你在这里，我反而放不开手。"李忧尘直接把方媛轰出来了。

没办法，方媛只好退出厨房。她又坐不住，电视更是不愿再看，于是走向书房，想从里面找书看。

书架上厚厚地放满五层书，一大半是医学业务书，少部分是乱七八糟的杂志、小说。

方媛随手抽了本《小说月报》，寻了把椅子，正要坐下来翻阅，一抬头却看到对面墙上一幅巨大的情侣照。

照片是李忧尘和另一个年轻女生的合照。那时的李忧尘，嘴角尚有淡淡的胡须，身形比现在要消瘦许多，眉眼间一股傲气，颇有些浊世翩翩佳公子的味道。

年轻女生穿着一袭鹅黄色的旗袍，尽显她凹凸有致的魔鬼曲线，脸上笑靥如花，依偎在李忧尘的身旁，一脸的幸福。

方媛看了看年轻女生的脸，突然想起了什么，一瞬间仿佛被雷击中般，手上的《小说月报》悄然滑落，坐在椅子上微微战栗着。

照片中的年轻女生，和她刚才在电视里所见的鬼脸，一模一样！

方媛仔细观察照片，越发确定，自己以前从没见过这个年轻女生！

　　既然没见过，怎么会对这个年轻女生产生幻觉？这也实在太诡异了。

　　方媛的头又开始疼了起来，似乎有无数只蚂蚁在里面游走。

　　而且，她惊奇地发现，照片中的年轻女生，不再是一副幸福的小鸟依人状，而是变成了怒火冲天，脸上肌肉痉挛着，咬牙切齿，仿佛一条毒蛇般恶狠狠地盯着她。

　　仿佛有风，悄然拂过，彻骨的寒意。

如果说，屋子阴气森森，电视诡异莫名，还只是一种主观感觉，可李忧尘疯狂砸烂电视的行动，却实实在在摆在面前。

第七章
鬼魂信号

28

隐隐有种不祥的感觉，仿佛即将发生一些不好的事情。

而且，眼前的场景，有种似曾相识的感觉。

可是，方媛记得很清楚，这是她第一次来李忧尘的家。

有几秒钟，她脑海里一片混乱，不时浮现出一些死亡的恐怖片段。

惊愕的眼神、滴血的伤口、急促的呼吸、疼痛的嘶喊……

为什么会这样？

仿佛有块看不见的石头，死死地堵在喉咙间，连呼吸空气都变成一种奢侈。

方媛强自镇定，将眼神从墙壁上的情侣照上移开，竭力让自己镇定下来。

没事的，只是一张相片而已。

虽然这么安慰自己，可一闭上眼睛，相片上年轻女生的容颜就浮现出来，恶毒地盯着她，阴沉地冷笑，仿佛隐藏在暗处的毒蛇，让她浑身起鸡皮疙瘩。

方媛脚有些发软，依然站了起来，缓缓地走出书房。

她走得很小心，生怕踩到什么东西而滑倒。

"方媛，你怎么了？"

李忧尘正端着一碗热腾腾的三鲜汤，从厨房走出来，看到方媛的脸色有异。

"我……"方媛想了想，还是摇摇头，"我没事。"

"是吗？怎么你脸色这么苍白？"李忧尘放下三鲜汤，靠近方媛，伸手去摸方媛额头，关切地问，"是不是发烧了？"

李忧尘的手掌很厚，很温暖，神情自然。

"没发烧啊。"李忧尘笑了笑，"是不是最近没睡好？"

"嗯。"

"别想得太多，船到桥头自然直，万事顺其自然就好。"

"嗯。"

李忧尘搓搓手，笑容可掬："你们再等会儿，我把那条鳜鱼弄好，就可以开饭了。"

"等一下。"方媛想了想，还是问了出来，"房间里的那个女生，是不是你的女朋友？"

李忧尘愣住了："是我的未婚妻。"

"那，她，现在？"

"死了。"意外的是，李忧尘并不悲伤，好像在叙述一件旁人的事情般，"死了已经有两年了。"

"对不起。"方媛紧接着问，"你很爱她吧。她是病死的吗？"

"不是，是一场意外。"李忧尘的眼神有些怪异，"你好好的问这个做什么？"

"我……是这样的，刚才，我……"

还没等方媛说下去，身旁突然传来一声惊恐的尖叫声，两人吓了一跳。

尖叫声居然是苏雅发出来的。

此时，苏雅正双手抱头，闭着眼睛，浑身战栗着大声尖叫。

和苏雅认识这么久，方媛还从来没见过她如此惊恐。

要知道，苏雅的胆色，甚至比她的美貌还要出名。

方媛没有多想，立即冲过去，抱住苏雅："苏雅，没事，我在这儿。"

苏雅一头扎进方媛的怀中，尖叫声慢慢平息，脸上居然满是泪痕。

"我看到她了……"苏雅的声音在颤抖。

"她？哪个她？"方媛四下张望，房间里只有她和苏雅、李忧尘三个人。

"丁、恩、河。"苏雅艰难地吐出这个名字。

丁恩河？方媛想起来了，这是个死人的名字。生前，为报复仇人，她曾利用黑客技术，侵入手机，制造了恐怖一时的诡铃事件，后来被苏雅识破，最终自食其果。

不过是一个死人而已，苏雅为什么这么害怕？

"她已经死了！"

"我知道！"苏雅仿佛在喃喃自语，"我知道她已经死了。可是，她一直在纠缠我。"

"啊……"方媛目瞪口呆。

"她一直对我说，苏雅，你来陪我……以前，是几个月对我说一次。最近，几乎每个星期都对我说一次。这几天，变成了每天都要对我说好几次。"

"傻丫头，她已经死了，别胡思乱想了。李医师，你说是不是？"方媛用求助的眼神望向李忧尘，想让他开导苏雅。毕竟，他是脑科和神经科的权威，曾经治好了苏舒，说出的话还是很有分量的。

可是，没等李忧尘劝解，苏雅接下来的话让两人都大吃一惊。

"起初，我也这么认为。可是，刚才她竟然在我面前出现……"苏雅一脸的惶恐。

"在哪儿？"方媛的汗毛都竖起来了。

"在电视里……"苏雅的手指指向了电视机。

自始至终，苏雅的眼睛都不敢望向电视机那边。

"开什么玩笑，女鬼出现在电视里，你还真以为是《午夜凶铃》啊。好了，苏雅，别玩了。"方媛故作轻松地说。

苏雅缓缓地抬起头，看着方媛，一言不发。

方媛的笑容僵住了。

苏雅的样子，不像是演戏。

而且，自己不是也从电视里看到了李忧尘的未婚妻？

最让人奇怪的是，李忧尘居然自始至终都没有说一句话，脸上阴晴不定，也不知在想什么。

苏雅怯怯地问："李医师，你不会告诉我，我和妹妹一样，精神隐疾发作，产生幻听幻觉吧？"

怪不得，这些天苏雅的精神不太好。以她坚强的性格，如果不是实在撑不住，也不会找借口拉着方媛主动来找李忧尘。

　　一个人，最可怕的不是落魄，而是对自己失去了信心。苏雅之所以明艳不可方物，既是天生丽质，更是从容自信的修饰。

　　李忧尘没有回答苏雅的问题。

　　事实上，此时的李忧尘，竟然连站都站不稳，一只手撑在桌子上，脸绷得紧紧的，额头上竟然冒出细细的汗珠。

　　他竟然比苏雅还要紧张，还要恐惧？

　　不只是他，连一向乖顺的警犬小黑，也似乎察觉到什么，夹着尾巴，躲在角落里，不安地刨爪。

　　屋外，隐隐传来路人的笑声和自行车的铃声。屋内，却是死一般的寂静。

　　方媛咳嗽了几声，打破沉默，轻声问："李医师，你没事吧？"

　　李忧尘看了方媛一眼，眼神十分奇怪。惶恐、疑惑、怜爱、迟疑……各种情绪交错在一起。

　　最终，他的眼神渐渐明亮起来，仿佛下定了决心。他缓缓地闭上眼睛，猛地睁开眼，挺直身子，从身旁抄起一把小椅子，大喝一声，挥向墙壁上的大屏彩电。

　　"啪"的一声，光滑的屏幕碎裂出几道深痕，但没有完全破碎。

　　李忧尘扔掉椅子，从抽屉里翻出一把锤头，竟然"噼里啪啦"把整个电视砸了个稀巴烂。

　　然后，他累了，坐了下来，把锤子扔到一边，对着方媛和苏雅，惨笑地说："放心，她不会来了。"

29

　　方媛看得目瞪口呆。

　　如果说，屋子阴气森森，电视诡异莫名，还只是一种主观感觉，可李忧尘疯狂砸烂电视的行动，却实实在在摆在面前。

　　"李医师，到底是怎么回事？"方媛左看右看，李忧尘都不像是失去了理智。

　　"没什么，这台电视太旧了，老是出问题，我早就想换一台新的了。"

　　"是吗？"方媛的眼里充满了困惑。

就算想换新电视，也没必要把旧电视砸成这样。

"丁恩河！我刚才真的从电视里看到丁恩河了！"苏雅瞪着一双眼睛，眨也不眨，鼻尖都要撞到方媛的脸上来了。

"嗯，这个，丁恩河早就死了……"

"你不相信我？"

"我信……"

可是，这让方媛怎么信？

一个死去多时的人，突然出现在电视上，这分明是低俗恐怖电影里才有的情节。

"你不信？你不信！"苏雅喃喃自语般，突然笑了，笑得很放肆，完全失去了她平时骄傲而从容的风采，"哈哈，方媛，连你也不相信我！"

"电视是不是突然失去了信号，变成了碎雪花般，紧接着出现了一个年轻女生的怪脸？仅仅维持了一两秒就恢复正常？"李忧尘沉声问道。

"咦？"方媛和苏雅两人都吃了一惊。

李忧尘居然说出了方媛、苏雅两人见到电视人脸的情形。难道，他也见到过？他嘴里的"她"，又是怎么回事？

"其实，那不是丁恩河，苏雅，你过来看，是不是更像这个女生？"李忧尘将两人带到卧室，对着墙壁上的合照说。

苏雅侧着头，仔细端详，不敢肯定："是有点儿像这个女生。"

"这就对了。"李忧尘叹息了一声，"其实，苏雅，我早就对你说过，你的家族有遗传精神病史。以前，我就劝告过你，要调整好情绪，注意释放压力，别把自己绷得太紧。否则，很容易变得和你妹妹一样。"

"不可能！"苏雅捂住耳朵，拒绝听下去。

李忧尘很有耐心地等苏雅情绪平静下来，继续说下去："逃避是没用的。你主动来找我，说明你已经意识到这个问题。其实，这个问题，并没有你想象的那么严重。"

苏雅没有说话。

"你说你经常听到丁恩河的声音，其实，你什么也没听到。这些，只是你的幻听。为什么是丁恩河，而不是其他人呢？主要还是因为你对丁恩河的死心里有愧，害怕她。"

苏雅仔细想想，还真是这么回事。要说死人，江逸风也是一个，他还是自己的未婚夫，被自己直接害死的。

"心病还须心药医。只要你打开这个心结，经常放松自己，释放心理压力，自然会不治而愈。"

"这么简单？"苏雅不敢相信似的。

"就这么简单。"李忧尘肯定地说，"其实，在我看来，所有的正常人都患有不同程度的各种精神隐疾，差别在于发作时间而已。有的人，控制得好，一辈子都不会发作。而有的人，没控制好，一旦受到外界的诱因，就成了精神病人。"

"哦。"

"事实上，有时候，一个国家，一个民族，都会成为精神病人。"李忧尘停了一下，看了看两人，接着说下去，"不相信？比方说，被希特勒演讲煽动的日耳曼民族，还有动乱时期人性泯灭的所有士兵、军官、土匪、政客……"

的确，动乱年代，所有的道德观念和社会秩序都被原始的物欲摧毁，为了生存下去，为了满足各种欲望，烧杀抢砸都成为一种再正常不过的行为。

"所以，一个人，关键要看他的自制力，能否控制住自己，尤其是控制不合情的欲望和情绪。凡是控制不了的，在我眼中，都不算正常人，都患有精神隐疾。"

"照你这么说，绝大多数罪犯都患有精神隐疾？"苏雅问。

"这只是我个人的标准，并不是法律的标准。实际上，绝大多数人犯罪的时候，都是失去理智的。如果能重新选择，他们肯定会选择不犯罪的那条路。"

听李忧尘这么一说，苏雅的心情明显好多了。

"那我……"

"你别多想。放心，没事的。如果实在放不下，就去给丁恩河扫扫墓，看看她的亲人。"

"我会的。"

丁恩河的养母，此时还在监狱里服刑。

苏雅解开了心结，方媛却依然心神不宁。

她望着相片中的年轻女生，问李忧尘："她叫什么名字？"

"林依依。"

"很好听的名字。她，很爱你，对吧。"

李忧尘缓缓地抬起头，望着相片中的林依依，脸上的表情很复杂。

"她怎么会出现在电视里？"

李忧尘虽然很好地解释了苏雅的幻听幻看，却无法解释电视里的死人脸是怎么回事。

"我不知道。也许……"李忧尘居然笑了，虽然看上去很苦涩，"也许，她舍不得我吧。"

"啊！"

"方媛，你信不信，人死后，有灵魂？"

"我不知道……也许有，也许没有……"

"我信。"李忧尘的声音仿佛很遥远，"我能感觉到她就在这个屋子里，一直不肯离去。"

如果李忧尘不是脑科医师，方媛真会怀疑他是个精神病人。

人都死了，竟然说灵魂一直没有离去。这种鬼话，亏他说得出来。

"我知道，你们不信。事实上，除了我，没有人会信。但我就是有这种感觉，感觉她就在这屋子里，就在我身旁。"

"我告诉你们，苏雅刚才电视里所见的就是林依依。同样的场景，我已经遇到过好几次了。"

李忧尘的声音很慢，咬字清晰，似乎在述说一件很重要的事情。

可不知为什么，方媛总觉得他身上透着一股子说不出的阴冷，情不自禁地打了个冷战。

李忧尘所说的，和传说中的冤魂不散有什么区别？

难道，林依依的死，并不简单？

李忧尘，他又对林依依做了些什么？

30

这是一个极其普通的情感故事。

李忧尘和林依依两人都是南江医学院的教师子女。

从小，林依依就能歌善舞，喜欢参加各种文体活动，一直是老师和院区里的宠儿。

而李忧尘则是个典型的书呆子，不善言辞，为人木讷，除了偶尔表现出超强的记忆力外，别无所长。

因为长辈是世交，又都忙于工作，所以经常将子女寄托在另一方家里。

如此一来，李忧尘和林依依倒也可以说是青梅竹马、两小无猜。

在那个躁动的青春岁月里，早熟的林依依在平凡的生活中极其渴望一种琼瑶剧般轰轰烈烈的爱情。

但是，一个中学生，家长又管得紧，生活圈子实在太小，除了班上的同学，就是院区的老师子女。外面的无业青年都是些小混混儿，她也不敢接近。

于是，林依依只能矮子里拔将军，委委屈屈地和李忧尘谈起了恋爱。

李忧尘虽然不尽如人意，但好歹家世清白，而且对她不是一般的宠爱，凡事都让着她。

其实，那时的李忧尘，精力还是放在学业上，对林依依的感情并没有很投入。事实上，他自己也搞不清楚，是真的爱林依依，还是习惯了和她在一起。

有时候，他觉得，林依依更像是他的妹妹，只不过更淘气些罢了。

高考后，李忧尘如愿进了外地名校学医。林依依却因为成绩不理想，只考上本地一所普通的专科学校。

相隔千里，书信渐少。

两人的爱情之花还没有绽放，就悄然枯萎。

林依依在学校里谈了几场令人瞩目的爱情，但最终还是两手空空。毕业后分到一家国有企业，没做两年就分流下岗了。去外企打拼，但总是难以长久，赚的永远没有花的多。

工作、爱情，都不顺利。心高气傲的她，一度成为院区里好高骛远的典型。

而李忧尘，依然木讷，不善言辞，但在医学方面开始展露才华。读研，读博，国外留学，回国就业，很快就成为国内知名的脑科专家。

在一次偶然的同学聚会上，两人再度重逢。

此时，林依依才发现，李忧尘已非吴下阿蒙。

不盲从，不流俗。更重要的是，他有坚实的经济基础和较高的社会地位，走到哪儿都能看到别人仰慕的眼神。

成功的男人，总有种独特的魅力。

这次，林依依下定了决心，对李忧尘展开了爱情攻势。

俗话说得好，男追女，隔座山；女追男，隔层纱。

单身男人，总有些生理需要，对送上门的女人，尤其是美女，一向没有抵抗力。

两人再度确定恋人关系。

可是，没过多久，林依依就发现有些不对劲。

李忧尘对林依依，仿佛只是一个稍微熟悉点儿的老朋友罢了。除了偶尔的生理需要外，他很少主动去找林依依。至于什么情人节、七夕节、圣诞节，还有她的生日，他更是压根儿就没这种意识。

林依依也曾尝试着去改变李忧尘，但没一点儿效果。

最终，她悲伤地发现，李忧尘并不爱她。

事实上，他并不爱这个世界上的任何一个女子。

他只爱他自己，还有他的医学专业。

他之所以和她在一起，只不过是找个生儿育女的工具罢了。

看清了这一点，林依依越发紧张，想把李忧尘抓得更紧。

殊不知，男人是种很奇怪的生物。你越想控制他，他就离你越远。

"后来呢？"方媛问。

李忧尘淡淡地说："后来，她发生了意外，死了。听她父母说，她最大的愿望，是我好好儿地爱她，成为我的妻子。"

"哦。"

方媛没有继续问下去。

即使是傻瓜也能猜出来，林依依的死不是一个普通的意外，甚至很可能和李忧尘的情感纠纷有关。

但这是李忧尘的私事。他不愿意说，方媛也不好追问。

"等一下！"苏雅看了看李忧尘和方媛，用手轻拍自己脑袋，问，"我被你们搞糊涂了。李忧尘，你的意思是，你的女友林依依已经死了，却对你依依不舍，冤魂不散，所以才会在电视里出现？"

李忧尘说："差不多就是这意思。"

苏雅疑惑地说："不会吧。你可是国内知名脑科医生，竟然编这种鬼话骗我们？"

李忧尘叹息了一声："正因为我是脑科医生，遇到过太多灵异的事情。你信不信，有的人，呼吸没了，脑死亡后，还能醒来，醒来后仿佛变了另一个人似的。"

苏雅说："不就是诈尸嘛，恐怖小说里常见的情节。"

方媛说："李医师，其实，刚才我也在电视里看到过林依依。"

她将事情的经过简要地叙述了一遍。

李忧尘听完后，沉吟着说："有些事情，用现在的科学并不能完全解释。如果将科学知识比做一个圆圈，圆圈越大，已知的就越多，未知的却更多。就像我们所感受到的宇宙，并非宇宙的全部。"

"我知道，宇宙有许多暗物质。"

"何止暗物质，还有反物质。以前，科学家认为组成物质的基本粒子是质子、中子、电子。后来发现，宇宙中还存在相同的反粒子，有反电子、反中子、反质子。据说，科学家认为宇宙之初有相同数量的物质和反物质，由于某种原因，大部分反物质转换成物质。既然反物质可以转换成物质，同理，物质也有可能会转换成反物质。"

"嗯，这些都是物理学的前沿科学，可是和林依依出现在电视里有什么关系？"

"我只是想告诉你，这个宇宙，这个世界，并不是眼见为实这么简单。所谓的实和空、存在和虚无，本身就是一个伪命题。所有的实体，其实都是空心的，只是高速转动的电子围绕着极其细微的原子核。所有的存在，其实都是虚无的，因为所有的存在，都只局限在一定范围内，离开了这个范围，就变成了虚无。"

"……"

看着苏雅迷惘的眼神，李忧尘仿佛一个耐心的老师，慢慢讲解："就拿我们人类来说，对事物的描述是形、声、色、味、触，也就是视觉、听觉、嗅觉、味觉、触觉。但这个物体本身就在这里，所谓的五感只是这个人对它的描述。不同的人，对同样一个物体，甚至会有不同的描述。比方说，我们的听觉，所能感受的声波是在一定范围里的，一般是 16 ~ 20000 赫兹，但也有超过这个范围的声波，我们人类就感觉不到。视觉也是如此，虽然有一百多万条视觉神经纤维，有暗视觉和明视觉，但也只能在有效视觉范围内才能分辨。"

苏雅听得直翻白眼："李医师，我还真看不出来，你这么好为人师。你就不能简明扼要点儿，直入主题？"

李忧尘摇摇头，说："好吧。其实，我想说的是，林依依出现在电视里，是一种超自然现象。"

"你说的，还真是……很简单。"

"这种超自然现象，叫超自然电子异象，简称 EVP。据说，所谓的鬼魂，只是宇宙微波的一种，他们能通过录音和录影器材，向我们人类世界传递他们的声音和影像。只要有足够的能量，一个人生前的声音和影像就会一直留在人世间。他们仍在你身边传达强烈的情感，比方说思念、爱、恨等。"

"EVP？捉鬼敢死队？"苏雅想起以前看的一个电影。

"你别小看 EVP。现在全球有十一个国家，组成了四十多个组织在研究这种现象，并成立了相关协会，而且已经取得很多成果。"

"所以，林依依出现在电视里也是 EVP 现象？"

"是的。不知道是这台电视的原因，还是我们时运太好的原因。在这之前，我起码有两次在看电视的时候看到过她。其实，你们不必担心，遇到 EVP 现象的概率比中体彩头奖还要小。"

苏雅苦笑："看来，我真幸运，应该去买一些体彩。"

"我估计，主要还是电视的原因。这台电视在种种巧合下，比较容易接收到 EVP。而你们的感官范围可能比普通人要大些，所以才会看到。"李忧尘看了一眼破破烂烂的彩电，重重地叹息着，说，"不过，以后，这种事情不会再发生了。"

方媛说："希望如此。"

李忧尘想挽留方媛和苏雅在家吃饭，两人坚决地拒绝了。

开玩笑，这房子阴气森森，鬼影幢幢，哪儿还有心情吃得下饭。

那个林依依，就算死了，全身僵硬，躺在棺材里，看到方媛、苏雅这种漂亮女生来找李忧尘，估计也会气得爬出来。

"要不，你们还是出去旅游散散心吧。心情好了，自然什么事也不会有了。"离去时，李忧尘反复念叨着这句话，眼睛却看着方媛，不知道安的是什么心。

残余的意识中，隐隐有种不祥的感觉，竭力想脱离那种诡异的引力。可是，身不由己，全身轻飘飘的，没一点儿力气。身后，是无数和她一样的尘埃，争先恐后，汹涌澎湃。

第八章
死亡循环

31

一片树叶悄然掉落下来，在空中旋舞着，仿佛不甘心就这样脱离母体。天色如血一般迷醉，层峦叠嶂的山峰一眼望不到尽头。

大山深处翠意浓浓，草木苍郁。参差不齐的大树团团簇拥着，伸向天空，舒展枝叶，遮住阳光，将天色衬托得更加阴霾了，给人的感觉是潮湿而阴暗。

这里静得很，除了偶尔听到的小鸟鸣叫声，就是潺潺的流水声，除此之外什么声音也没有。

一些外表斑驳的树藤死死地缠绕在枯瘦的树木上，盛开着颜色艳丽的花朵，花香沁人心脾。

深不见底的悬崖歪歪斜斜地矗立着，斜面上不少花草树木钻了出来，鬼头鬼脑地望着他们。

一辆越野吉普车沿着坑坑洼洼的山路艰难地行驶着，

扬起一阵阵黄土。

路越来越狭窄，越野吉普车嘶吼了几声，终于停了下来。

闷哥坐在驾驶位上，迷惘地望着眼前的小路。那里，野草疯狂地蔓延，完全掩盖了山路。显然，这条路已经很久没有人走过了。

"怎么回事？"副驾驶座上的凌雁玉问闷哥。

"没路了。"闷哥往后吆喝了一声，"浩东，拿地图来。"

精明干练的吴浩东立马从背包中掏出地图。

"没错啊，从这个方向往前开几公里就到三鑫山了。"闷哥看了看天色，思考了一下，说，"我们还是在这里休息一晚吧，明天再赶路。"

"不会吧！"苏雅很不高兴地说，"你有没有搞错，让我们在这里露宿？"

闷哥说："没办法。看天色，可能会下雨。这条路不好走，晚上开车不安全。"

"那就在这儿休息一晚吧，反正我们都带了帐篷。"柳雪怡说。

苏雅气呼呼地对方媛说："我早就说了，什么越野自助游，一点儿意思都没有。全怪你，喜欢做好人，害得我们现在要在山里喂蚊子了。"

方媛苦笑，摇摇头，没理苏雅，径直走到吉普车后备厢，取下帐篷，搭建起来。

闷哥和吴浩东是老资格的驴友，有丰富的旅游经验。这次，他们特意邀请441女生寝室的女生一起出来自助游。

凌雁玉和柳雪怡欣然答应，还不断怂恿方媛和苏雅。

苏雅原本不想参加的，但经不住方媛反复劝说。

"李医师也说过了，我们要适当地减压，调节心情，正好趁这个机会出去走走，感受一下大自然的魅力。"

"你白痴啊，她们两个摆明是拉我们去当电灯泡的。"

"电灯泡不好吗？至少，有我们在，她们两个才不会那么容易吃亏。"

"方媛，她们吃不吃亏，关我什么事？何况，到底是她们吃亏，还是那两个笨蛋吃亏，谁说得清楚？"

"好了，苏雅，就当是陪我吧。你也不想让我一个人孤零零地夹在他们四个人当中吧。"

"算了，反正也没事。不过，事先申明，我只和你住一起。"

费了九牛二虎之力，方媛才把苏雅拉进旅游队伍。

起初，一切都正常，走的是阳关大道，住的是星级酒店，吃的是精美套餐，游的是风景胜地。

可过了几天，闷哥就说这些普通景点没什么意思，不如去没有开发的三鑫山探险。

他的提议，得到了凌雁玉和柳雪怡的热烈欢迎。

太平盛世中，庸碌生活里，每个人都有点儿探险情结。

据说，曾经有富豪在乱世中隐居在三鑫山，死后将他的宝藏全部埋藏在这座山里。当然，这只是传说，方媛他们压根儿就不信。真有什么宝藏的话，早就被别人挖掘了。

好在三鑫山风景不错，山坡也不陡峭，适合越野吉普车自助性旅游。

"好了，雁玉和雪怡准备晚餐，我和浩东搭建帐篷，方媛和苏雅去观察周围环境。天黑前，我们要吃完晚饭住进帐篷。"闷哥迅速分配好工作。

他很聪明地接手了方媛手上的事。

"走吧，我们去附近看看。"苏雅赶紧把还想继续工作的方媛拉走。

两人漫无目的地在山脚下行走。

苏雅在一个风口处停了下来，张开双臂，仰面向天，任山风透过她的身体，感受那股沁人肺腑的清凉。

真舒服啊。

深山里就是不一样，有着一股子说不出的灵秀。即使是空气，也那么清甜清爽，与沉闷夹杂着腥味的城市有着天壤之别。

还是方媛说得对，有空儿的话，应该多出来走走，离开那些如蜘蛛巢穴般的水泥碉堡，感受下真正的自然世界。

"方媛，你怎么还没跟上来？"苏雅睁开眼睛，回头往后望去。

叫了好一会儿，方媛才慢腾腾地从树林后走出来，脸上的神情有些慌乱。

"怎么了？你没事吧。"苏雅关心地问。

她知道，方媛晕车。刚才在车里，她就几次作势欲呕。

"没事。"方媛摇摇头，眉头依然紧锁。她的表情很奇怪，目光游离，避开苏雅的眼神，望向遥远的山脉。

"你在看什么？"苏雅跳下来，顺着方媛的目光望去。

参差不齐的大树后，隐约有一座青砖碧瓦的老宅，孤零零地矗立在灌木杂草中。

"奇怪，那里真的有一座老房子。"苏雅不解地挠挠头。

越野吉普车旁，凌雁玉和柳雪怡在烧烤携带的简易食品，不一会儿便香气扑鼻，引得凌雁玉食指大动。

她拿着一只烤熟的鸡翅，尝了一口，大声叫唤着闷哥。

"哟，雁玉，你和闷哥可真是如胶似漆，才几分钟就想他了？"柳雪怡在一旁打趣。

凌雁玉白了柳雪怡一眼："你是说你和浩东吧，你们才如胶似漆呢，这几天吃饭、睡觉都在一起，从不分开。"

柳雪怡脸上微微一红："哪有儿那么夸张！这些天，我不是和你睡一个房间吗？"

"是吗？"凌雁玉的笑容变得格外狡黠，"可我昨天半夜睡醒后，身边根本就没人！"

"我……昨晚，我睡不着，出去走走。"

"睡不着？想男人了吧。那么晚，你能走到哪儿去？你别告诉我，你一个人坐在天台上，看月亮数星星等日出。"

"我真的是坐在天台上等日出，信不信由你！"

"就算是等日出，也不是一个人等吧，我好像还看到另外一个人的背影。"

"死丫头，你既然看到了，还问什么问！"

凌雁玉仿佛小偷般四处观望了一下，慢慢靠近柳雪怡，声音压得低低的："雪怡，我问你，你们除了等日出，还有没有做其他的事？"

"没有！"柳雪怡斩钉截铁地说。

"不会吧，那么老土？别告诉我，连亲吻都没有？"凌雁玉摇头晃脑地说。

"得了！你也真是，还有完没完？"柳雪怡扭过脸，佯装生气。

凌雁玉吐了吐舌头，扮了个鬼脸，还想继续问下去，这时，闷哥和吴浩东走了过来。

"帐篷已经搭好了。哇，好香，雁玉，给我一个。"闷哥"抢"过凌雁玉吃过的鸡翅，露出白白的牙齿，毫不客气地撕啃着。

吴浩东则斯文多了，只是朝柳雪怡笑了笑，接过柳雪怡递过来的完整鸡翅，轻声说："谢谢。"

"不用。"柳雪怡客客气气地说。

两个人，倒还真有点儿相敬如宾的感觉。

"方媛，苏雅，你们快过来！"凌雁玉远远地望见方媛和苏雅的身影，挥手叫道。

苏雅加快了脚步，走到四人面前，婉拒了凌雁玉的烧烤，郑重其事地说："你们猜，我们发现了什么？"

"金矿？"凌雁玉说。

"古树？"柳雪怡说。

"淡水湖？"吴浩东说。

苏雅摇摇头，看着没有说话的闷哥。

闷哥想了想，说："不会真的发现什么富豪的老房子了吧？"

"是不是富豪的我不知道，不过，那的确是一幢很阔气的老房子。"苏雅平静地说。

32

方媛觉得很多事情都不对劲。

吉普车在山路颠簸的时候，她就开始晕车，不停地呕吐，整个人都昏昏沉沉的，仿佛三魂七魄被抽去一些似的，思维都变得混乱起来。

下了车后，被自然清风微微吹拂，非但没有清醒，反而更加迷糊起来，就连眼前的这个世界，都有些不真实似的。

"不会是在做梦吧！"方媛心想。

明显，不是梦。梦，不会这么清晰，感受不会这么具体。何况，她暗中轻轻咬了自己的手指，有明显的疼痛感。

算了，别想那么多了。

和苏雅在山脚漫无目的地散步时，头又昏沉起来，慢慢地走到了后面，坐下来休息。

闭上眼睛，沐浴在清爽的山风中，温暖的阳光轻轻在脸庞上跳跃。

身体仿佛一粒尘埃般，轻飘飘地飘浮在漫无边际的浩瀚苍穹中。

而且，有种莫名的引力吸引着她，让她朝黑暗的深处飘去，让她隐隐想起宇宙的黑洞，能吞噬一切物质的黑洞。

这是怎么了？

残余的意识中，隐隐有种不祥的感觉，竭力想脱离那种诡异的引力。可是，身不由己，全身轻飘飘的，没一点儿力气。身后，是无数和她一样的尘埃，争先恐后，汹涌澎湃。

她努力抗争，可渺小的力量在滚滚洪流中微不足道。

就在这时，她听到了苏雅的叫声。

陡然间，集中所有的力气努力挣扎，终于脱离了洪流的轨道，独自往回飘浮。

好不容易，睁开眼睛，看到的是一片郁郁葱葱的山林。

自己竟躺在山林中，睡着了！

到底是怎么回事？

不会是古人所说的失魂落魄吧？

不，不会的。哪儿有什么魂魄。应该是晕车的后遗症吧。

方媛自我安慰着，站起来，原地蹦了几下，稍稍振作了一下精神。

在苏雅发现那座古怪的老房子时，她就有种不祥的感觉。

那房子，看上去十分眼熟。

可是，无论她怎么回忆，都想不起来在什么地方看到过。

随着众人走近老房子，不祥的预感越发强烈了，仿佛有什么不好的事情即将发生。

老宅很大，建筑风格偏古代，似乎和"中国府第文化博物馆"的南昌汪家土库有些类似。如同一座坚固的堡垒，大墙围成了一个巨大的圆形，仅在大门处开了个口子，高高悬挂着一块牌匾，上面书写着"儒林世家"四个大字。

老宅的铁门斑驳，墙上的颜色被风雨侵蚀成青灰色，仿佛一个孤零零的老人，到处弥漫着一股子腐朽的气息。

"有人吗？"凌雁玉站在门外大声叫道，叫了半天都没人回应。

"应该没有人。"闷哥轻轻推了推，大门发出"吱呀"的怪声，缓缓打开。

凌雁玉朝里面探头探脑地看了看，朝众人撇嘴："怎么了，不进去？"

方媛犹豫着说："我想，还是别进去吧。我总觉得这座老宅有些古怪。"

"哟，方媛姐姐，没想到，你也会有胆小的时候！"

"不是胆大胆小的问题，我真的觉得我们不应该进去。"

不祥的预感很强烈，仿佛在预示着什么。可是，这种感觉很微妙，根本没办法解释给别人听。

老宅在阴暗的光线中显得极其诡异，独自矗立在这里，仿佛一只张开血盆大口的怪兽，静静地等待猎物上门。

"我看，我们还是进去看看吧，不行就走。难道里面还真会有妖魔鬼怪不成？"闷哥笑着说。

柳雪怡看了看天色，说："天色好阴啊，不会下雨吧！"

果然，就在此时，天色变了，天空中乌云密布，有极亮的电光闪过，接踵而至的是声响巨大的雷鸣声，绵绵不绝，炸响起来。

众人暗暗叫苦。如果下起暴雨来，露营的话可就苦不堪言了。

凌雁玉喜笑颜开："你看，连老天爷都帮我。"

说完，她第一个跑进老房子里，闷哥紧跟着追了上去。

柳雪怡犹豫了一下，也追了上去。

吴浩东说："方媛、苏雅，我们也去避避雨吧。"

豆大的雨点稀稀拉拉地降了下来，这是暴风雨的前兆。

方媛叹息了一声，只好拉着苏雅的手，跟着吴浩东跑进老宅。

前脚才进屋，后脚倾盆大雨就狂泻下来。

山里的雨，来得快，去得也快，哗啦啦地下了片刻就停了。

老宅里显然多年无人居住了，地板上是厚厚的一层灰尘，家具一应俱全，古色古香。房间错落有致，没有电器电线，似乎是民国时代的建筑。

"这房子真不错。"凌雁玉啧啧称赞，"这些花瓶、家具会不会是古董啊？说不定很值钱呢，我们拿几个回去吧。"

闷哥说："算了吧，下山时花瓶很容易打碎，家具又太沉，你还是另寻纪念品吧。"

两人边说边往楼上走去。

苏雅问："方媛，你是不是身体不舒服？我怎么觉得你怪怪的，脸色也很难看。"

"我也不知道。我总觉得这房子有些古怪。"

"是啊，我也是这么觉得。深山峻岭中，怎么会突然冒出这么一座老房子？鬼片中，通常是这样的情节，一群少男少女，各自有感情纠葛，一起出去旅游，来到一座荒郊野岭的老房子里，里面藏有恶鬼，少男少女们一个一个被恶鬼害死……"

方媛怔怔地看着苏雅，脸上的神情特别古怪，充满了恐惧和害怕。

苏雅笑了笑，说："方媛，怎么了？你不会真被吓到了吧！不过是三流鬼片的故事情节。"

方媛很想说："苏雅，你说的很可能会发生！"

可是，她终究还是没说出口。如果真说出来，不知道会被苏雅怎么笑话了。

青天白日，朗朗乾坤，怎么会有恶鬼呢？

老宅空间很大，如同一个封闭的小城，一个个房间宛如士兵般一丝不苟地排列着。

　　方媛和苏雅边走边观察。可是，越走她的心情就越沉重。

　　似曾相识的感觉越来越浓了。

　　所有的一切，她都很熟悉，可就是怎么也想不起来。

　　而且，她有种被窥视的感觉，仿佛身后有个东西在一直偷偷看着他们。好几次悄悄回头，却什么也没发现。

　　在一个拐角处，方媛停住了脚步，没有跟随前行的苏雅，倚在墙壁上静静地思考。过了四五秒，她突然往回探头，隐约看到一个黑影一闪而过。

　　"是谁？"方媛疾步追了过去。

　　人影倏忽而逝，仿佛从未存在过。

　　一个小东西在地上闪闪发光。

　　方媛捡了起来，是一只制作精美的紫红色水晶耳环。

　　她一眼就认出来，这只紫红色水晶耳环是她自己的。

　　她记得这次出来自己戴了一双紫红色水晶耳环。摸了摸自己的耳朵，果然掉了一只。不知什么时候掉了，现在居然又出现在她的面前。

　　在这之前，她并没有来过老宅，怎么会把紫红色水晶耳环掉在这里呢？

　　是什么人拾了她的紫红色水晶耳环，隐藏在暗处偷窥她？

　　一串串疑团，方媛想得头都痛了。

　　她仿佛看到黑暗的角落里，有一个恶魔偷偷窥视着他们，无声地阴笑。

33

　　众人在老房子里转了一圈，什么也没发现。

　　这座老房子很大，如一座巨大的堡垒般，共分为四层，数十个房间。里面什么人也没有。很多地方都是厚厚的灰尘，显然已经很多年没人来过了。

　　夜终于降临了。

　　众人跑了一天，都有些疲惫了，吃过晚饭，找了些相邻的房间，各自钻进睡袋休息去了。

　　方媛和苏雅睡在一个房间里，她辗转反侧，怎么也睡不着。

　　那种诡异的被窥视的感觉总算过去了，一切又恢复如常。

而那种昏沉的感觉也渐渐消失，大脑重新变得清醒起来。

这样的夜晚，只有山虫偶尔清鸣几声，显得寂寥极了。

方媛想起自己到南江医学院后的日子，那些曾经鲜明生动的脸孔，如今却一个个离她而去，去了未知的世界。

人，总是对未知的东西感到恐惧。

事到临头，远没有想象中那么可怕。

她记得，有一次读初中的时候，全班考试，考的是她最不擅长的化学。

她没复习好，恐惧得晚上觉都睡不着，临考前，还在翻书拼命记着那些奇奇怪怪的符号。

她一直在想，如果考得不好，该怎么办？

家人会不会因此而板着脸教训她？骂她？打她？甚至让她休学？

老师和同学会不会因此而嘲笑她？看不起她？甚至将她当成反面典型全校通报？

可是，真到考试那一刻，她忽然想通了。

没什么的，不过是一次期末考试而已。

她静下心来，思绪也变得清晰起来。

那次考试，她的成绩并不是很理想，但也没有想象中那么差，中等成绩。

事后，她也不明白，为什么会那么恐惧期末考试。

直到最近，她看到著名球星罗纳尔多也会因心理压力太大，在世界杯决赛上抽筋，这才明白，所有的人其实都一样，都会面临巨大的压力。

面对压力，有的人，选择了退缩，选择了放弃，沉迷于酒精、香烟甚至毒品来麻醉自己；而有的人，迎难而上，努力调整自己的状态，宠辱不惊，只是努力做好手上的事情，一步一个脚印走向成功。

有时候，压力并不见得是件坏事。

她又想起农村的那些妇女。

日出而作，日落而息，相夫教子，简单而古老的生活方式。

可是，如果是她，绝对受不了。

偶尔在田里耕耘可以，但一辈子就这样在田里耕耘，失去所有的梦想，那生活，还有什么意思？

她隐隐猜到母亲的想法。

一个女人，失去了依靠后，不甘心一辈子拴在农村，像机械人一般从事着最原始的体力劳动，就必须远离那个地方，重新去追逐自己的梦想。

可是，她又没有资本，没有谋生技能，只能狠下心来，抛弃还是负累的女儿，独自上路。如果生活变好了，再回来接女儿也不迟。

直到方媛考进南江医学院，母亲也没有回来。也许，她的生活，依然不如意。

算了，想那么多做什么。

方媛叹口气，悄悄从睡袋中钻出来，披起衣裳，走出房间。

外面，月光很好，皎洁的明月如残钩般，轻轻地挂在一处高峰上。

山风清新，全身的毛孔都被吹得舒畅起来，累积的郁闷之气仿佛被清风全部吹出体外般。

方媛感到舒服极了。

不祥的感觉早已烟消云散。

也许，不应该再看那些悲伤的言情小说了。

那些言情小说写得是极好的，可是里面的思想太消沉了。

女生总喜欢幻想白马王子，总奢望轰轰烈烈的爱情。但是，生活是那么琐碎，如网一般，在风雨中飘来飘去。那些情感，只是网上的一些尘埃，附带了它，只会显得更沉重、更阴郁。

一个人，总要长大。

摔伤后，再疼的伤口，也会被时间治疗好，结疤后重新愈合。有的人，总是喜欢自怨自艾，去寻找摔伤的原因，埋怨道路的不顺、石块的阻绊，还有运气的不佳。逢人便说摔伤时的惨烈景象，甚至将伤口亮出来，挖去刚结的疤痕，展示曾经的痛楚。

这有用吗？

这世界上，最廉价的就是同情了。别人的同情，并不能改变什么，只会赢得一些无用的安慰和泪水。

也许，我应该再坚强一些。

那些深深浅浅的伤痕，只是岁月留下的印记，我又何必耿耿于怀。

人，总是要向前看的。每一天，都是崭新的一天。

想到这儿，方媛的心情好多了。

她信步漫游，转过众人休息的二楼，上了三楼。在三楼转了一圈，又去了四楼的楼顶。

站得高，才看得远。境界决定成就。

方媛暗暗地想着，张开双臂，对着空旷无人的山野，大喊道："喂！"

叫声很快被风声掩盖。

"妈妈！我想你，你快回来吧！"

"方振衣，我爱你……"

平时，一直隐藏着、不敢说的话，此刻，大声叫出来，不知有多舒畅。

反正，没人听见。

叫了一会儿，方媛累了，喘着气，突然笑了。

原来，放纵也是一种快乐。

风中，突然传来另一种声音，似乎有人在争吵。

方媛的心立刻如小鹿般跳了起来。

这么晚了，怎么会有人争吵？

还有谁，和她一样，没有睡？

她侧耳听了听，争吵声却没有了。

难道，是她听错了？

要知道，山风呼啸的声音，和女人争吵的声音有些相像。

再听了一会儿，依然没听到争吵声。

方媛稍稍放下心来，四处打量楼顶。

虽然是夜晚，但是月色很好，可以清晰地看清身边的景物。

正紧张中，忽然听到"咯"的一声，似乎是小石块滚动的声音。

"谁？！"方媛大喝一声，给自己壮胆。

这一片方圆十几米的地方，空荡荡的，没有可以藏身的地方。

前面拐角处，一幢小屋的尖顶挡住了视线。

声音，就是从那边发出来的。

方媛小心翼翼地朝前走了几步，紧盯着那片尖顶屋的阴影。

有轻微的脚步声传来。

一张娇小玲珑的脸，慢慢地从阴影处显现出来。

方媛舒了口气，原来是凌雁玉。

"小玉，你搞什么！吓死我了！"

可是，很快方媛就发觉不对劲。

凌雁玉并没有说话，只是狠狠地盯着方媛，眼神突然露出恐惧，仿佛见到了一个魔鬼般。

她的身体也在黑暗中慢慢显现出来，衣裳上竟然沾有飞溅形的血迹，右手拿着一把锋芒毕露的匕首。

这把匕首，方媛见过，是闷哥的。

闷哥身上一直带着把锋利的匕首，说是用于防身，以防不测。

"小玉，你没事吧！"方媛赶紧迎上去。

可是，她没想到，凌雁玉突然咬咬牙，竟然挥起手上的匕首，狠狠地刺向她。

方媛大吃一惊，想躲避已经晚了，只来得及稍稍后仰下身子，锋利的匕首划过她的左臂，扬起一串血珠。

方媛伸出右手，抓住凌雁玉的手，对她叫道："你干什么？是我啊，方媛！"

"方、媛！"凌雁玉一字一顿地说，仿佛蕴藏着许多仇恨般，更加疯狂地攻向方媛。

方媛只得松开手，转身逃走。

凌雁玉疯了般追上来，方媛不知道凌雁玉怎么会变成这样，但现在的凌雁玉实在是只狰狞凶猛的野兽。

她的脸部肌肉不规则地抽搐着，眼中如野兽般露出凶光，神经质似的冷笑，头不时地晃动一下，手上青筋暴出，号叫着挥刀劈向方媛。

方媛拼命地跑，只记得凛冽的刀风和彻骨的疼痛。

受伤野兽般的号叫声，一直在她耳边缭绕，不停地威胁她的神经。

似乎只过了一两分钟，楼顶上重新寂寥下来。

刀风声没了，号叫声也没了。

方媛紧跑几步，陡然转身，看到凌雁玉已经倒在了地上，一动不动，仿佛死了般。

她小心翼翼地走上前，看到的是一张死不瞑目的脸。

那张脸，原来生动活泼，有着青春特有的嫣红，现在却变成了惨白色，没有一丝生命的色彩。

34

方媛伸手捡起掉落在凌雁玉身旁的匕首，又探了探凌雁玉的鼻息，没半点儿呼吸。

凌雁玉死了！

她的胸前，有一个窟窿，鲜血直流。

显然，这个伤口是致命的。

怎么会这样？

是谁杀了她？

难道，这老房子里真的有一只看不见的恶鬼？

方媛不知道，自己脑海里为什么老是会冒出这种三流恐怖电影的情节。

凌雁玉的死，如果按照正常的逻辑，苏雅、柳雪怡、闷哥、吴浩东四人中，有一人是凶手。

苏雅肯定不是，以她对苏雅的理解，绝不会去和凌雁玉这种人起什么利益冲突。

退一万步来说，两人即使起了利益冲突，即使苏雅真的想对付凌雁玉，她起码有几十种方法，都要比在这老房子宿营时动手要好得多。

对于苏雅的智商和性情，她还是有一定了解的。

能写悬疑推理小说的女写手，逻辑思维和观察力本身就比常人强上一些。真想犯罪的话，不想个万全之策，是不会轻易动手的。

剩下的，只有闷哥、吴浩东、柳雪怡三个人了。

可是，闷哥是凌雁玉的男朋友，对凌雁玉呵护都来不及，又怎会杀了她？

再说了，凌雁玉那么喜欢闷哥，又是一个被爱情迷失方向的小女生。闷哥把黑的说成白的，她都会相信，用不着杀人灭口这么毒辣。

柳雪怡和凌雁玉住一个寝室，两人平常是有那么一点儿小矛盾、小摩擦。虽说女生心狭，可也不至于为了这些鸡毛蒜皮的小事就起杀机。毕竟，杀人可是一件技术活，一个不好，就把自己栽进去了。

吴浩东？也不像。他对凌雁玉没什么企图。像他这种滑稽搞笑的机灵人，一般来说，脑筋转得快，过于注重小节，对大事反而看不清，面临大事时难下决断。

想来想去，来的众人中，没一个有动机去杀凌雁玉。

方媛揉了揉太阳穴，头又开始痛了起来。

怎么办？

只能先回去，告诉众人，让大家一起来想办法了。

方媛站起来，正想往回走，猛然看到身前站着一个人，瘦长的身躯，正是闷哥。

她吓了一跳，颤声道："你什么时候来的？"

闷哥的表情很古怪，看了看方媛，又看了看地上的凌雁玉，冷冷地说："她死了？"

"死了！不过，不是我杀的！"方媛生怕闷哥误会。

确实，现场只有她一个人，身上血痕累累，手上还拿着沾有血迹的匕首，旁人看见，不以为她是凶手才怪。

"是吗？"闷哥的声音很诡异，似乎不相信，又似乎在讥笑。

方媛突然有种莫名的恐惧。

闷哥，实在是太镇定了！

他的女朋友，突然死了，尸体就呈现在他面前。可是，他却没半点儿悲伤，甚至隐隐有些幸灾乐祸的感觉。

"你……"方媛握紧了手上的匕首，退后了两步。

一时间，她也不知道说什么好。

沉默了一会儿，还是闷哥先开口："其实，这也不能怪你。只是，我没想到，会有如此结果。"

不能怪我？难道，他早就知道凌雁玉会对我行凶？

方媛心思虽然细腻，此时却也想不能通其中关节所在。

不过，她已知道，凌雁玉的死，肯定和闷哥有关。

"到底发生了什么事？"方媛紧盯着闷哥问道。

"也没什么事，凌雁玉这傻丫头，一时接受不了而已。"闷哥淡淡地说，仿佛在述说一件无足轻重的小事般。

"接受不了？什么事，她接受不了？"方媛隐隐猜到事情的缘由，可仍不相信。

"我根本就不喜欢她。其实，我爱的是你——方媛！我和她在一起，只不过是为了接近你。"闷哥的眼睛闪出一道狂热的光芒，让人心悸。

"怎么会这样？"方媛呻吟了一声，不敢置信。

她至今还不能忘记，凌雁玉在她面前描述的闷哥形象。

在宁惜梅威胁凌雁玉时，闷哥挺身而出，宁愿牺牲自己也要保全她。

虽然没亲眼所见，但一个男生，愿意为女生牺牲自己的性命，这份情意，有多少女生能经受得住，不被感动？

何况，凌雁玉本来就对闷哥暗生情愫。

"为了你，我本不愿伤她的心，想让她慢慢冷却下来。可是，她越来越沉迷了，直到今晚，我实在是忍受不住，就把真相告诉了她。"闷哥依然淡淡地说。

"然后呢？你就杀了她？"方媛再也忍不住，大声叫了起来。

闷哥脸上出现了一种奇怪的神情，他说："不是你杀的吗？我没有杀她。她偷了我的匕首，约了你在此见面。除了你，还有第三个人？"

方媛怔住了。

闷哥的神情，不似作假。如果，他真的是在演戏，那他的演技未免太好了。

"其实，是谁杀的并不重要，关键是，如何处理好这具尸体。"闷哥显然比方媛镇定多了。

方媛怔怔地看着闷哥，仿佛在看一个怪物般。

就在前不久，他还和凌雁玉有说有笑，假扮情侣。现在，却如此冷静，仿佛死的只是一只宠物般。

难怪，哲人早就说过，人是复杂的。

"我还是不明白，你既然不爱她，为什么愿意为她牺牲性命？"方媛咬了咬嘴唇，终于还是说了出来。

闷哥冷冷地说："我什么时候愿意为她牺牲性命？是她自作多情。那种情形下，宁惜梅是绝不会放过我的，我不过是不想拖累她而已。"

方媛忍不住叫了起来："可是，她一直爱着你！听清楚，不是喜欢，是爱！是那种愿意为你牺牲性命的爱！"

闷哥冷笑着说："那又怎样？是她自愿的，我从来没逼过她。再说了，我根本就不喜欢她。如果不是为了接近你，我连看都不会多看她一眼。"

接着，闷哥又说："方媛，你放心，我不会告发你的。你和她不同。我是真心爱你的。只要你肯和我在一起，我会帮你把这件事处理好。"

这回，方媛是真的相信，闷哥对她的确有种非同一般的情愫，不然，又怎会冒着杀人犯同谋的风险，帮她处理凌雁玉的尸体？

方媛叹息了一声，说："你爱我？你爱我什么？"

闷哥怔了怔，似乎从来没想过这个问题，过了好一会儿才说："爱就是爱，哪儿还分得那么清楚。我就是爱你，爱看你开心的样子，爱听你清脆的声音。嗯，还有……"

闷哥的脸上，突然神经质般地抽搐了几下，整个人都变得有些狰狞起来，眼睛里似乎有熊熊烈焰在燃烧。

他虽然没再继续说下去，但方媛已经很明白。

女人对男人的爱多半是因为气质、风度、学识，而男人对女人的爱通常是建立在原始的欲望上。所以在现实生活里，才女远没有美女吃香。

方媛反应不慢，转身逃走。

闷哥疾步追了上来，忽然叫了一声："苏雅，你怎么也来了？"

方媛一惊，不由自主地朝楼梯处望了望，脚步不自觉地放慢了一些。

楼梯处静悄悄的，哪里有苏雅的身影！

方媛知道上当了，正想加快脚步，不料被一双大手拦腰抱住，一股浓重的男人气息扑面而来。

"方媛，我真的很爱你……"闷哥深深地吸了口气，眼神变得迷离起来，一双手肆无忌惮地朝方媛身上摸去。

他已经被情欲迷失了头脑。

方媛拼命挣扎，慌乱中，右手的匕首狠狠地刺向闷哥。

匕首很锋利，刺破了闷哥的衣裳，深入肌肉，没至刀柄。

趁此机会，方媛从闷哥怀中挣扎出来。

闷哥陡然间失去力气般，两眼开始涣散，不敢置信地看着方媛。

他拔出匕首，看了看，露出一丝苦笑。

"你……"他朝方媛的方向走了两步，终于站立不住，如同一座失去支柱的房屋，轰然倒塌，脸朝下地摔倒在地。

35

冷。

彻入骨髓的冷意。浑身直冒冷汗，寒意不是从外面侵入，而是从身体肺腑中渗透出来，瞬间便已笼罩全身。

伴随着寒意的，是一种说不清的痛楚。全身骨骼"咯咯"轻响，牙齿打战，连站都站不住，蜷缩成一只小虾般，瑟瑟发抖。

她不是没有杀过人。

在恶灵岛时，她就曾设下陷阱，射杀了陈奇。

不过，那次，她是为了自保。对于陈奇的死，只是有些遗憾，并不后悔。

凌雁玉的死，本来就让她惴惴不安。闷哥的死，更是让她的神经一下子就崩溃了。

闷哥，是她亲手杀死的！

一直到死，闷哥都用一种不相信的眼神望着她，好像不相信她会下此毒手般。

为什么？

为什么我会变成这样？

方媛躺在冰冷的地上，头颅越来越沉重，身体也仿佛不听使唤般。

好累啊。

为什么，我活得这么累？

无休无止的阴谋诡计，从不曾停止过的死亡。

如果说，人一生下来就注定是在争斗中成长，她的生活，未免争斗得太多、太惨、太激烈了。

"方媛！"一个熟悉的声音失声惊叫着，是苏雅。

站在她身旁的，是吴浩东和柳雪怡。

"你们怎么来了？"方媛这样说，嘴唇动了动，声音却小得连她自己都听不清楚。

"啊！"柳雪怡发出了惊天动地的叫声。

直到此时，她才发现地上的两具尸体。

"这是怎么回事？！"吴浩东沉声问道。

方媛苦笑，浑身战栗不止。

苏雅走过来，扶起方媛，皱着眉头问："你怎么这么冷？"

方媛的身上，全是冷汗。风一吹，更是寒意彻骨。

"好冷！"方媛终于说出了这两个字。

苏雅脱下外套，罩在方媛身上，又取出水壶，喂了方媛几口水。

方媛这才稍稍镇定一些，脸上也恢复了一丝血色。

吴浩东已检查过两具尸体，走过来疑惑地问："是谁杀了他们？"

显然，他并不认为杀死两人的凶手，会是方媛这样一个文质彬彬的漂亮女生。

苏雅和柳雪怡的眼神全都凝视着方媛，此刻，只有她能回答这个问题。

方媛喃喃地说："我不知道，是谁杀了小玉……"

她没有说谎，直到现在，她都不知道，小玉的死，到底是不是闷哥下的手。

"谁！"吴浩东突然惊叫一声。

循着他的视角望过去，有一个黑影从黑暗的角落里飞奔而过，冲下了楼梯。

吴浩东没有犹豫，立马追了过去。

柳雪怡怔了怔，看了看苏雅和方媛，又看了看吴浩东的身影，最终还是跟过去，嘴里叫着："浩东，小心！"

这一变故，连方媛都看傻了。

原来，老房子里，真的还有其他人！

而且，那个人……

那个人的身影，她非常熟悉，可就是想不起来，在哪儿见过。

苏雅凝望着黑影消失的方向，自言自语着："奇怪，那个身影，我怎么觉得那么熟悉？"

方媛吃了一惊，说："你也是这种感觉？"

"嗯。"苏雅沉吟了一会儿，突然想起了什么，用一种很奇怪的眼神看着方媛。

方媛被苏雅的眼神看得有些心虚，问："你干吗这样看我？"

苏雅幽幽地说："我想起来了，那个身影和你很像。"

方媛回想了一下，果然如此。

苏雅说："难道月神又跟来了？"

方媛说："月神不是随着宁惜梅自焚而死了吗？"

苏雅的脸色在月光下有些阴晴不定，仿佛在思索着什么。

半晌，她才幽幽地说："既然叫月神，又怎么会那么容易就死掉？自焚的，只是宁惜梅的身体，真正的月神，恐怕早已借火焚遁去，重新寻找新的替身。"

其实，苏雅的推测，方媛早已知晓。只是，她依然抱着一线希望，希望月神已随着宁惜梅的死而消逝，不会再来骚扰她们。

愿望是美好的，现实是残酷的。

苏雅接着说："也许，下一个替身就是你。事实上，你原本就是月神最好的替身。"

方媛怔怔地望着浩瀚的星空，轻叹一声，说："如果，上天注定，我会成为月神的替身，我也只能坦然接受。只希望她别再害我身边的人了。"

说到这儿，方媛脸色又变了变，说："不好！如果是月神，吴浩东和柳雪怡追去，岂不是死路一条？"

她勉强站起来，便想追下楼去，不想被苏雅拉住了，说："别傻了！月神真想杀我们的话，比捏死一只蚂蚁还容易。你现在去，除了送死，还有什么意义？"

"我去求她，也许月神会发发善心，饶过他们。"方媛一脸坚定地说。

事情由她而起，她不想因此连累无辜。

"好吧。"苏雅叹息了一声。

"苏雅，要不，你就别去了。"方媛迟疑了一下，还是说了出来。

"那怎么行？你一个人去，我更放心不下。"苏雅见方媛有些感动，莞尔一笑，"我们是好姐妹嘛，有福同享，有难同当！"

"随便你吧。"

两人走下楼梯，小心翼翼地观察四处的环境，顺着通道慢慢前行。

老房子里很静，静得只剩下她们两人的脚步声，显得寂寥极了。

"浩东！雪怡！"苏雅实在忍不住了，叫了起来。

叫声在老房子里回荡着，但没有人回答。

才一会儿的工夫，他们跑哪儿去了？

两人在三楼搜寻了一遍，还是没发现吴浩东和柳雪怡的身影。

"说不定，他们回营地去了？"

"我们回营地看看吧。"

众人的营地在二楼相邻的几个房间，方媛和苏雅睡一个房间，闷哥和吴浩东一个房间，凌雁玉和柳雪怡一个房间，两两做伴，相互之间也好照应。

可是，谁能预料，还是会出事。

凌雁玉死了，闷哥也死了。老房子里，平白无故地多出一个人，甚至很可能就是充满邪气的月神。

走了一会儿，方媛忽然发现脚底有些黏，仔细一看，鞋子上竟然沾满了血。

殷红的鲜血，顺着木板通道缓缓蔓延。

空气里飘荡着一股血液特有的甜腻味道。

方媛的脸色更加苍白了，怔怔地凝视着地上的血液，强自压抑住想呕吐的欲望。

这么多血！

就算当时没死，也会因失血过多而死！

"浩东，雪怡，是你们吗？"方媛的声音都在颤抖。

依然没有人回答。

循着血迹慢慢寻过去，走到一间陈旧的房子前。

"是厨房。"苏雅说。

过了这么多年，厨房里当然不会再有食物。

苏雅小心地伸出手，用力推了推，"吱呀"一声，厨房的门被推开了。

两人站在门外，屏住呼吸，紧紧地盯着厨房。

巨大的灶台，腐朽的柴火，各种原始的厨具有秩序地排列着。

显然，老房子主人临走时，对厨房进行了整理。

半晌，方媛才壮起胆子，慢慢走过去。

忽然，不知从哪儿刮起一阵大风，又将木门吹过来。

木门的背后，冒出了一个黑影，作势朝两人扑了过来。

方媛和苏雅吓了一跳，慌忙躲开。

黑影重重地摔了下来。

在月光的映照下，两人才看清，摔倒的原来是吴浩东。他一脸的惊惶，眼睛瞪得老大，仿佛看到了极为可怕的事情般。

她的大脑，一片混乱。这到底是在做梦，还是在演戏？连她自己，都搞不清楚，自己究竟是人，还是鬼，抑或是其他的什么东西？到底哪一个才是真实的？

第九章
似梦非梦

36

一把锋利的匕首插进吴浩东的心脏。

那把匕首，怎么那么熟悉？

方媛怔了怔，匕首明显就是她失手杀死闷哥的那把。

她记得，闷哥被她插中后，一脸的不信，把匕首拔了出来，扔在了四楼的楼顶上。

此时，竟出现在这里？

先是凌雁玉，接着是闷哥，现在又是吴浩东。

真的如三流恐怖电影一样，出现一个神秘恐怖的恶魔，将来访的旅客一个个残忍杀死！

接下来，又会是谁？

"苏雅，我们走吧，离开这里！"方媛拉着苏雅，想跑出这鬼气森森的老房子。

无论如何，先离开这里再说。

可是，苏雅一脸惘然，怔怔地望着她身后，身体也变得僵硬起来。

方媛心中震惊，心有预兆般，斜步躲闪了一下。

可是，还是没有躲开，一根木棍重重地击在方媛的背上。

痛，好痛！

方媛转过身，看到一张疯狂扭曲的脸——柳雪怡的脸。

"你疯了！"方媛叫了起来，"你为什么打我？"

"为什么？我正想问你，为什么要杀了浩东，还想杀了我？"柳雪怡的眼神中，喷出炽热的怒火。

方媛毫不怀疑柳雪怡对她的仇恨和愤怒。

她愤然说："你说什么啊！我和苏雅来的时候，浩东就已经死了！"

"浩东是死了，是被你刺死的！"柳雪怡疯了般，冲过来，又是一棍。

这时，苏雅已反应过来，趁其不备，偷偷绕到她身后，锁住了她的手臂，说："柳雪怡，你冷静些！方媛一直和我在一起，我可以证明，浩东的死，不关她的事！"

柳雪怡恶狠狠地盯着方媛，说："我亲眼所见，哪儿还错得了！就是烧成灰，我也认得凶手的样子！你别告诉我，方媛还有个长相一模一样的孪生姐妹！"

苏雅也怔住了。按常理，柳雪怡不会平白无故地冤枉方媛。

柳雪怡突然仰起头，用后脑勺撞了苏雅一下，趁苏雅吃痛时，挣脱出来，又是一棍扫向方媛。

方媛连忙躲开，和苏雅合力，再次制伏柳雪怡。

可是，柳雪怡疯了般，手动不了，竟张开口，狠狠地咬向方媛的胳膊。

方媛用力甩了甩，没甩脱，情急之下，伸出拳头，在柳雪怡太阳穴附近击了一拳。

柳雪怡果然松了口，但已站不住了，软绵绵地倒下了。

她的胸口，竟然也有一道血口，一直在流血。

原来，她早已受伤，强撑着支持到现在。此时，再也支持不住，昏死过去了。

怎么会这样？

两人都是学医的，看到柳雪怡失血过多，连忙将衣裳撕成布条，帮她止血。

伤口实在太大了。好不容易倒上了一些止血的云南白药，却被鲜血一下子就冲掉了。

折腾了半天，柳雪怡始终躺在地上，再也没醒过来……

方媛的心情越发沉重，呆呆地站在那儿，不知道如何是好。

仿佛一个噩梦，短短一小时，一行六人就剩下她和苏雅两个人了。

这时，起风了，带着彻骨的寒意，方媛和苏雅冷得直打哆嗦。

"方媛！"苏雅在她身后轻轻呼唤。

苏雅的眼神，也开始惊惶起来，心有余悸地看着她。

"苏雅。"方媛惘然地面对她。

看了一眼柳雪怡的尸体，又瞟了瞟吴浩东的尸体，脸色变得苍白起来。

"苏雅，你会相信我，对不对？他们的死，不关我的事。"方媛充满期待地说。

她只剩下苏雅这一个好朋友了。

苏雅点点头，颤声问："方媛，我们都会死在这里吗？"

方媛迷惘地摇摇头说："我不知道！"

看着苏雅绝望的眼神，方媛一阵心痛，突然生出一些豪气来，对着空荡荡的老房子大叫："月神，我知道你在这里，你出来！"

"你让我做什么，我都愿意，你放过苏雅吧！"

"你出来！我知道你一定在这里！"

没有人回答。

方媛忽然想起了什么，猛然朝四楼的楼顶跑去。

凌雁玉的死，是在楼顶。吴浩东发现凶手时，也在楼顶。

方媛一路狂奔，很快就跑到楼梯处，爬了上去。

楼顶上空荡荡的，什么都没有。

而且凌雁玉和闷哥的尸体，也全都不见了！

更诡异的是，两人伏尸的地方，原本血迹斑斑，此时也没有了。

方媛四处查看，大叫："月神，你给我出来！"

"好了，方媛，你冷静一下！"苏雅追了上来，紧抓方媛的手。

就在此时，方媛的后脑一阵剧痛，仿佛被什么东西砸了一下，一个趔趄，差点儿摔倒。

"不要！"苏雅大声尖叫。

方媛勉强站稳身形，抬起头，看过去，看到一个人影手上拿着一根铁棍，恶狠狠地挥向她。

方媛本能地偏头，铁棍重击在她的肩上，疼痛剧烈。

她双手抱头，护住要害，身体不断闪避。尽管如此，铁棍还是无情地落在她身上，每一下都让她疼痛难忍。

也许，是疼痛激发了方媛内心深处的野性。瞅准一个机会，她突然伸出手，紧紧握住铁棍，用头去撞对方的头。

"咚！"

很痛，但方媛已经习惯了。这个人显然没习惯突然而至的疼痛，反应有点儿慢。

方媛抓准机会，再次用头去撞黑影的脸。

黑影躲开，怒吼一声，仿佛疯了般，端直了铁棍，加速向方媛捅过来。

一时间，方媛来不及闪避。

"不要！"一个人影冲过来，想阻止。

是苏雅。

"不！"方媛狂叫。

铁棍毫不留情地捅穿了苏雅的身体。

黑影似乎也愣住了，仿佛不敢相信眼前的事实。

方媛眼睁睁地看着最好的朋友，为了保护她，被黑影杀害！

她想到了什么，突然伸出手摘下了黑影的面纱！

终于看清了黑影的脸！

然而，让她更惊恐的是，袭击她的人，竟然是她自己！

方媛目瞪口呆。

难怪，凌雁玉、柳雪怡那么恨她！

月神，竟然假扮成了她的模样！

眼前这个人，和方媛一模一样！

不但长相一样，连衣服、发型，甚至连水晶耳环，全都一样！

方媛痛苦地说："怎么会这样？"

虽然，月神充满了邪气，有着常人难以理解的能力。可是，她也不能凭空造出一个方媛来啊！

就算是科学家的克隆，成功的可能都不大。

"你是谁？！"方媛疯狂地大叫。

"我是方媛！"这个人的叫声比方媛还要大，仿佛怒火冲天般，继续挥棍击打着方媛。

方媛的眼睛红了，猛然冲过去，抱着这个人的腰，冲向楼顶的边缘处。

她要和这个人，同归于尽！

37

方媛没有死。

在冲到楼顶的一刹那，她突然松开手，死死地抓住一处栏杆。

那个人却没有那么好运，直接掉落了下去。

四楼的楼顶，十几米高，掉下去，不死也难。

方媛慢慢地从栏杆下爬上来，忍着浑身的疼痛，悲伤地来到苏雅面前。

苏雅那双迷人的眼睛已经闭上了，原本完美无瑕的脸蛋此刻也变得生硬起来，仿佛失去水分的苹果般。

方媛从来没想到过，有一天，苏雅会为了救她而牺牲自己。

在她的印象中，苏雅是那种很理性、很高傲的女生，从不关心别人。

可是，她为了自己，牺牲了性命。

方媛真的希望，这仅仅是一个噩梦，那该多好啊。可是，她的意识告诉自己，这绝不是噩梦，而是活生生的现实！

痛、酸、苦、冷、硬，各种感觉，是如此真实，绝不是噩梦！

现实总是如此残酷！

方媛平躺在苏雅的旁边，缓缓地闭上眼睛。

恍惚中，她似乎成了一具没有生命的躯壳。

山风微凉，睡意渐浓。

累了一天，又经历了这么多事，无论是身体还是精神，都非常疲惫。

她实在太累了，很快就睡过去了。

醒来后，天已经放亮，阳光刺眼。

方媛站了起来，转身一看，目瞪口呆。

苏雅的尸体，不见了。

探头向下望去，那个长相酷似她的人，也不见她的尸体。

难道，真的是梦？

心里陡然升起一丝希望，也许，那些事情，真的是一场噩梦。

方媛站在楼顶上，极目远望。

然后，她看到了凌雁玉，看到了闷哥，看到了吴浩东，看到了柳雪怡。

还看到了苏雅，以及苏雅身边的那个人。

那是……是"方媛"！

他们六个人，在暴风雨来临时奔进了老宅。

方媛揉了揉眼睛，仿佛不敢相信般。

这是怎么回事？

可是，看得清清楚楚，六个人，凌雁玉、闷哥、吴浩东、柳雪怡、苏雅，还有"方媛"。

那个"方媛"，和她长得一模一样！

连衣服，都和她穿得一样！

这绝不仅仅是巧合。

方媛的心，无比苍凉。

难道，我才是多出来的那个人？

我是谁？

我为什么会在这儿？

一切的一切，到底是怎么回事？

方媛清晰地记得，自己就是方媛，和凌雁玉、闷哥、吴浩东、柳雪怡、苏雅一起出来旅游。她更记得，苏雅是她最要好的朋友。

不会是我已经死了？我是鬼魂？

方媛看了看脚下，分明有影子。

而且，不会飞，不会穿墙，流血会痛，伤心会哭，是个活生生的人啊。

带着种种疑问，方媛悄悄地隐藏起来。

这究竟是怎么回事？

她开始认真思考昨晚发生的事情。

无疑，她掉入了一个巨大的陷阱里。

方媛再次咬了咬手指，仍然很痛，不是在做梦。

难道，是传说中的平行宇宙？

以前，她曾经看过平行宇宙的理论，预测在这个宇宙之外还存在着其他的宇宙，那里存在和她们一样的个体、一样的城市、一样的星球。

也就是说，所有的人，所有的事，都可能在另一个宇宙里同样演绎着。

理论上，这些宇宙都是平行的。但是，如果受到某种强大的外力干扰，很可能会交叉，就会形成同样的人、同样的事。

难道，这座老房子就是平行宇宙的一个交叉口？

她悄悄地跟在那六人后面。

那个"方媛"，不知为什么，老是东张西望。

在一个拐角处，突然叫了声，仿佛发现了她一般，匆匆赶来。

方媛赶紧躲了起来，匆忙中，似乎掉落了一只紫红色水晶耳环。

那个"方媛"捡了起来，一脸的困惑。

于是，她更加小心了，免得被他们发现。

夜凉如水。

方媛悄悄地躲在楼顶上，孤独地望着楼下林海松涛。

直到现在，她都不明白，这到底是怎么回事。

一开始，她还以为躲在暗处的那个人是月神。

仔细想想，如果是月神，怎么会那么容易对付？

要知道，月神可是力大无穷，精神力量强大到难以想象的地步。

就是方振衣、秦雪曼、吴小倩这些奇人异士联手，也不是月神的对手。

正出神地想着，身后突然传来一阵脚步声。

方媛大惊，急忙转身，想躲藏已经来不及了。

"方媛，我总算找到你了！"上来的是凌雁玉，一脸幽怨地看着她。

方媛愣住了，半晌，才喃喃说："你找我，有什么事？"

凌雁玉的脸色不太好看："方媛，我们是不是好姐妹？"

"当然是，我一直把你当亲妹妹。"

"既然如此，你能不能答应我一件事？"

"你说，只要我能做到的。"

凌雁玉面露喜色，说："你当然能做到。其实，很简单，你以后都不要再见闷哥，好吗？"

她想了想，又说："不行。你当面对闷哥说，你不喜欢他，让他死了心，好吗？"

"当然可以。我从来就没喜欢过他。小玉，你这是怎么了？"

方媛隐隐猜到，闷哥对凌雁玉吐露了只喜欢她、不喜欢凌雁玉的实情。

凌雁玉见方媛答应得这么快，又怀疑起来，说："方媛，你是不是暗中和他好了？"

方媛赶紧说："没有的事！他不是和你在一起吗？我看得出，他是很喜欢你的。"

"起初，我也是这么认为的，可是……"凌雁玉带着哭腔说，"可是，他告诉我，他爱的人是你，只是把我当成小妹妹。"

"也许，他故意这么说的。"方媛安慰她。

"故意这么说的？他为什么要这样说？还不是因为你长得比我漂亮！"凌雁玉突然毫无征兆地发作起来，阴阴地盯着方媛，眼神不善地说，"你是不是早就知道了，所以故意瞒着我？不，不对，其实，你早就暗中和他好了，只瞒着我！你是在利用我！"

方媛彻底无语了。

凌雁玉，你这是什么逻辑？

难道，热恋中的女生都会变得这么笨吗？否则，电影和小说中，怎么会出现那么多专吃女人饭的小白脸？

"你不说话，那就是默认了！方媛，你这么漂亮，有的是人追，可以尽情挑选，你还要和我抢男人！你这只狐狸精！"凌雁玉越说越激动，竟冲过来，手一扬，一道寒光刺向她。

方媛没想到凌雁玉会变得如此不分青红皂白，急忙躲过，嘴里连连解释："小玉，你冷静些！不关我的事！"

她哪里知道，女人的嫉妒，是这世界上最毒的毒药。

"就关你的事！没有你，闷哥就不会三心二意！就会一心一意和我好！"凌雁玉喃喃说着，手上的匕首不断刺向方媛。

方媛边躲边逃。

她的胳膊似乎被匕首划了一道，疼得厉害。

混乱中，方媛紧紧抓住凌雁玉的手腕，两人抱成一团，在地上翻滚。

滚了几圈，方媛爬起来，忍着痛往外跑。

这次，凌雁玉没有立即追上来，而是慢慢从地上爬起来，四处张望，似乎不知道方媛跑向了何处。

38

凌雁玉的脚步有些虚浮，似乎受了伤。

方媛躲在暗处，偷偷地窥视着她。

凌雁玉终于确定了一个方向，慢慢地前行。她走得很慢，很勉强，身形摇晃，仿佛随时都会摔倒般。

难道，在刚才的冲突中，她受了伤？

方媛悄悄地跟着凌雁玉，她看到，在楼顶的另一处，有一个人影站在那儿，对着空旷无人的山野，大喊道："喂！"

"妈妈！我想你，你快回来吧！"

"方振衣，我爱你……"

方媛怔住了。

她听得很清楚，这是她自己的声音，也是她昨晚所说的话。

一句不差，一字不漏。

然后，她看到凌雁玉慢慢地靠近那个"方媛"，两个人起了争执。

凌雁玉突然挥起手上匕首，狠狠地刺向那个"方媛"。那个"方媛"左躲右闪，转身逃走，边逃边说着什么。

凌雁玉没有听那个"方媛"的解释，疯了般追了上去。

追了几步，忽然停下来，如僵尸般直愣愣地摔倒了。

那个"方媛"转身，看到凌雁玉已经倒在了地上，一动不动，仿佛死了般。

她小心翼翼地走上前去察看。

这一切，方媛怎么看着眼熟？

仔细一想，和她昨晚的经历一模一样！

难道，那不是梦，而是预兆？

所有的一切，都提前演示给她看？

方媛继续躲在暗处观察。

果然，闷哥上来了。

那个"方媛"和闷哥说了一会儿话，又起了冲突。

结果，混乱中，那个"方媛"竟把闷哥给杀了！

到了此时，方媛已经确定，这一切都是她昨晚所经历过的。

那个"方媛"因为杀人后痛苦，蜷缩成一团躺在地上战栗。

方媛趁那个"方媛"没注意，偷偷把匕首捡了起来。

这是她唯一可用作防身的武器。

过了一会儿，苏雅、吴浩东、柳雪怡上来了。

他们在向那个"方媛"询问事情的经过。

方媛想偷偷溜走，不料被吴浩东发现身影。

她不再犹豫，加快脚步，顺着另一处楼梯，跑了下去。

吴浩东紧追不舍，身后是跟着赶来的柳雪怡。

方媛不敢让他们发现。

要是让他们看到两个"方媛"，鬼知道会发生什么事。

跑下二楼后，她偷偷躲进一个小房间里。

吴浩东没有发觉，依然沿着通道朝前追赶。

方媛听到脚步声渐远，这才从小房间里出来，转身朝相反的方向跑去。

在一个拐角处，迎面却撞来一个人影。

方媛来不及躲闪，两人撞在一起。

好像手上的匕首刺中了什么。

方媛没敢逗留，转身便往回跑。

柳雪怡突然大叫一声，声音里充满了痛苦。

那边，吴浩东听到柳雪怡的声音，转身跑了过来。

方媛只得朝中间的一个房间钻进去，那是老房子的厨房。

吴浩东似乎看到方媛的身影，紧跟着追了进来。

方媛躲在一个柜子的后面，屏住呼吸，心如小鹿般跳得厉害。

吴浩东寻了根铁棍，在厨房里小心翼翼地搜索。

很快，他便搜到方媛所在的柜子附近。

厨房虽大，可能躲藏的地方并不多。吴浩东借着月光，隐隐看到方媛的影子，知道有人躲在柜子后面。

他没有做声，悄悄地走过去，朝着影子，狠狠地挥起手上铁棍击打过去。

方媛躲闪不及，被铁棍打中肩膀，骨头似乎被打裂了。

"是我！"方媛叫了声，可吴浩东根本就没给她辩白的机会，挥起铁棍，专往她要害处打。

方媛连挨了几下，疼得厉害，情急之下，暴起冲向吴浩东，用匕首去遮挡。

说来也巧，匕首竟正中吴浩东的心脏。

月光如水银般轻轻泻落进来。

此时，吴浩东才看清方媛的容颜，一脸不信。

他怎么也想不到，所谓的凶手，竟然是一向柔弱的方媛！

门口再次传来尖叫声，是柳雪怡的声音。

她的胸前也有血水流出，显然是被方媛刚才失手所伤。

此时，她亲眼目睹方媛刺死吴浩东，竟惊吓过度，昏了过去。

方媛愣住了，扔掉手中匕首，怔怔地看着眼前的一切。

她的大脑，一片混乱。

这到底是在做梦，还是在演戏？

连她自己都搞不清楚，自己究竟是人，还是鬼，抑或是其他的什么东西？

到底哪一个才是真实的？

方媛迷惘地走出厨房，躲进相邻的另一个房间，蹲在角落里，轻声抽泣。

以前，她一直以为，自己很坚强，很善良。

可是，现在，全变了。她很软弱，也很邪恶。

不过两天，她已经亲手杀了闷哥和吴浩东，重伤致死凌雁玉，就连柳雪怡，似乎也活不成了。

"上帝并没有创造邪恶，上帝只创造了爱。邪恶是人们的心中缺少了爱的结果，这正如寒冷的到来是因为缺少热度，黑暗的到来是因为没有光亮一样。"

这是她以前讲给苏雅她们的话，可是，现在她自己都不相信了。

也许，这个世界本身就是邪恶的，尔虞我诈，弱肉强食。上帝只是虚构出来的，用以安慰那些弱小的灵魂。

所谓的爱，原本就是一个美丽的童话。如同皇帝的新装般，大家都心有默契地不去揭穿它。否则，世间怎会有那么多凄苦？

正胡思乱想着，附近传来那个"方媛"的声音。

"月神，我知道你在这里，你出来！"

"你让我做什么，我都愿意，你放过苏雅吧！"

"你出来！我知道你一定在这里！"

不知为什么，方媛一听到那个"方媛"的声音，心中就生出了许多仇恨来。

就是那个"方媛"，剥夺了她的身份，拥有了她的一切，害得她如孤魂野鬼般，惶惶不可终日，无处寄身。

也许，我是谁并不重要，只要将这个方媛除掉，我可以继续去做方媛，重新回到现实世界中。

方媛也不知道自己怎么会变得如此决绝。

也许，经历真的可以改变一个人。

怒火烧掉了方媛的理智。

　　她想也没想，摸起那根铁棍，悄悄地从另一侧跑到楼顶，冲过去对着那个"方媛"狠狠地猛击。

　　那个"方媛"挨了一下，迅速反应过来，和她厮打在一起。

　　她用头撞了方媛一下，撞得方媛头疼欲裂。

　　恍恍惚惚中，方媛用尽全力将铁棍捅向她的腹部。

　　然后，方媛听到一个熟悉的声音尖叫着："不要！"

　　方媛突然想起，预兆中，是自己失手错杀了苏雅。

　　她赶紧收手，但意识跟不上动作，铁棍还是毫不留情地捅在苏雅的身体上，鲜血淋漓。

　　方媛怔住了，心仿佛碎成了一片片，天旋地转，全身都仿佛被抽空般，仅剩下个躯壳。

　　然后，方媛被那个"方媛"抱住了，一直往楼顶边缘冲过去，失去平衡，从四楼的楼顶上摔落下去。

39

　　方媛从楼顶坠落下来。

　　就要死了吗？

　　风声凄厉，仿佛在为她短暂的生命呐喊。

　　她想起了父亲，一个在农村扎根的青年教师，用笑容面对生活中的种种不顺。

　　父亲的笑，好温暖，总是让她联想到阳光。

　　还有母亲，一个出身农村但向往城市生活的普通妇女。她和父亲的争吵，也多半是因为父亲的不争。以父亲的才学，有的是机会调往城市。可他偏偏死守农村，说是为了农村的孩子。

　　还有方振衣，不苟言笑，总是像个木头人一般，喜怒不形于色，看似冷血，心里却有着浓浓的向佛之心，善良、聪慧。

　　还有寝室里的那些女生，苏雅、秦妍屏、陶冰儿、徐招娣……

　　方媛重重地摔落下去，摔进了一条溪流中，脑袋要炸了般，剧烈的疼痛让她晕厥过去。

也不知过了多久，方媛再次醒来。

四周，一片寂静。

阳光依旧，老宅依旧。一棵棵树木，一朵朵野花，一片片绿叶，空气中弥漫着淡淡的幽香，仿佛世外桃源般。

方媛勉强爬起来，抖动身子。

还好，似乎只是些皮外伤，除了些许疼痛外，并没觉得特别的难受。

她吃了点儿野果，喝了点儿溪水，体力恢复了一些。坐在阳光下，让阳光晒干身上的衣裳。

现在，她总算有时间，可以认真思考最近发生的事情。

这些事情，实在太诡异了，诡异到她自己都无法相信。

无疑，她陷入了一个恐怖的循环中。

死亡循环！

且不说老宅子是不是平行宇宙的交叉点，有一点可以肯定的是，他们六人来到这里，同样的人和同样的事，会在此不断地反复循环，仿佛古希腊神话中不断将石头推上山顶的西西弗斯，每次即将把石头推上山顶时就会滚下来。他的生命就在这样无限循环中消耗着。

而苏雅、凌雁玉、闷哥、吴浩东、柳雪怡他们，比西西弗斯还要悲惨，因为他们经历的是永无终止的死亡循环。

可是，为什么我逃脱了这种死亡循环？

方媛重新找到老宅，慢慢地再次走了进去，爬上四楼的楼顶，俯瞰下面。

一切如她所料，所有人的尸体都不见了。

又重新回到老房子的初始状态。

等天快黑时，苏雅、凌雁玉、闷哥、吴浩东、柳雪怡，还有一个和自己一模一样的人，再次来到这里，重新开始最初的死亡循环。

如同电影般，剧情简单明了。

要怎样才能打破这种死亡循环，解救出他们？还有解救出自己？

方媛苦苦思索。

西西弗斯打破循环的方法只有一个，就是将巨石推上山顶。

而现在呢？

如何才能切断这种死亡循环？

突然，她灵光一现。

方媛自己！

是的，在这个死亡循环中，唯一没死的人，就是方媛自己！

真正的凶手，就是和苏雅他们一起来的那个"方媛"！

如果把她杀了，理论上，就没有杀人凶手，这个死亡循环持续不了。苏雅、闷哥、凌雁玉、吴浩东、柳雪怡都不会死。

方媛被自己可怕的想法所震撼。

仔细想想，又确是如此。

如果，那个"方媛"和苏雅、闷哥、凌雁玉、吴浩东、柳雪怡一起死了，所谓的"方媛"也就不存在，六个人会一起消失，重新回到现实的生活？

虽然只是个假设，但此时，方媛除了这个方法外，没有其他方法可以尝试。

就算失败了，又能如何？

她这样活着和死了，有什么区别？

何况，现在，她都在怀疑，自己也和苏雅、闷哥、凌雁玉、吴浩东、柳雪怡一起困在这里，大不了，像他们一样，再次死亡循环罢了。

日出日落，生老病死，分分合合，世间的一切，都在循环不息。

连佛学都说，因果报应，轮回转世。

既然没办法改变，只能主动去适应。

方媛静静地坐到四楼的楼顶，等待苏雅他们的到来。

一切如电影重演般。

一样的剧情，一样的发展，和昨晚一模一样。

闷哥死了，吴浩东死了，柳雪怡死了。

苏雅依然被自己错手杀死了。

那个"方媛"抱着她，冲向楼顶的边缘。

这次，方媛有了思想准备，并没有失去平衡，而是也紧紧抓住栏杆，用力去推那个"方媛"。

只要解决了她，就有可能结束这个恐怖的死亡循环。

可是，方媛没想到的是，那个"方媛"见推不倒方媛，竟爬上楼顶，转身就跑了。

她竟然选择逃跑！这个胆小鬼！

方媛提起铁棍，追了过去。

一路狂奔，气喘吁吁。

"站住！方媛！"方媛大叫。

那个"方媛"的影子始终在前面，不肯停下来。

她跑出老宅，跑到了山林里。

方媛紧追不舍，但山林里树木参差，遮住了视线。

最终，方媛失去了目标。

她开始在山林里没有目的地瞎逛，到处寻找那个"方媛"的踪迹。

然而没过多久，她迷路了。

事发突然，她身上什么装备都没带，在迷宫般的山林里失去了方向。

天色渐渐暗了下来。

方媛放弃了努力，坐在一个空地上休息。

突然，后脑传来一阵剧痛，仿佛被一块坚硬的石头砸中。

方媛倒在地上，失去意识的最后一刹那，她隐隐看到另一个自己，手上拿着一块岩石，拼命地砸向她的脑袋。

然而，方媛并没有死！

不知过了多久，她居然又醒了。

她伸手摸了摸自己的后脑，一切完好。

难道，只是做了个梦？

方媛真的要崩溃了，分不清这到底是梦还是现实。

站起来，继续毫无目的地瞎逛。

走了一会儿，她突然听到有人说话。

是女生的声音，很熟悉。

仔细聆听，竟然是苏雅他们！

追了上去，果然看到苏雅、闷哥、凌雁玉、吴浩东、柳雪怡，还有另一个"方媛"，一起下了吉普车，有说有笑。

方媛悄悄地跟了上去。

那个"方媛"和苏雅一起在散步，渐渐地落到了后面。她的脸色有些苍白，坐在草地上，眯着眼睛，竟然睡着了。

方媛捡起一块坚硬的岩石，蹑手蹑脚地走到在的她身后，用尽全身力气砸向她。

很顺利，那个"方媛"一个字都来不及说，就被她砸死了。

方媛松了口气，听到前面苏雅在叫她，连忙赶过去。

苏雅没有发现她的异常。

两人继续前行，苏雅突然停下了脚步："方媛，你快来看！"

方媛顺着她手指的方向，看到参差不齐的大树后隐隐有一座青砖碧瓦的老宅。

她的心沉了下去。

一切都将继续，死亡循环又开始了。

40

方媛终于明白了，不仅仅是苏雅、闷哥、凌雁玉、吴浩东、柳雪怡他们五人，自己也是这死亡循环中的一员。

只不过，他们五人，只是简单的单循环，每一个场景，只有一个苏雅或一个闷哥会出现。

而她自己，是多重循环，每一个场景，都会有两个方媛出现。

而且，每个方媛都不是孤立的，而是分为四个不同阶段的方媛不断循环。一开始，方媛1和其他人一起去旅游，在老宅里遇到重伤的凌雁玉，自卫杀死闷哥，苏雅也在她身边被方媛2误杀，她则将方媛2打落从楼顶推下去。接着，自动循环升级为方媛2，和凌雁玉起争执，被吴浩东、柳雪怡所追踪而杀了两人，误杀了苏雅，被方媛1从老宅推下去。

到了这时，方媛2其实已经死了，循环升级变成了方媛3，重新演绎方媛2的故事，只不过，结局有所不同，在老宅外面的追逐中相互残杀，被方媛4砸死。紧接着，死后的方媛3循环升级成方媛4，杀死方媛3，回到方媛1的状态。

她甚至能想象到其他的方媛，也和她一样，在进行这个无休无止的多重复杂死亡循环。

这个死亡循环什么时候会终止？

没人知道。

她什么时候能醒来，逃脱这个恐怖的死亡循环。

难道，永远不能醒来？

怪不得，她总是感到精神恍惚，总觉得这座老房子很眼熟，可就是记不起来。

凌雁玉带头走向老房子，被方媛死死地拉住了！

她大声叫："不能去，谁也不能去！"

"干什么啊，方媛姐姐，你把我的手抓疼了！"凌雁玉不满地说。

方媛瞪着眼睛说："不能进去！这座老房子，是鬼屋！进去了，会没命的！"

凌雁玉轻笑着说："方媛姐姐，你不是胆子最大吗？怎么也怕鬼？不就是一座老房子嘛，有什么可怕的？闷哥，你说是不是？"

闷哥看了看方媛，刚想说话，却被方媛打断了："闷哥，如果你还是我的朋友，就别进去！你们也是一样！谁去了，我就和谁彻底断交！"

众人看到方媛如此态度，倒也不好多说什么。

柳雪怡看了看天色，说："天色好阴啊，不会要下雨吧！"

方媛厉声说："下雨也不能进去！我宁愿在外面淋雨！"

天色变了，天空中乌云密布，有极亮的电光闪过，接踵而至的是声响巨大的雷鸣声，绵绵不绝，炸了起来。

众人暗暗叫苦。如果下起暴雨来，露营的话可就苦不堪言了。

尽管如此，方媛还是坚定地支起了帐篷，准备在雨中露营。

关键时刻，苏雅站到了方媛这边，和她一起动手。

闷哥和吴浩东对视了一眼，说："就听方媛一次吧。"

凌雁玉撅着嘴，很不满意，但也没有再说什么。

幸好，山里的雨，来得快，去得也快。

这一晚，虽然颇为麻烦，但总算没出什么事。

迷迷糊糊中，方媛睡着了。

醒来时，阳光灿烂，山风清凉。

"方媛，你醒了？"苏雅在身旁说。

"是啊，小玉和雪怡呢？"方媛怔住了，死亡循环难道就这样结束了？

一切，又恢复到现实生活中了？

难道，那些，全都是梦？

可为什么，那一切，又是那么的真实和细腻？

"她们早醒了。"苏雅笑了笑，看了看方媛，说，"不过，我昨晚没睡好，老是在做一个奇怪的梦。"

方媛问："什么梦？"

苏雅有些不好意思起来："也不知道是怎么回事，我梦到我们一起进了那座老宅子，然后发生了一系列怪事：闷哥、吴浩东、凌雁玉、柳雪怡，都一个个被神秘人害死，最后我为了救你，也被神秘人害死了。"

方媛打了个哆嗦，脸色刹那间又变得苍白起来。

"方媛，你怎么了？不舒服？"苏雅关切地问。

方媛说："我没事。说来也巧，我也做了一个奇怪的梦，也是走进了那座老宅子。"

苏雅笑了："你不会和我一样，也是梦到一个神秘人，发生了一连串的谋杀吧！日有所思，夜有所梦，但也不至于我们两人都梦到一样的场景吧！"

"嗯，不一样，只是巧合罢了。不知道小玉她们昨晚睡得可好，不会也像我们一样，做这种奇怪的梦吧！"

两人走出帐篷，看到凌雁玉、闷哥正别扭地争论着什么。

方媛心念一动，走过去，说："小玉，你和闷哥闹什么啊？"

凌雁玉鼻子一酸，哭了起来："方媛姐姐，他……他骗我！"

方媛问："他骗你什么？"

凌雁玉哭得更厉害了，边哭边说："我昨晚做了个奇怪的梦，梦到他喜欢你。今天早上，我醒后就问他，是不是喜欢你。结果，他真的承认了！"

方媛的心渐渐沉下去。

"你昨晚做的梦，不会是先和我争辩，然后被我失手误杀吧！"

虽然希望不大，但她还是希望凌雁玉说个"不"字出来。

果然，凌雁玉惊愕地睁着眼睛，傻傻地望着方媛，喃喃地说："你怎么知道？"

原来，那并不是简单的噩梦。

"闷哥，你不会也做了个梦，梦中看到我误杀了小玉，然后又和我争斗起来吧。"

她故意隐瞒了闷哥对她意图不轨的事实。

闷哥显然想起了梦中的事情，脸红了红，吞吞吐吐地说："差不多。"

苏雅惊讶地问："方媛，你怎么全都知道？"

"苏雅，其实，你也知道的。如果我没猜错的话，柳雪怡、吴浩东都做了同样的梦，梦里，他们都被神秘人所杀，就像你梦中见到的一样。"

苏雅越发惊奇了，把吴浩东和柳雪怡叫来询问，果然和她梦中所见的情景一模一样。

而且，吴浩东和柳雪怡都明确说出，梦中他们两人是被方媛谋杀的。

这是怎么回事？

六个人做同一个梦？虽然各自际遇不同，却是在同一个场景下。

　　仿佛六个人同时进了一个实验室，各自演绎着不同的角色。

　　凌雁玉的脸色越来越难看，连她都已明白，那绝不是一个简单的梦，梦里的事情绝对是真实存在的，如同眼前闷哥对方媛的感情。

　　后来，方媛和苏雅探讨了这件事。她们认为，老宅的死亡循环事件，很可能是那里地理位置特殊，能让人在沉睡中产生某种幻觉。

　　而且，那种幻觉，还是真实意识的反应。

　　可是，他们六人的意识能全部融合在一起，幻觉的感觉那么真实具体，却很难解释。

　　只能说，世界千奇百怪，有很多无法解释的奇异事情。

明月渐渐由红变白，奇的是那女子肌肤也渐渐地随着明月发生奇异的变化。一道白光从头环绕而下，将肌肤的颜色由红转白。不多时，竟已成白藕般清丽。

第十章
爱恨情仇

41

回到南江医学院后，441女生寝室的气氛变得诡异起来。

凌雁玉有意无意地疏远了方媛，经常一个人独自坐在一旁怔怔地发呆。

柳雪怡变得更加沉默，只有接到吴浩东的电话时，才稍微开朗些。

方媛的心情也很坏，神经变得紧张起来，飞花落叶都能吓她一跳。

直到现在，她都没搞清楚，山林老宅的死亡循环是梦境还是现实。

小时候，她以为这个世界是围绕她转的。天地、父母、山水、食物，一切都是因她而存在。

她是这个世界的主宰。

她哭时，整个世界都是阴暗的；她开心时，整个世界都是明朗的。

后来，渐渐长大，她才明白，世界还是那个世界，不因为她的喜怒哀乐而变化，变化的只是她的心情。

而她自己，不过是一个普通的人，在世界中，和一粒尘埃、一棵小草，没什么区别。

面对这个世界的风风雨雨，她是那么的渺小，无力抗争，只能随波逐流。

日子就这样一天天过去，波澜不惊，但暗潮涌动。

这晚，441 女生寝室只剩下她和苏雅。

自从老宅回来后，苏雅是 441 女生寝室里唯一从容自若的女生。她还是和以前一样，冷漠、刻薄、自负、骄傲。

方媛突然问："苏雅，你怕死吗？"

苏雅有些奇怪："你怎么突然问起这个？"

"这些天来，我总是忘不了老宅里的事情。在梦境中，你为什么会舍身救我？"

苏雅白了她一眼，恨恨地说："我哪儿知道。你也说了，那只是梦境。做梦的时候，谁能想那么多？"

"可是，梦境中的一切都是真实的，例如凌雁玉和闷哥的情变。而且你不觉得，那个梦境的感觉，和现实世界实在太像了吗？"

苏雅想了想，说："我知道有一个叫《寂静岭》的恐怖电影，里面的设置就是有现实世界和模拟世界。模拟世界是由精神力强大的女巫虚构出来的，与现实世界一模一样，里面的人物、感受、行为都是真实的。你的意思是，老宅里发生的一切，类似于《寂静岭》中的虚拟世界？"

方媛点点头："我觉得差不多。科幻故事，有时候未必全是假想。像《海底两万里》，在当时的人眼中是那么的荒唐，但现在看来，那是再简单不过的事情。"

苏雅说："你不会认为山林老宅的死亡循环事件，是月神搞的鬼吧？"

方媛沉思着说："我在想，是不是月神还在我们身边，在我们睡着时刺探我们的精神世界，让我们在睡梦中意识相互融合，如《寂静岭》里的女巫一样，制造出一个虚构的幻境，让我们的意识在这个幻境中作出种种反应。也只有她，拥有那么强大的精神力量，将幻境的信息直接传达到我们的大脑中枢，所以才会有那么真实的感觉。"

"方媛，你是不是想太多了？其实，我记得，我当时只是看到你危险，想帮下你。如果能让我充足思考，知道会因此而送命，恐怕我就不敢那么做了。"

苏雅的话很挚诚。她毕竟只是一个年轻的女生，而不是一个老于世故的理性政治家。很多事情，还是率性而为，并没有认真去考虑后果。

　　事实上，很多杀人案的凶手，都是因一时怒火而失去理智才犯罪的。真能冷静下来的话，肯定没那种勇气去犯滔天罪行。

　　方媛似乎想起了什么，说："苏雅，我很怕死。小时候，我亲眼看到父亲的尸体。那时，我就在想，如果有一天，我也会死，怎么办？"

　　苏雅怔了怔。

　　方媛笑了笑，继续说："你不相信吗？其实，父亲死后的那段时间里，每晚我都在想父亲是不是真的死了。我始终无法相信这个事实。做梦的时候，总梦见父亲和蔼的笑容，抚摸着我的头，笑我傻丫头。而且，还有好几次，在梦中，听到他说，他没死。"

　　苏雅伤感起来："你比我好。你还记得父亲的样子，我却连母亲的样子也记不住了。每次问起母亲，父亲都暴跳如雷，脾气不知道有多坏。"

　　方媛说："后来，我才慢慢接受父亲已死的事实。那时，我总在想，我会死吗？人死后，会怎么样？是像佛学说的那样六道轮回，还是一切俱灭，化为尘土？如果是六道轮回，还好些。如果是一切俱灭，什么也没了，我真的很恐惧。那时，没人和我说话，我恐惧时，就拼命用拳头打自己的脑袋，或者用脑袋去撞墙。这样，我就能感觉到痛，就能暂时因此而继续思索下去，恐惧下去。"

　　苏雅没想到，方媛原来也曾如此脆弱。

　　"然后呢？"

　　方媛忽然笑了："然后？我想通了。生老病死，草木枯荣，都是大自然的规律。我只需要把握现在，让自己活得开心些，何必去考虑死亡之后的虚无缥缈的事？宇宙是怎么来的，生命是如何起源的，这些问题，连那些智商超人的科学家都没有搞清楚，何况我这种凡人？所以，我索性不去想这些无聊的事情了，生活也变得有趣多了。"

　　苏雅也叹了口气："可惜，现在又不得不去想了。真不知道那月神是什么东西，为什么要阴魂不散地缠着我们？"

　　方媛说："你以前不是推测过，月神和血玉，还有血玉的主人，有着某种非同一般的联系。如果我没猜错的话，血玉的主人，就是为月神准备的宿主。月神和自然界的某些强悍生物一样，是寄宿性质的，要寄宿在一个年轻女生身上。"

　　苏雅沉默了。

　　这个猜测，她也想过，但一直没有说出来。

　　如果方媛真是月神的宿主，这意味着她的生命即将终结。以后，方媛便不再是眼前的这个方媛，而是由月神意识所操纵的傀儡。

　　"其实，我现在，对死亡，倒没有以前那么恐惧了。生命是什么？死亡是什么？谁又能说得清呢。便是唯物主义，这个'物'是什么，也没有人能真正理解。物质是什么？有个诺贝尔得主提出'上帝粒子'的概念，说这个'上帝粒子'是一切物质的质量来源，并成为当今粒子物理学的中心科研。如果'上帝粒子'真的存在，也就是说，之前的物质其实是没有质量的。这倒和我们古代所说的魂魄性质是一样的。"

苏雅也听说过上帝粒子："这只是科学家的一种假设。方媛，我觉得你想得太多了。其实，月神并不一定是恶意的，她不是一直没对我们怎么样吗？"

方媛知道苏雅在安慰自己，勉强笑了笑，说："但愿如此吧。"

42

日子一天天地过去了。

生活也和往常一样，似乎没什么异常的变化。

月神，仿佛从441女生寝室的生活中彻底消失了般。

转眼已到冬季，然而今年的冬季比往常要暖和得多，校园里仅有残花败草尚带着几丝翠色。

这日清晨，方媛早早起床，在校园里晨跑。

越是逆境，越要保持良好的心态。

自暴自弃永远解决不了问题，只能在麻醉中越陷越深。

绕着球场跑了三四圈，身上开始冒热汗，脚步变得沉重许多，呼吸也急促起来。

方媛知道，这是到了临界的极限，略微放慢了脚步，调整呼吸，坚持跑下去。

冲过极限，感觉就轻松多了，整个人都变得轻飘飘的，两腿好像不受控制般，自动朝前跑。

又跑了四五圈，方媛这才放慢速度，围着球场慢走。

跑步的极限，并没有想象中那么难熬，只要咬牙坚持一会儿，就很容易过去。

可是，失恋的痛苦呢？

情感的付出，是否也像跑步的极限一样，只要坚持，就一定能再上一层楼？

这段日子里，她和凌雁玉的关系是相当的差。

以前，凌雁玉将她当做姐姐般，无话不谈，有什么事都找她商量。

现在，见了她，眼神冰冷，仿佛陌生人般。

不，不仅仅是陌生人。冰冷的眼神中，还流露出浓浓的敌意。

其实，闷哥不喜欢她，能怪她吗？

球场上，许多年轻男生在做着各种运动，尤其是打篮球、踢足球，更是热闹非凡，大冬天的早晨依然有几个人赤膊上阵，露出强健的肌肉，大声地吆喝，泛着一股浓浓的青春气息。

年轻真好。

方媛偷偷地瞧着篮球场上那几个年轻的男生。

青春、阳刚，即使有的男生长得不是那么帅气，但也洋溢着独特的运动气质，别有一番风情。

正边走边瞧，一个黑糊糊的圆形物迎面飞来，耳边听到有人大叫："小心！"

只见一个足球突然飞了过来。

方媛没有防备，侧了侧头，但依然被足球打在脸颊上。

还好，足球的飞行速度并不是很快，方媛的脸上只是有些微微疼痛。

一个瘦高的人影跑过来，捡起了足球，一脚踢回球场，转身对方媛说："你没事吧！"

"是你？"方媛揉了揉脸蛋，这才看清眼前这个人，竟是闷哥。

闷哥面对着方媛，有些不好意思，他说："我和老乡一起来踢球。"

"哼！"方媛没给闷哥好脸色，转身欲走。

她本来是那种喜怒不形于色的女生，不肯轻易得罪人。可是，眼前的闷哥，却是少数几个让她痛恨的人。

她和凌雁玉搞成这样，全拜他所赐。

何况，闷哥心机太深，功利心太强。就拿这次的意外来说，她很怀疑是闷哥故意设计的。

"等等。"闷哥叫了声，"方媛，小玉怎么样了？"

"她很好，不劳你牵挂了。"方媛冷冷地说。

闷哥忏悔般地说："方媛，我知道是我的错。可是，这能全怪我吗？一直以来，我都是把她当成小妹妹的。演变到现在这样，我也不想！"

方媛冷笑着说："这么说，还要我和小玉给你赔礼道歉不成？"

她一向不喜欢和人争辩。不知怎的，一看到闷哥，就浑身不自在。

也许，她总是忘不了，老宅的死亡循环中闷哥对她图谋不轨的那一幕。

"爱一个人是没有错的！"闷哥还在强辩。

方媛微微一笑，在他耳边压低了声音说："自卫杀人，杀的还是一个卑鄙小人，也是没有错的。"

闷哥的脸色变得难看起来。

显然，死亡循环中，他被方媛刺杀的经过，也让他难以忘怀。

就算那是幻境，在里面的感觉也和真实的世界一模一样。

方媛不再理会闷哥，径直走回女生宿舍。

洗了个冷水澡，浑身舒服多了。

这时候，苏雅才刚刚起来。

"懒鬼，天天睡懒觉，小心身体发肥，变成肥婆，看你怎么办！"方媛没好气地骂苏雅。

苏雅是那种典型的夜猫子，越到晚上越有精神，玩网络游戏、写小说、QQ聊天、看电影、上八卦论坛灌水，每晚不折腾到凌晨就不睡，早上自然醒不了。

"你才神经呢！年纪轻轻的，一天到晚板着一张脸，过着苦行僧般的生活，和尼姑一样，怪不得会喜欢和尚！"苏雅不肯吃亏地回骂。

方媛被苏雅说得哑口无言。

论诡辩骂人，她还真不是苏雅的对手。

幸好，苏雅没有乘胜追击，伸了个懒腰，拿出一大堆瓶瓶罐罐的化妆品，去折腾她那张脸了。

女人，真是一种奇怪的动物，老喜欢往自己脸上涂那么多稀奇古怪的化学品。方媛心中暗想，却忘记了，自己也是其中一员。

再看卧室，柳雪怡早已起床，只剩下凌雁玉还躲在被子里，不时传来两声咳嗽声。

她怎么了？身体不舒服？

方媛想了想，慢慢地走过去，来到凌雁玉床铺边。

凌雁玉睡的是上铺，方媛要踮起脚，才能看到凌雁玉的床头。

"小玉，我刚才遇到闷哥了！"

凌雁玉没有说话，咳嗽得更加厉害了。

"他让我转告你，想和你说声对不起。"

这是方媛自己编的，想让凌雁玉的心情好一些。

沉默了一会儿，方媛接着说："其实，我也想和你说声对不起。"

半晌，传来凌雁玉幽幽的叹息声。

"方媛，我知道，其实不关你的事。"凌雁玉的声音显得有些虚弱。

"你没事吧？生病了？"方媛掀起被子。

凌雁玉明显是病了，一张脸憔悴得很，蜷缩着身体躲在被子里瑟瑟发抖，呼吸也有些凝滞。

方媛一眼就看出，凌雁玉感冒了。

"要不，我给你泡杯板蓝根？"

前两天，方媛也有点儿感冒，喝了几包板蓝根就好了。

现在，医院收费贵得吓人，手续又烦琐，哪怕只是感冒发烧，也要验血检查。

所以，医学院的学生有点儿小病，一般都自己买药对付。

凌雁玉有些暗淡的眼睛盯着方媛看了一会儿，总算说了句话："方媛，你能不能告诉我一件事。"

"你尽管问。"

"闷哥为什么喜欢你，不喜欢我？"

"……"

方媛怔了怔，根本不知道该怎么回答。

闷哥喜欢她，不喜欢凌雁玉，这得要问闷哥去！

即使问闷哥，也不一定有答案。那晚在老宅，她就问过了，闷哥的回答是，爱就是爱，哪儿还分得那么清楚。

确实，爱情能让人的精神处于极度亢奋状态。从某种意义上来说，和毒品是一样的。

有时候，明知道会有伤害，却始终不忍相弃。

所以，有佛偈："一切恩爱会，无常难得久，生世多畏惧，命危于晨露。由爱故生忧，由爱故生怖，若离于爱者，无忧亦无怖。"

但是，身为世人，怎能离于爱者？没有爱的世界，那还值得人眷恋吗？

方媛自问，做不到绝情寡义。

她只是喜欢佛法，又不是真的想去当尼姑。即使那方振衣，看上去冷冰冰，似乎无爱无恨，内心深处依然有团热火在燃烧，所以才会舍己救人，以身犯险。

"是不是因为你长得比我漂亮？"凌雁玉自怨自艾地说。

"不是！"方媛想了想，说，"要说到漂亮，苏雅就比我漂亮多了！"

这话倒不是方媛自谦。如果说，方媛是那种平实的漂亮，苏雅就是那种惊艳的漂亮。方媛是苦茶，越喝越有味；苏雅是那种七彩玫瑰，越看越炫目。

"小玉，你别想那么多了。感情的事，谁能说得清楚？何况，我根本就不喜欢他。嗯，我很讨厌他！"方媛苦苦相劝。

凌雁玉咳嗽了几声，似乎要将整个心肺都咳出来般，好不容易，才停了下来，说："其实道理谁都懂。可我就是很难受，不甘心。"

"好了，你病得很厉害，还是先保重身体吧。这些事，以后再说。我先帮你泡杯板蓝根，喝完再陪你一起去医院看病！"方媛翻出备用的板蓝根，用热水泡了，扶起凌雁玉，端给她慢慢喝下去。

凌雁玉喝完板蓝根后，有些倦意，没有起床，说要继续睡一会儿。

方媛担心凌雁玉的病情，搬了把椅子，坐在阳台上，一边晒太阳，一边看书。

她看的是蒲松龄先生的《聊斋》，里面的鬼狐故事让她很投入。

阳光晒在身上，暖烘烘的。她闭上眼睛，微微打了个盹儿，做了个奇怪的梦。

她心里一动，坐到电脑前，将梦里的故事记叙下来。

43

黄昏，残阳如血，古道凄清，行人渐少。

落拓书生秦天一袭灰衣，牵着一匹瘦马，手里拿着一只玉箫，一脸沧桑地慢慢独行。

他的眼神落寞、迷蒙，嘴唇边总有一丝嘲讽的笑意。曾有佛学大师说过，人生如梦，可他即使想做梦也不能啊！

几次应试进京，换来的只是无限的感伤。天下大乱，本想为社稷百姓出力，谁知满腹诗书竟然屡试不中，登徒浪子却高中红榜，朝中之腐朽可想而知了。

可是梦呢？真的没有吗？近来常梦见有人在轻声呼喊自己，声音充满柔情，仿佛是穿透了亘古的时空，异样的熟悉亲切。他在梦中竭力想看清楚，然而却是模糊一片，只记得有一个淡红色的影子和一轮血红血红的明月。醒来后更是怅惘不已。

身后突然传来骤狂的马蹄声，秦天向后转身看了看。一面巨大的旗帜随风飘舞，旗上大书"威武"两个金字。马上骑士都是一身短打，黑衣黑帽，背后一律背着一把明晃晃的大刀。怒马过处黄土飞扬，使人有一种不真实的感觉。

威武镖局的镖师看都没有看秦天，意气风发地自驰而去。秦天苦笑，身在乱世，武人耀扬，纵有治国之能，亦只是空负壮志。

他纵身上马，拿起玉箫，幽幽地吹了起来。箫声高古、凄冷，隐有悲世之意。

这时，秦天看到了古剑——一个衣着朴素、浓眉大眼的青衣少年。古剑背看一把古朴的长剑，疾步如流星，从后追上秦天，对着他憨厚地笑了笑。

秦天停止吹箫，朗声问道："兄台有何指教？"

古剑微笑道："无他，闻兄箫声绝好，有心相交。"

秦天笑道："雕虫小技，不入大雅之堂，难得兄台如此看重。不如结伴而行，吾慢慢吹与兄台听。"

古剑亦喜，道："如此甚好。"

古剑遂与秦天共乘一马，相谈甚欢，大有相见恨晚之意。

夕阳西下，天色渐渐暗了下来。两人一路行来，竟寻不到一处歇息之地。行至一深山中，远远望见有火光闪烁，循光前行，发现是一破庙。生火者乃威武镖局的镖师，正在火中烤肉，香气四溢。

两人下马，秦天进庙先拜了庙中神像，取出干粮，分与古剑。古剑坚持不受，隐入林中。

秦天等了两炷香的时间，才见古剑出来，见他精神奕奕，问之，古剑答已食之矣。秦天虽心疑，不好多说，草席铺地与古剑同枕而眠。

月色清冷，枯黄的树叶随风而落，叹息着无奈。光秃秃的树枝愤怒地刺向阴阴的苍穹，仿佛满怀伤痛的样子。

黑夜里突然传来女子哭泣的声音，在风中格外清晰。而后竟有抚琴声，琴声悲切，如泣如诉。

秦天在夜里醒来，转身却不见古剑。起来一看，众镖师亦已醒来，执刀布阵，如临大敌。

为首一黑瘦精干老者，唤出矮小汉子，低声耳语几句。那汉子听后匆匆而去。秦天上前问道："各位大哥，发生何事？"

老者答道："如此郊野，竟会有女子之声，疑强人来犯。"

秦天问道："可见与我同来少年？"皆答未见。

众人沉默，黑夜寂静无声。只听到风声沙沙，寒意侵骨。

突然传来一震耳的惨叫，那矮小汉子从林中狂奔出来，已无头，血犹在喷，双手俱残。

众人色变。镖师们多胆大，常见生死，此时亦骇然。无头的人并不可怕，但谁都未见过无头的人还能狂奔。林中仿佛充满了诡异之气。

老者大叫："谁都别离开，围成一个小圈子！"

众人倒也听话，缓缓退后，围成一个圈子，相互扶持。

无头之人依然奔向众人，手里竟拿着大刀，挥舞过来。

老者大喝一声，手中大刀如游龙般飞出，正中无头之人，将之钉在树木之上。无头之人手足依然自舞，状甚恐怖。

琴声又传来，是春意无限，融融暖人。众人忽觉睡意，斗志皆消。秦天暗自心惊，拿出玉箫，呜呜地吹起来，箫意清高，清脆凄寒。

可此时众人已醉，有人弃刀冲向林深处。亦是一声惨叫，恍若鬼叫。更听得撕肉牙咬之声，似有野兽争吵吞食。有人突然挥刀砍向他人，状已疯狂，竟生吃同伴之肉。

秦天勉强守住心中清明，吹着箫独自后退。耳边不时传来众人临死时的惨叫，心惊肉跳。

不知走了多久，琴声不再可闻。秦天停下箫声，衣衫尽湿。全身软弱无力，坐在大石上略作休息。

秦天抬起头时，赫然看见古剑。秦天大惊，将刚才之事细诉与听，古剑微笑，竟不以为意。待得秦天诉完，用手指了指天空。秦天抬头一看，明月竟然是血红色，妖艳凄迷。

秦天想起近来所做的同一个梦，恍恍惚惚，心中迷惘。古剑扶起秦天，同行回破庙。只见累累白骨，血水横流，竟无一活人。连所乘之马亦不能幸免，只剩马骨，惨惨发白。

古剑略作收拾，对秦天说道："妖魅未远，必将寻来，不如在此以逸待劳。"

秦天长叹一声，说道："剑兄可有良策以应之？"

古剑微笑不语。

秦天又道："既能应之，何不救众人？"

古剑回答："生死不过等闲事尔。众人亦沾他人血腥，救之何用？兄不必多言，况我亦只能勉力一试，成败难料。"

秦天心情郁闷，反复难眠。而古剑已沉睡矣。独出破庙，天色阴沉，风中似有狼嗥虎啸。明月依然血红，秦天看着看着竟然痴了。世事如梦，梦醒何处？便纵有千种风情，更与何人说！情归何处？今夕何夕？

突然看见一红衣女子袅袅然从林深处行来，对秦天视若未见。双手合十，对着明月，跪下虔诚地朝拜。她的衣裳缓缓褪下，露出淡红色的肌肤，不多久竟已全身赤裸，明艳逼人。秦天本不想看，只是事情太过诡异，似乎与自己梦中暗合，遂细细观之。

明月渐渐由红变白，奇的是那女子肌肤也渐渐地随着明月发生奇异的变化。一道白光从头环绕而下，将肌肤的颜色由红转白。不多时，竟已成白藕般清丽。

女子面露喜色，对着明月不停地磕头。

之后，面对秦天，轻声道："你终于来了。"

秦天不解，暗想女子必为妖怪，有心不答却好奇，竟说："姑娘难道认识我？"

女子幽幽地叹了一声，说道："也怪不得你，五百年的轮回应将所有的事都洗去了。"

五百年的轮回？难道五百年前我就认识她了？秦天想起旧梦，梦中是她在叫我？

女子轻轻地说："我是修行千年的红狐。修行之妖，每五百年受一次天劫。五百年前我受雷击，你舍命救之。余心感激，化为美女相伴，曾相厮守。无奈人妖有别，我俩约定待五百年后再会。今我已舍弃天狐之道，拜月功成，褪尽妖气，亦不入仙道，化身成人再续前缘。"

秦天踌躇难决，问道："这许多死人可是你所为？"

女子又叹了一口气，不再回答，只是幽幽地看着秦天。

忽然阴风阵阵，黑雾四起。电闪但无雷鸣。女子色变，突入黑雾中。秦天急进庙，想去唤古剑，却见古剑已然身起。古剑目若寒星，全身衣裳劲飘，冷冷杀气逼人。

两人同出庙门。听到雾中金戈之声乱响，女子清喝与一沙哑尖叫之声相杂。山摇地动，似有千军万马相战。

黑雾越来越浓了。女子忽从雾中飞回，唇边有血，脸色惨白。雾中传来那沙哑之声："红狐，你若保持天狐之道，我自奈何不了你。没想到你竟会想做人，自毁千年修行，如今又能将我怎样？不如献出内丹，我饶尔等一死。"

古剑瞳孔大张，大喝："出剑！"身上所负之剑弹出。古剑亦化成一道白光，附在剑上。

"大胆，尔是何人，竟敢与我鬼王作对！三界五行，俱要听命于我。"

"不在三界中，跳出五行外，我乃上古宝剑，斩妖除鬼！"古剑大喝。

"原来只是一把破剑成精，哼，不知天高地厚！"鬼王道。

宝剑突然剑气冲天，发出炽亮的光芒，漫天雾气俱被冲散。秦天这时才看清，鬼王头如小山，身却与常人无异，张着大口，呼呼喷着黑雾，手有一巨大的圆圆铁管。

宝剑幻化成万千剑气，如巨针般刺向鬼王。鬼王全身被刺满，仍在狂笑："我是鬼王，不生不死，你能杀死我吗？"鬼王的尖叫使天地变色。

红狐口中吐出一颗红珠，如流星般掠进鬼王嘴中。鬼王大惊，拼命想呕出来。宝剑乘机刺入鬼王口中，穿透而出。

红狐内丹乃至阳之物，鬼王乃至阴之体，阴阳相遇，则相互融化，剑气又到处穿插，使鬼王灵气俱散，如火山爆发一般一声巨响，灰飞烟灭。

一切渐渐归于平静。古剑竟自顾而去。红狐幽幽地看着秦天，一语不发。"我该怎么办呢？"秦天看着红狐那张绝美的面容，低声地问自己。

44

也就两小时，方媛就一气呵成，将这个《狐恋》故事写完。

她虽然喜欢看书，但很少尝试去写。所以，这个故事，文笔技巧并不出色，处处显得稚嫩，可也有些清新的感觉。

这时，苏雅早已洗漱完了，出去吃完早饭，再回来洗完头，用毛巾擦着湿漉漉的头发，坐到了方媛的身边。

看到方媛写的小说，她很是不以为然，说："方大小姐，你现在好歹也有二十岁了，怎么还写这种小说？"

方媛愕然："这种小说不好看吗？"

苏雅笑了："方媛，你落伍了。这种酸不拉唧的小说，现在谁看？现在都要来点儿狠的，如果是男主，穿越到异界大陆，一统天下，纳十几个美女进后宫。如果是女主，穿越到一大群王子、贝勒中，全都英俊潇洒，个个为女主献身跳楼。最不济，也是总裁什么的。要不，就来段生死恋，将主角往死里整，整得读者直掉泪。实在不行，就写点儿师徒恋、父女恋，甚至是恋尸癖什么的。"

方媛气得直翻白眼。

苏雅意犹未尽，说："干脆，我给你一个题材，写斯德哥尔摩综合征，女主被变态杀人狂的男主挟持和圈养，最后，女主爱上变态杀人狂，帮助变态杀人狂逃脱，一起犯罪，见谁灭谁……"

"够了！"方媛实在忍不住了，呻吟了一声，"苏雅，写小说的，是不是都和你一样，这么变态？"

苏雅受了天大的委屈般："你说什么啊！我是教你写作！别人求我，我还不乐意呢！现在写作，第一要素是语不惊人死不休！怎么疯狂就怎么写，怎么招惹眼球就怎么写！只是卖文，又不是卖肉。你没看到，那些大大小小的明星，一个个争着脱衣服卖肉？"

方媛气愤地说："你怎么净找不争气的比？"

苏雅故意瞪大了眼睛说："什么不争气！她们可是明星啊，全民偶像，在荧屏里一个个冰清玉洁、不食人间烟火，多少人的梦中情人、白雪公主。穿的是高贵皮草，吃的是上等佳肴，住的是高楼大厦，开的是宝马奥迪。多少人羡慕那样的生活，随便一个选秀活动，都能招来数十万人参加。"

方媛苦笑着说："好了，苏雅，每次争辩都争不过你。这个世界就是这样，人人都在演戏，所有的人都在伪装。这有什么奇怪？不是每个人都有你这样的资本，可以随心所欲，对不喜欢的人不假以颜色。毕竟，人是群体性生物，需要在社会上挣扎、生存。"

"说到社会，我还真看过一本极好的悬疑小说，一个很有才气的女写手写的，书名很恐怖，叫《第二类死亡》，其实写得很伤感。有空儿的话，推荐你看看。"

"能让苏雅欣赏的书，肯定值得一看。"

方媛知道苏雅心高气傲，她既然如此说了，那本书肯定有其过人之处。可惜，曲高和者寡，苏雅喜欢的，不一定被大众接受。

这也是纯文学日益落魄、类型文学却生机勃勃的原因所在。再深邃的作品，没有读者欣赏，也只能是作者自娱自乐。

所谓的四大名著，本质就是流传于百姓中的民间故事。

苏雅意味深长地朝卧室望了一眼，问："她真的病了？"

方媛说："是啊。其实，她只是个小女生。"

苏雅难得的没有反驳方媛，说："是啊，她怪可怜的。"

提起凌雁玉，两人的脸色都凝重起来。

失恋，以后回想起来，不过是一件微不足道的小事，是每个人成长都要面对的事。可是，在当时，无异于天崩地裂。

也许，正是因为失恋的痛苦，她的身体才会变得脆弱起来，以至于现在真的生病了。

"对了，她怎么还没醒？"方媛也是学医的，对感冒这种小病还是很有信心的。刚才，她已经给凌雁玉喝了杯板蓝根，按理说，起码会稍微抑制下病情。

她走进卧室，踮起脚来看凌雁玉。

凌雁玉的脸色很差，几乎没有血色，呼吸也很沉重，仿佛负重的老牛般。

她的眼睛，原本有着少女特有的明亮，现在却很暗淡，眼窝深陷下去。

方媛问："你醒了？"

"嗯。"凌雁玉的声音很轻，轻得方媛几乎听不见。

"你还是很难受？"方媛用手去摸凌雁玉的额头，微微有些发烫，应该是发烧了。

她想了想，说："要不，我陪你一起去医院看一看？"

凌雁玉低声说："我不想去。"

"可是，你生病了啊！"

"你帮我买点儿退烧和感冒的药。"

方媛还是有些犹豫："你真的不去医院？"

身为医学院的学生，她当然知道，有病还是去医院检查的好。

感冒是老百姓通俗的说法，医学上可能是上呼吸道感染或急性气管支气管炎，也可能是其他器官的病变。

凌雁玉微微摇头。

方媛在医学院附近的一个大药房买了些感冒冲剂和阿莫西林，想了想，又买了些退烧药。然后在菜市场买了些生姜，想熬些热姜汤给凌雁玉祛祛寒气。

在药房时，她看到好几个医学院的学生也在买药。

其中一个还认识另一个，相互聊起来，都在抱怨，最近天气反常，时冷时热，害得寝室里很多同学都感冒发烧了。

方媛回到 441 女生寝室时，柳雪怡也回来了，不时咳嗽两声。

"柳雪怡，你也感冒了？"

"嗯，有点儿不舒服。"

"正好，我买了药，还有生姜。"

和凌雁玉相比，柳雪怡和方媛的关系还没有变得太差。虽然，在死亡循环中，方媛也害死了柳雪怡，可那毕竟是意外，两人没有直接冲突。

为防万一，方媛这次多买了一些药备用，足够柳雪怡和凌雁玉两个人服用。

柳雪怡没客气，按药物说明，冲了感冒冲剂，吞了阿莫西林，困意上涌，爬上床铺休息去了。

倒是凌雁玉，虽然也喝了感冒冲剂和阿莫西林，脸色却依然不见好转，额头直冒虚汗，身体软绵绵，一点儿力气也没有。

方媛又将生姜洗干净，用小刀切碎，然后用电厨具烧得滚热后，倒出一碗热姜汤，给凌雁玉服下，可还是不见好转。

很多感冒都是病毒性感染。方媛一直在凌雁玉身旁转悠，很容易被感染。

凌雁玉知道，方媛是真心为她好。原本对方媛剩下的那点儿怒气，此时早已烟消云散了。

到了中午，苏雅特意从高档酒店订了些饭菜回来，摆在桌上，让大家一起吃。

凌雁玉、柳雪怡两人起来，勉强吃了点儿。饭菜虽可口，两人却没什么胃口。

这时，方媛也没有将两人的病情放在心上。

感冒是常见病症，尤其是在冷暖交接时。在开学时，凌雁玉、柳雪怡都做过身体检查，并没有严重的身体隐疾。

只要用心调养，按时吃药，感冒是很容易治愈的。

可是，第二天，凌雁玉、柳雪怡的病情非但没有好转，反而更加严重了。

柳雪怡还好，只是精神不振，略有微烧，呼吸不畅。

凌雁玉却完全变了个人似的，浑身无力，疼痛难忍，大把大把的头发开始掉落下来，皮肤上开始出现一些微小的血疹。

此时，方媛才知道事情的严重性。

同样是感冒，方媛喝了几杯板蓝根就好了，凌雁玉吃了这么多药，却无一点儿好转的迹象。

显然，凌雁玉的病症和她有些不同。

方媛只是个学生，临床的经验等于零，照搬书本在医学上是大忌。

没办法，她只得再次叫凌雁玉去医院看病。

可是，这次，凌雁玉竟连走也走不动了。

方媛只好背着她，一步步走下女生宿舍，慢慢走到医学院设立的附属医院。

她拼命挣扎，想逃离黑洞的吸引力。挣扎了许久，筋疲力尽，正准备放弃时，黑洞的吸引力突然消失了。身体陡然间重了起来，似乎从空中掉落下来，两脚踏空，眼睛重新睁开。

第十一章
病毒感染

45

医院里人山人海，挤满了看病的病人，其中不少是医学院的学生。

方媛惊奇地发现，医院里还有好几个和凌雁玉病症相似的病人。

这些人看上去都像是普通感冒，可皮肤上都有微小的血疹。

挂号，验血，看病。

很快，结果就出来了，病毒性感冒。

检查的医生也没放在心上，开了些抗病毒药剂。

准备回去的时候，两人意外地遇到了李忧尘。

李忧尘正急急忙忙地跑上楼梯，看到方媛，眼睛一亮，立马停了下来，迎上来说："方媛，你来了？"

他是医生，很快就察觉到凌雁玉的病情，问道："小玉，你怎么了？感冒了？"

凌雁玉有气无力地叫了声："大表哥。"

方媛说："是啊，才一天工夫，她就变成了这样。这感冒也太厉害了点儿吧。"

李忧尘凑过来，翻了下凌雁玉的眼皮，看到里面眼珠子上似乎也有细小的血点，皱皱眉，说："她的病情很严重。"

方媛问："不是普通的感冒吗？刚看过医生，说没什么问题。"

李忧尘摇摇头，说："看上去很像流行性感冒。这样吧，你们跟我来，我让同事给她做个详细检查。"

李忧尘虽然是脑科医生，但是对流行性疾病也研究过，知道流行性疾病的危害。

果然，凌雁玉的血样有些异常，淋巴结肿胀，静脉、微血管都出现细微的小孔，似乎有什么东西要从里面挤出来。

李忧尘的心沉了下去。

这不是流行感冒。

费了很大工夫，李忧尘才和同事从凌雁玉的血样中分离出一小块纯净的浓缩病毒，放到高倍显微镜中观察。

这种病毒很漂亮，仿佛一片片破碎的小花瓣般，纠缠在一起，有一种残缺的美。

"韦建军，你确定没见过这种病毒？"李忧尘忧虑地问他的同事。

这名叫韦建军的医生，主攻的正是流行疾病。

"是的。不过，我刚做过实验，这种疾病的传染性很强。"韦建军的脸色也很难看。

新的病毒，还具有传染性，很可能会引起一场新的灾难。

病毒，是一种最简单的微生物，结构简单，具有遗传、复制等生命特征的寄生体，是介于生物与非生物的一种原始的生命体。

就是这种最原始的生命体，是人类这种最复杂生命体的天敌。

中世纪，欧洲暴发的"黑死病"，死亡了七千五百万人，当时三分之一的欧洲人死于这种病毒。

十八世纪发生的全世界霍乱，引起了六次大流行，仅印度就因此死亡三千多万人。

二十世纪初欧洲暴发的流行感冒，死亡两千多万人，而当时的第一次世界大战死亡人数也不过八百多万。

十九世纪八十年代，一个美国人身上首次发现一种美丽的新病毒，如一个球形，上面镶嵌有平均分布的孢状物。

这种新出现的病毒，俗称艾滋病，本名为获得性免疫缺陷综合征。据科学家分析，很可能是人类从非洲一种猴子身上感染而来。这种病毒在短短的三十年间，席卷世界各地，六千万人感染，两千多万人死亡，被称为世纪绝症，至今还没有研究出根治的药物和预防的疫苗。

"必须将病人隔离！并上报给卫生部门！"李忧尘想了想，说出了自己的意见。

"可是，我还看到好几个和小玉一样病症的人。"方媛犹豫了下，还是说了出来。

李忧尘惊讶地说："方媛，你确定？"

"我不敢肯定，不过，从症状看，和小玉很像。"

虽然还不知道这种传染性疾病的病理，但从其来势汹汹，一天就把凌雁玉折磨成这副样子来看，危害性肯定小不了。

她现在有些担心，柳雪怡是被凌雁玉传染的，毕竟两人的床铺相对要近些。即便是她和苏雅，也有可能感染了，还在潜伏期，没有发作。

韦建军沉吟了一会儿，说："隔离治疗是必需的，在上报给卫生部门前，是不是先向胡校长汇报一下？"

附属医院是南江医学院的校办医院，院长也由医学院的胡校长兼任。

两人商量了一会儿，将凌雁玉送到隔离病房治疗，韦建军继续检查研究新病毒，李忧尘则赶紧去找胡校长汇报情况。

胡校长很忙。

他是个大忙人。自从接任南江医学院院长后，他就更忙得不可开交。

电话响个不停，到处是开会通知、研讨会演讲、人际应酬。

好不容易有点儿时间，还要对付家里的黄脸婆，家外那么多的红颜知己。

他并不是医学出身，而是行政出身，一年前还是章校长的副手。

谁知章校长突然失踪，听说出了事，再也回不来。他才抓住机会，上下钻营，获得这个好位置。

他上任的第一件事，就是自己兼了附属医院的院长。

要知道，附属医院可是香饽饽，医疗水平有口皆碑，既有经济效益，又有资源效益。

现在想看个病，也不是有钱就能看的。无论什么时候，附属医院的床位都安排得紧紧的，就连走廊都住满了。

有些官员，级别并不比他低，权力并不比他小，生了病，一样要和他打招呼，安排最好的病房和最好的医生诊治。

他真的是忙不过来。

就拿现在来说吧，他刚陪几名官员和企业家喝完酒，正准备让新聘请的漂亮女秘书进来给他按摩按摩，顺便亲热亲热去去火。

要知道，这个年轻女秘书可是他新发展的红颜知己，却一直没时间巩固感情。

他所说的巩固感情，当然不仅仅是指精神上的，还有肉体上的。

所以，当李忧尘这样一个年轻医生在校长办公室外不停敲门时，打扰他和红颜知己的独处时间，他很生气。

"李医生，你不去坐班，找我做什么？"胡校长阴着一张脸说。

李忧尘也是个聪明人，一眼就看出胡校长和女秘书的私情，此时却顾不得那么多，脸色凝重地说："出事了！"

"出事了？"胡校长见李忧尘不似开玩笑，说，"你别咋呼，出什么事，慢慢说！天塌不下来！"

他当一把手的时间不长，还没过足瘾，自然不想因为什么意外而丢掉乌纱帽。

李忧尘看了女秘书一眼，没有说话。

女秘书知趣地悄悄溜出去，顺手把门关上。

李忧尘说："医院里出现传染病人。"

胡校长松了口气，说："出现传染病人，有什么奇怪的，好好诊治就是了，我还以为是哪个领导死在我们医院了。"

医院里住了好几位领导，都是位高权重之人。胡校长以后的仕途还得靠这些人关照，自是十分巴结，殷勤照顾，将医院所有的优秀资源全都集中在那些领导身上。

如果哪位领导突然病情加重，死在医院，那才叫无妄之灾，自己有冤无处诉。相比之下，只是出现几个传染病人，真不算什么事。

李忧尘知道胡校长不懂医学，加重了语气说："不是一般的传染病人，她身上的病毒，我们以前从来没见过。一个不好，流行起来，会像瘟疫一样，要很多人命的！"

胡校长再不懂医学，瘟疫的危害还是知道的，看了看李忧尘，说："什么病那么严重？"

李忧尘说："看上去类似流行性感冒，却比流行感冒破坏力强得多，医学院很多学生都感染了。韦建军正在研究，过会儿就有进一步的报告。我建议，立即上报给卫生部门，并对全校进行封校处理。"

胡校长怔了怔，显然没想到事情会如此严重。

他不仅是附属医院的院长，还是医学院的校长。在他管辖的地方，出现新的传染疾病，上面会怎么想？

至于封校，更是麻烦。怎么跟学生解释？总不能说，你们有人得了传染病，会死人，所以把你们关在里面，免得出去感染别人！那还不乱套了？

胡校长问："这件事，除了你以外，还有谁知道？"

李忧尘说："韦建军医生也知道，此时他正在实验室做进一步观察。护士们只知道是传染病，并不知道是新型病毒。"

胡校长沉吟着说："这样吧。你先回去，别和任何人说。我再考虑一下。"

李忧尘说："还考虑什么啊，这是人命关天的大事。新病毒的危害，谁也说不清楚。如果再来一次大瘟疫，谁能负得了这个责任？"

胡校长重重地拍了下桌子："够了！我知道轻重。我总得和院里其他几个领导商量商量！"

看李忧尘还有些不甘心，他又放软语气："好了。你放心，无论如何，我会尽快向卫生部门汇报。"

无奈，李忧尘只能悻悻而回。

在他走出办公室时，胡校长的眼睛狠狠地盯着他的背影，仿佛一条噬人的毒蛇般。

46

胡校长并没有将新病毒情况上报给卫生部门。

打发走李忧尘后，他很快就调整心情，把年轻女秘书叫进办公室，关紧门，继续他们的苟且之事。

第二天，他更是连李忧尘的面都不见，搂着年轻秘书去郊区的别墅度假，对外则宣称去参加一次重要的医学研讨会。

流行疾病，关他什么事？南江市，又不只附属医院这一家医院。

就算是发生大规模流行性感冒，凭现在的医学技术，想控制和治疗还不是简简单单的事。

上报？封校？

开玩笑！一个没处理好，上面说不定会认为自己工作能力不够，甚至负有部分责任，以后的仕途就全毁了。

如果惹恼了学生，来个群体性上访，自己这个校长和院长还要不要当？

胡校长是打定主意——事不关己，高高挂起。

真的发生流行疾病，他也犯不着第一个出头。天塌下来，有个高的顶着。

那边，李忧尘急得嘴角都冒出了疱。

他一回去，就和韦建军通宵不睡，连夜做实验观察新病毒的特征。

一般来说，流行性疾病主要由细菌、病毒、寄生虫三种原因造成，其中又以病毒的危害最大。

而且，病毒可以潜伏在人的身体里，没发作前，对人的身体没一点儿影响。一旦发作，就会造成极其严重的后果。

在人类与病毒的战争中，曾因医学的发展取得过辉煌的战果。

比如，曾经是世界上传染性最强的疾病之一——天花，通过疫苗和接种，现在仅剩下极少数冷冻在实验室中。

还有抗生素的发明使用，一度对病菌感染具有超强的抑制作用。最初，使用抗生素，可以消灭绝大多数病菌，只剩下极少数病菌。可是，这些剩下的极少数病菌是具有抗药性的。它们继续繁殖，产生的病菌也具有抗药性。

这就是人类用抗生素来治病的悲哀。终有一天，抗生素会对那些耐药的病菌毫无作用。

再看凌雁玉，仅仅过了一晚，病情就加重了许多。她的喉咙开始发炎，全身皮肤因毛细血管的堵塞而变得红肿起来，浑身烧灼般的疼痛。

她皮肤的每一个末梢都处于极度紧张状态，受不了一丁点儿压力，静脉、微血管都在渗血，出现小孔，流出蛋白质和水。

李忧尘和韦建军尝试了不少药物，但一点儿疗效也没有。也就是说，这种新型的传染性病毒，具有很强的抗药性。

如果得不到有效的治疗，凌雁玉很快就会因身体机能衰竭而死。要么是流血而死，要么是神经崩溃、发癫而死。

现在，她已经出现神经系统病的症状，浑身发抖，无法控制自己的肌肉，眼珠毫无生气地乱转，微血管出血量渐渐加大。

韦建军在监测她的电解质和液体。静脉和血管渗出水和蛋白质后会严重打破肾脏、心脏、肝脏等的化学平衡，让免疫系统无法发动反击。

"想找到抗体，最好先找到病原体的终宿主。"韦建军对李忧尘说。

感染，是病原体对人体的一种寄生过程。在漫长的进化过程中，有些寄生物与人体宿主之间达到互相适应，互不损害对方的共存状态，如肠道中的大肠杆菌和某些真菌。

但这种平衡是相对的，当某些因素导致宿主的免疫功能受损后，寄生物离开其固有寄生部位时，则有可能产生感染。

大多数病原体和人体宿主之间是不适应的。

所谓的终宿主，就是病原体以前寄存的宿主，一般是昆虫和哺乳动物。

一般情况下，病原体会在终宿主身上产生共存状态的寄生，对终宿主不会产生影响。而在中间宿主身上，则会因为不适应而导致感染病变。

人类，则是这次新病毒的中间宿主。

抗体的针对性非常强。如果说，病原体是一把锁，而抗体都是相应的钥匙。只有合适的抗体，才能治疗对应的病原。

研制出新抗体，并不是一件简单的事。

艾滋病的抗体疫苗，直到现在都还没有研究出来。

"想找到终宿主，哪儿有那么容易。而且，不知道病人能坚持多久。"李忧尘忧心忡忡地看着隔离室的凌雁玉。

听方媛说，医学院有不少学生感染了这种病。从凌雁玉的病发时间来看，过不了多久，那些病人也会集中暴发。

而且，这种传染病毒很可能是有潜伏期的。没发作时和正常人一样，如果人体免疫力下降，或者到一定时间，就会突然发作。

也就是说，这种新病毒，可能具有庞大的潜在感染人群。如果不及时找到有效抗体，一旦大规模暴发，后果不堪设想。

"胡校长怎么说？"韦建军问。

"他对上报给卫生部门这件事好像不是很积极，我明天再找他！"

"那当然，怕影响他的仕途。"情况早就在韦建军的意料中，想了想，说，"我看，他再不上报的话，我们带好材料直接去卫生部门。"

"嗯，只能这样。这件事，不是你我两人能应付的。"李忧尘叹息着说。

第二天，两人找不到胡校长，只得带齐材料，直接去卫生部门上访。

幸好，卫生局局长是科班出身，对医学并不外行，看到两人带来的材料，立马将这件事情紧急上报给市政府。

很快，市政府就有了回应，在向上级汇报的同时，向全市发布了紧急通知，要求所有政府部门动员起来，全力做好流行疾病的防治工作。

卫生部门组织大量人力，对全市流行病人进行统计和隔离治疗，并全部实行免费治疗。同时，组织人员对车站、机场、码头等重点流动人员测量体温，进行卫生检疫工作。

与此同时，政府组建了新病毒实验室，邀请了国内外知名专家，对新病毒进行研究实验，希望能尽快找到有效的防治方法。

很快，统计结果出来了，全市有两百多例疑似病人，南江医学院是重灾区，占了其中三分之一以上。

当天，隔离治疗的病人中，就有七个人病发死亡。

各地的医学精英源源不断地来到南江市，采取各种各样的方法对病人进行治疗。最后，还是一名留学归来的年轻医生，采用国际一种新型抗病毒药，对新病毒具有一定的疗效，勉强控制病情不再进一步恶化。

然而，新病毒感染人群越来越多。仅过了一天，就又增加上百例疑似病人，并有不断蔓延扩散之势。

在南江市以外，也出现了疑似病例。

调查感染病人的感染原因和活动范围，基本上可以确定是在南江市感染的。

南江医学院是重点灾区，很可能是最初暴发的起源地。

因此，政府对南江医学院进行了封校政策。有疑似病症的，被送往医院进行隔离治疗。剩下的学生全部回到各自寝室，安心等待结果。

医学院门口，出现了戒备森严的武警战士。

附属医院也被改成新病毒治疗专属医院，其他患者全部转移到别的医院去了。

市政府总算反应及时，除南江市外，没有因新病毒发生大规模流行疾病。

可南江市人心惶惶。

学生停课，大规模的群体性活动全部取消，公共场所的人群密度大幅减少，人人戴着口罩、手套，到处是消毒药水味。

47

凌雁玉觉得自己要死了。

现在，她浑身疼痛，皮肤承受不了一丁点儿压力，哪怕是轻轻触摸，都会钻心地痛。

而且，她的静脉、微血管，已经可以用肉眼看到有血和蛋白质在渗出来。

免疫系统对这种新病毒失灵了。

其实，还真不如死了的好。

如果不是动不了，凌雁玉真的会考虑自杀。

实在是太疼了，疼得浑身直冒冷汗。

现在，她真的好想父母，好想亲眼见见他们，在他们面前痛哭一场。

可惜，这个简单的愿望也实现不了。

她毕竟也是学医的，知道身在隔离病房。从医生和护士的眼里，看到了怜悯和同情。

现在，她的神经系统已渐渐失去控制，连眼珠子都无法像以前一样随意转动。

她这样，比植物人还惨。毕竟，植物人没她这么疼痛。

精神慢慢涣散，注意力也渐渐无法集中起来。

好像在飘。

整个人都飘起来了，如一丝轻盈的棉絮般，没一点儿重量。

似乎已经飘浮在空中，看到自己的身体躺在病床上，戴着口罩和手套的医生、护士在她身边忙忙碌碌。

眼前的世界开始变得黑暗起来，回到了宇宙的混沌状态。

时间仿佛停止。

以前的种种场景，如快播的电影般，在眼前飞逝而过。

恍恍惚惚中，很远有一个地方产生强大的引力，吸引得她不断向前飘去，仿佛传说中的黑洞般。

那股力量是如此强大，以至于她无法抗拒。

可是，潜意识中，有个声音在喊："别过去！"

她拼命挣扎，想逃离黑洞的吸引力。

挣扎了许久，筋疲力尽，正准备放弃时，黑洞的吸引力突然消失了。

身体陡然间重了起来，似乎从空中掉落下来，两脚踏空，眼睛重新睁开。

"小玉，你总算醒了！"一个熟悉的声音在病房外欢喜地喊着。

虽然戴着口罩、手套，凌雁玉依然一眼就认出了方媛。

方媛似乎很疲倦，眼神也没有以前那么明亮了。

"你得谢谢方媛，是她救了你！"身旁的李忧尘说。

凌雁玉有些疑惑，不知道李忧尘为什么这么说。

她的身体，现在还是很虚弱。

李忧尘似乎笑了笑。因为口罩，看不到他的笑脸，却能感受到他的笑意，眉毛都舒展开了。

"听到你病危的消息，方媛突然想起自己前两天也曾感冒过，很快就康复了。抱着试试看的想法，让我们检查她的血液，果然含有新病毒抗性血清。"

怪不得，方媛的脸色有些苍白。原来，她为自己抽了血。

"小玉，你放心，好好养病，很快就会好的。雪怡就快好了！"

不仅仅是凌雁玉，她还为柳雪怡抽了血。

"表妹，你放心，把心态调整好，配合医生，好好治疗，很快就没事的。"李忧尘关切地说，"方媛为你们，可是抽了 600 毫升的血。"

这时，韦建军也进来了，帮凌雁玉检查了一下，看了看监测凌雁玉身体状况的心电图，笑着说："心电图已经恢复正常了。"

想了想，又说："不过，外面那个女生血液有抗体的事，不能透露出来。否则，她身体再好，也禁不住这么多病人的需求。"

方媛自己也知道，一个人，一次性只能抽 800 毫升的血液，否则身体会因吃不消而休克。

这次，方媛抽了 600 毫升的血液，分成了三份，分别给凌雁玉、柳雪怡和苏雅使用。

苏雅现在没有出现感染新病毒的症状，可一个寝室有三个人感染了，仅剩下她一个人，很可能还在潜伏期，有备无患总是好的。

在老宅的死亡循环里，苏雅可以拼了自己的命也要救她，这份情意，方媛肯定是要还的。

只是，如此一来，她的身体再也不能抽取血液，如果有其他病人需要抽取她的抗体血清，她就要冒着休克甚至生命危险了。

回到寝室，苏雅正在给妹妹打电话。

"你要小心身体，多用热水洗澡泡脚，寝室里要打开窗户透气，尽量少接触咳嗽发烧的人，人群集中的地方少去……"

这哪儿还有半点儿冷艳高傲，分明是一个良苦用心的慈母。

聊了好久，才放下手机。

方媛笑着说："苏雅，我怎么觉得，你不是给你妹妹打电话，而是给你女儿打电话？"

苏雅收好手机，坐了下来，叹息着说："也不知道这次流行疾病，要流行多久。"

方媛说："别想那么多，我们这些小人物能怎么样？静观其变吧，政府不会撒手不管的。"

苏雅说："我还以为只是普通流行性感冒，没想到是一种新型出血症。真怪，没听说过，我国出现过出血症。刚才，学生科打电话来了，说所有学生都要动员起来，积极寻找这次新病毒的终宿主。找到的，学校给记大功，并安排到大医院就业。"

现在，学医的很多，可一毕业能到大医院就业的不多。要知道，大医院的效益都很好，别说本科生，就是研究生、博士生想进去都不容易。

"有什么进展没有？"

"应该没有。你看，那些男学生在草地里捉昆虫。听说，这次上交的动物，什么都有，连蟑螂、蛇、老鼠都有，别提多恶心了！"

方媛说："那没法。不找到终宿主，短时间就提炼不出抗体，出血症就得不到控制，感染的人会越来越多。听说，昨天就死了七个人，其中有三个是我们医学院的学生。"

苏雅的心情也沉重起来。

"听李医生说，我们医学院的疑似病人特别多，所以，终宿主很可能就在我们学校里面，感染到学生，再由学生传播出去。"

两人默默地看着在校园里捕捉昆虫和哺乳动物的男生，希望他们能尽快找到终宿主。

那些男生一律戴着口罩、手套，捕捉昆虫和哺乳动物时小心翼翼，不敢让它们抓破皮肤。要知道，这些昆虫和哺乳动物，有可能是新病毒的终宿主，只要抓破皮肤，就一定会被新病毒感染。

即使没有抓破皮肤，呼吸了带有新病毒的空气，或者接触了带有新病毒的载体，也有可能被新病毒感染到。因此，从某种意义来说，这些男生，在捕捉昆虫和哺乳动物时，冒着相当大的危险。

尽管如此，这些男生还是义不容辞地踊跃参加。这倒不是说他们有多正义，而是因为奖励实在诱人。

留在南江大医院就业，对于很多农村或边远小城的男生来说，无疑是人生中最重要的一次机遇。很多人就是因为一个工作机会，而不得不含泪和恋人分手。

所以，在医学院，有句话很流行：毕业意味着失业，意味着失恋。

48

韦建军疲倦地坐在椅子上，有气无力地望着天花板，怔怔地发呆。

空气中弥漫着一股浓浓的消毒药水味。

这是附属医院为研究新病毒而特意设置的实验室，选用一间地下室改造而成。

实验室全部密封，所有的窗户都被纱窗和不透风的木板遮挡得严严实实的，一点儿缝隙也没有，即使是一只蚊子也飞不进来。

为防止交叉感染，在这个实验室的不远处，还建了一座小实验室，里面堆满了各种捕捉来的昆虫和哺乳动物，一只只地送到这里来化验。

蟑螂、蛇、老鼠、蚊子，甚至是蚂蚁，都化验过了，没发现新病毒。

他已经不眠不休工作了两天两夜，却一点儿进展也没有。

生活中常见的昆虫和哺乳动物都捉得差不多了，有的学生还捉来一只快死的鸽子，依然没发现新病毒的踪影。

到底终宿主是什么？

找不到终宿主，就没办法快速研制出抗体。

虽然说，随着时间的推移，终宿主终会被发现，可是，时间不等人。

新病毒对国外的那种新型抗病毒药开始产生了抗药性，几个看似要好转的病人，忽然间又病情加重，昨晚又死了三个人。

比死亡更可怕的，是恐慌。

听说，被隔离的病人已经开始恐慌起来，有的病人说这种新病是没办法治愈的，暗地里唆使大家偷偷溜出隔离区。

幸好，院方早有防备，提前一步将情况汇报给上级，增加了防卫的武警，把病人的恐慌情绪镇压下去。

在另一间实验室里，李忧尘正在观察被注射新病毒的白鼠。

情况很糟糕。

白鼠是生活在洁净空间里的，身上完全没有微生物，对病毒、细菌、寄生虫的抵抗力很弱。

白鼠又分为大白鼠、小白鼠，主要用来做医学实验，作为人类的替代者，研究药效是否有害。

　　李忧尘用的是大白鼠，注入新病毒后，使用了各种抗病毒药，都没有治疗效果。就算是那种新型抗病毒药，也只能稍稍延长大白鼠十几小时的寿命。

　　虽然还有一些抗病毒药没有试验完，但李忧尘已经失去了信心。

　　病毒和抗体，仿佛是锁和钥匙。只有特定的钥匙，才能找到特定的锁。找不到匹配的，哪怕再多的抗体也起不了多少作用。

　　而且，从实验结果来看，这种新病毒很容易变异，产生抗药性，新型抗病毒药已渐渐失去作用。

　　也就是说，随着新型抗病毒药的大规模应用，新病毒会产生新的变异，从而更加难以控制。

　　更糟糕的是，从大白鼠的实验结果来看，隔离的病人拖不了多久，再过三四天，研究不出新抗体，绝大多数病人都会因出血症状或心脏停止跳动而死。在死之前，很可能会因痛苦而精神混乱。

　　不只是这样。

　　因为没找到终宿主，不知道传染源，这种新病毒会源源不断地进攻人类社会。

　　在交通如此发达的现代社会，新病毒很容易通过飞机、火车、轮船，向全球感染。

　　现在，已经有很多潜在的感染者，病毒正通过各种各样的交通工具在地球上各个国家中蔓延。他们大多数还在潜伏期，一旦发作起来，就会形成全球性的传染疾病。

　　李忧尘心如火焚，但又毫无办法，只能不断地去尝试各种抗病毒药，希望能瞎猫撞上死耗子。

　　市政府的会议室里，烟雾缭绕。市里的主要领导、各个部门的头头，还有全国的知名专家，已经在这里开了整整四小时的会议。

　　和往常不同，这次会议，少了很多官面文章，也没多少人讲官话、套话。

　　专家们已经将新病毒的危害阐述得清清楚楚。

　　这次新病毒感染事件，不是光凭南江市的力量就能解决的，已经惊动了最上层。

　　所有的政府资源都调动起来，尽可能地阻止新病毒的扩散。

　　市里的主要领导发话了，不管什么原因、什么困难，必须得按专家的意见，扎扎实实地落实分派的各项工作任务。凡是工作不力的，就地免职。

　　平时，因位置、派系、利益而积累的矛盾，此时仿佛一下子就消失了。摆在各官员面前的只有一条路，做好防病毒扩散工作。

　　这是危机。危机就是危险中的机遇，做得好，仕途还能再进一步。做得不好，仕途就会停滞不前，甚至毁于一旦。

441女生寝室里，凌雁玉和柳雪怡已悄悄被接回来了。

她们得到方媛的血液抗体，已经渐渐好转，不愿意再待在隔离病房。

何况，她们治愈的消息是不能透露出去的，否则，谁也不知道会为方媛惹来什么麻烦。

要知道，被感染病人中不乏权贵子女，很多是独生子女，有的父母为了孩子可是什么事都做得出来。

所以，凌雁玉和柳雪怡回到441女生寝室后，小心翼翼地躲在里面轻易不外出。

寝室里，也弥漫着一股消毒药水味。

"真难闻！"苏雅戴着口罩，一边上网听音乐，一边看电影。

"没办法，忍着点儿。"方媛特意朝苏雅脚下的电脑主机附近多喷洒了一些消毒药水。那地方是卫生死角，又有静电，容易引来灰尘。

"方媛，你真麻烦！干脆以后改名叫方麻烦算了。"苏雅抬起脚，不满地说。

电影名叫《恐怖地带》，是好莱坞早年拍摄的一部病毒题材电影，正演到精彩处，个人英雄眼看就要牺牲。

好莱坞的主流电影就这样，处处突出个人英雄主义，偶尔黑一下美国政府和政府官员，最终结局是正义必胜。

苏雅明知道主角会安然无恙地脱险，还是被剧情所吸引。谁叫美国的编剧聪明，懂得讨好观众，桥段虽俗，却也满足普通人想当英雄的潜在愿望。再加上英俊的主角、精美的画面、紧张的节奏、强大的敌人、专业的知识，不失为好莱坞商业精品。

"就知道上网看电影，也不照顾下小玉和雪怡。"方媛恨恨地说。

苏雅白了方媛一眼，说："她们都那么大了，还需要别人照顾？也就是你，喜欢当圣母，什么事都肯做。"

"她们不是大病初愈身体不舒服嘛！"

"我也身体不舒服，怎么不见你帮我洗衣服？"

"你什么时候洗过衣服？哪次不是叫钟点工洗的！"

苏雅理直气壮地说："那还不是因为你不肯帮我洗的缘故！"

方媛叹息了一声，说："将来，你嫁人后，难道还要你老公帮你洗内衣内裤？"

苏雅嘻嘻笑着说："那倒不用，一个大男人，为老婆洗内衣内裤，怎么也说不过去。这些事，叫用人做就行了。"

"那烧菜做饭呢？也叫用人做？"

"那当然。"

"干脆，你和老公上床，生孩子，也叫用人做算了！"

苏雅似乎很认真地思索了下，说："这个建议，我会好好考虑。"

"考虑你个大头鬼！我看你这辈子都嫁不出去，当尼姑算了！"

苏雅故意苦着脸说："那不行。当尼姑，得和你一样，找个方振衣那样的和尚，才行啊。"

"懒得理你！"方媛把消毒药水洒遍寝室，打开窗户透风。

和苏雅争论，只要提到方振衣，她就必败无疑。

也不知道他现在怎么样了。

方媛幽幽地叹息了一声，望着窗外光秃秃的枯树，心里有种说不出的苦楚。

月神族的秦爷爷告诉她，六十多年前，月神也想毁灭人类社会。那时，科技没有这么发达，原子弹还没有应用，大规模杀伤性武器很少，可能也是利用病毒这一特殊工具。

第十二章
瘟疫囚徒

49

南江的冬季并不寒冷。不像北方，寒流凛凛。便是有些寒意，也带着股江南特有的温和。

附属医院里，医生、护士们一个个脸色严峻，紧张迅捷地窜来窜去。

最西边的一幢大楼，原是附属医院的住院部，现在变成了新病毒的特殊隔离病房区，被武警们重兵把守。

每一道出入口，至少有四名武警，拎着黑黝黝的沉重枪械，警惕地检查着进进出出的医生、护士。

没有证件的，一律不得出入。

为确保隔离病房区被彻底隔离，武警还在这幢大楼外设置了路障，用电网将整幢大楼都网了起来，鲜红的警示牌上注明了：高压电，危险！

电网的外面，又绕了一圈木制围墙，近百名武警分成十余支小队，二十四小时不停地巡逻。

　　奚丽娟通过武警检查，走进隔离病房区，小心地护着手上拿着的针药。

　　她今年才三十岁，看上去犹如四十岁的中年妇女般，无休止的三班倒让她早早地出现了皱纹和白发。

　　她的身体本来就不太好，神经系统有些衰弱。身为女人，虽然长相平平，但也在意自己的容颜。

　　她不想当晚班，不想熬通宵。整个医院，上了三十岁还在当晚班的护士，全院也不过六个。

　　而且，她还读了函授本科，考取了执业医师资格。

　　可是，她又不得不当晚班，不得不和那些年轻护士一起熬通宵。

　　原因很简单，她上面没人。

　　她也努力过，找过领导，求过领导，在领导面前失声痛哭。结果是领导更讨厌她。

　　"我的身体真的是受不了。"

　　"受不了就别做！"领导的话掷地有声。

　　她当然不敢辞职不做。

　　丈夫已下岗，打着散工，有一顿没一顿的。儿子自小就有心脏病，每月光吃药都要上千元。

　　虽然拿到执业医生证，可没经验，没关系，到外面一样没人要。

　　于是，她不得不和以前一样，拖着衰弱的身躯，在附属医院里当一名勤勤恳恳的老护士。

　　这次的新病毒感染事件，很多护士都不愿意来隔离区工作，她却主动报名参加。

　　这倒不是说她有多高尚，而是自小便树立的朴素道德观，认为救死扶伤是学医人的天职，这些隔离的病人更需要她们来精心照顾。

　　白色的地板，白色的墙壁，白色的天花板，还有穿着白大褂、戴着白口罩的医生、护士。

　　隔离病房区看上去很洁净，到处是雪白的颜色，一尘不染。其实，在这些白色中，新病毒悄然隐藏其中。

　　世界就是有这么多悖论。真与假、善与恶、美与丑，很多时候都是可以相互转换的。站的角度不同，看到的景象就不同，感受也不同。绝对的真善美是不存在的，所有的规律、原则，都仅限于一定范围内。

就拿这隔离病房来说，看上去很洁净，如果用显微镜观察，就可以看到到处飘扬的微生物，各种细菌、病毒、寄生虫。

过于单调的白色，也影响了隔离病房区里面人的心情。

医生、护士自不必说，来去匆匆，面色严峻，难得有温和语气。

病人更是脾气暴躁，但凡还能动的，个个都板着一张脸，随时可能和人干架似的。

所有的病床都配置了心电监护设备，可以随时检查病人的身体和心跳情况。病情加重的，马上转移到特别护理病房中去。

空出来的床位，很快就会被其他人填满。

所以，每个病房里，不时有人出去，又不时有人进来。

"奚丽娟，赶紧去 1212 病房，那里出事了！"一名医生急匆匆地对她说。

1212 病房？

奚丽娟脑海里迅速回想。

她记得，1212 病房只有四个床位，能出什么事？

"吴医生，你去哪儿？"

"我去向院长汇报！"

吴医生并没有停下脚步，而是加快了速度，仿佛被踩到尾巴的猫，一下子就走得没影了。

奚丽娟摇摇头，苦笑。

吴医生人并不坏，医术也不错。前些年，在一次手术中，出了点儿差错，结果病人成了终身残疾。

那病人在南江有些来头，对吴医生不依不饶，天天带着一群人来医院闹。

最后，还是院长出面，吴医生个人出了一大笔赔款，才算把那起医疗事故了结。

从此以后，吴医生就变得更加胆小怕事了。

奚丽娟没有多想，立刻朝 1212 病房走去。

还没走到那里，迎面走出一大群病人，起码有二三十人，在一个光头汉子的带领下，朝她这边走来。

奚丽娟一眼就认出那光头汉子，正是 1212 病房的钟元哲。

钟元哲是医学院不远处郊区村子的人，用南江话来说，是当地的老表。

这些年来，城市发展越来越快，不停地向外围扩张，形成不少城郊接合地带。在这些地带，一些聪明的当地人开始了靠山吃山、靠水吃水的营生，在当地横行霸道，强买强卖，招揽工程，迅速致富。

钟元哲就是其中一员。

他父亲一口气生了五个儿子、两个女儿，靠着这些儿女，成了村长。

钟元哲自己也开公司做生意，养了一批打手，垄断了附近的沙石买卖和搬运工作，小日子过得风生水起。

这次，他也因为感染新病毒住进了隔离病房，照顾他的护士正是奚丽娟。

"钟元哲，你想干什么？"奚丽娟大声问。

"想干什么？老子想活下去！"钟元哲恶声恶气地说。

"滚开，你们这些护士，只知道骗我们！"

"再不出去，我们全要死在这里了！"

"奚护士，你还是让我们走吧！"

身后，那些病人喊了起来。

"你们出不去的，外面有武警！"奚丽娟说。

"武警又怎样？我就不信，他们还敢对老子开枪！"钟元哲叫了起来。

他的病情并不严重，高大的个头在病人中显得鹤立鸡群。

奚丽娟说："钟老板，你别意气用事。出了事，对谁都不好！"

钟元哲冷冷地说："你用不着吓我！我知道我们的病，你们治不了！我们要去北京，要去国外治！"

"怎么会治不了？医院正在研究，很快就会研发出特效药出来。"

"很快是多久？三天，还是五天？但有的人，连两天都没扛过去。我们病房的万老头，前天进来，昨天去特殊护理病房，今天就死了！老子懒得和你多说，给我让开！"钟元哲冲过来，随便用手一推，便把奚丽娟推开。

奚丽娟倒在地上，一双手抱住了钟元哲："钟老板，你不能出去！你出去，不但害了你自己，还害了这些人！"

钟元哲心中恼怒，抬了几次脚，都没有把奚丽娟甩开。他虽然是无赖，但也不是丧尽天良之人，对整天护理他的奚丽娟下狠手，始终有些顾虑。

这时，一个副院长已带着十几名医生、护士跑过来，堵住了走廊通道。而钟元哲身后的病人也越聚越多，凡是能走动的病人都来得差不多了，足有上百人。

50

空气陡然间沉重起来。

副院长大声喝道："你们想干什么？还想不想治病！"

"你们能治吗？"

"一群庸医，就知道收红包，一点儿医德都没有！"

"让开，再不让开，别怪我们不客气了！"

此时，病人的情绪仿佛火山爆发般，群情汹涌，毫不相让。

副院长脸上渗出汗珠，不停地用白手帕抹汗，对身边一名医生小声地吩咐了句。

那名医生有些犹豫，说："这样不好吧！"

副院长怒声说："到这种时候，还有什么好不好！出了事，谁担得了这个责任？"

那名医生这才心不甘情不愿地往回跑。

副院长稳住心神，说："各位病友，我理解你们的心情。但是也请你们理解我们！"

钟元哲蹲下来，把奚丽娟扶起来，说："奚护士，你放开手吧。"

奚丽娟见来了这么多同事，便放开钟元哲，靠在墙上喘气。

不知怎的，她老是觉得很疲倦，鼻子有涕水滴落。

"你就是主事的？你叫他们让开！"钟元哲睥睨着副院长，毫不客气地说。

副院长干笑了两声。

他只是个文弱书生，一看到钟元哲那满身的文身就头痛，知道这人不是好惹的。

"你这又是何必呢！出去，能解决问题吗？"

"你管不着！老子就是要出去！你给句话，让不让？"钟元哲一把揪住副院长的衣领，把副院长的脚都拎得踮了起来。

"让，让……你先放手！"副院长边挣扎边说。

"哼！"钟元哲松了手，朝身后摆摆手，仿佛一个将军般，率着他的士兵雄赳赳、气昂昂地往前走。

那些医生、护士见副院长都发话了，哪儿敢阻挡，被钟元哲他们撞得歪歪斜斜，让出一条路来。

奚丽娟还想上前阻止，被一个熟识的护士拉住了，说："丽娟，你别多事！他们出不去的！"

果然，钟元哲他们走到隔离病房区门口，被武警们拦住了。

五十多个武警，个个戴着防暴头盔，提着防暴盾牌，全副武装地排在隔离病房区外。

"全部回去！否则后果自负！"领头的武警声音嘹亮地喊着。

病人们毕竟没见过这种场面，一个个都愣住了，眼睛都看着带头的钟元哲。

钟元哲心里也在打鼓，他强作镇定，朝武警们喊："让开！我们不是犯人！"

"回去！"武警中队长冷冷地朝着钟元哲说。

钟元哲被激怒了，他也是地方一霸，这些年来，骄横惯了。

"咋的？你们当兵的，还敢朝我们老百姓开枪？老子就不信了，你敢把我怎么样！"

身后，病人们也愤愤不平！

"我们不是犯人！"

"是我们纳税人养了你们，你们却来对付我们，还不如养条狗！"

"好男不当兵！当兵的，没一个好东西！"

武警们一个个冷漠地看着眼前的病人，整整齐齐地排成两排，保持戒备的姿势。

病人们越说越激动，几个胆大的推搡着钟元哲慢慢冲到武警的防线。

钟元哲被后面人推搡着，情不自禁地靠近了武警队长。

武警队长早看出钟元哲是领头的，这时哪儿还客气，拎起盾牌，狠狠地撞了下钟元哲，将他撞倒在地。

钟元哲爬起来，怒火冲天，一个箭步冲到武警队长面前，挥拳猛击他的面颊。

武警队长冷笑一声，侧身避过，手上的警棍再次落到钟元哲背上。

别看钟元哲个头大，力气不小，可在专业的武警队长面前，毫无还手之力。这还是武警队长因为他是病人而手下留情的缘故，否则，早就躺下去爬不起来了。

钟元哲吃了亏，那些病人不干了，大喊大叫："武警打人了！"

又冲过来两个病人，想帮钟元哲，却被其他武警拦住。

这下，乱套了。

病人们群情激愤，叫的、喊的、哭的、扔石头的、找棍子的。武警们有所顾忌，始终不敢下重手，只得边抵挡边往后退。

奚丽娟在混乱的人群中找到脸被划破的钟元哲，紧紧地抱着他的腰，叫："钟老板，你快让他们停手！"

钟元哲也傻眼了。

他虽然没读过多少书，但在社会上摸爬滚打多年，知道这时候对着干没好下场。

原以为，稍稍恐吓下，武警队就会让出条路来。

毕竟，他们只是病人，又不是犯人。

没想到，武警们坚决执行上级命令，将他们和暴徒等同起来。

钟元哲有些心寒，对奚丽娟说："你放开我，我让大家停手！"

奚丽娟放开了钟元哲。

钟元哲大叫："住手！"

他一边叫，一边去拉最前沿和武警混战在一起的病人。

武警队长也让武警们稍稍后退些，空出些间距作为缓冲地带。

终于，斗殴平复下来。

就这短短的几分钟，已经有不少病人受伤了。

他们本来就因新病毒的感染而衰弱，和训练有素的武警们斗殴自然是落尽下风。

钟元哲扶起一个受伤的病人，悲愤地看着武警们和围观的医生、护士，叫着说："我们只是想出去，想找个好点儿的医院治疗，这都不行？你们把我们当做什么？十恶不赦的犯人，还是穷凶极恶的魔鬼？我们是人，是公民！"

"对不起，身为军人，以服从命令为天职！"武警队长也同情这些人。可同情归同情，部队的多年生活，早已让他心坚如铁。

一个上了年纪的老病人走出来，颤巍巍地走到武警队长面前，双膝一软，跪了下来，哭着说："我今年六十七了，死就死吧。可是，我临死前，想再看孙子一眼，他才六岁，刚上一年级！你们就行行好，让我去见见我孙子！"

老病人这么一说，更多的病人哭了起来。

"我不想死！我还没结婚，我的女朋友还在等我存钱买房娶她！"

"我想见见我儿子，见见我老迈的双亲。就算是死，我也想死在家里！"

病人们哭成一团。

就算是铁人，看到这种场景，也会心软。

奚丽娟更是心酸。

她是个善良的人，平时，看电视都会为电视里主角的悲惨命运而泪流满面。

为什么这个世界这么残酷？善良的人总是得不到善报？

"走吧，我们回去吧！"奚丽娟上前扶起老病人。

可是，不知道是老病人的身体太重，还是奚丽娟身体太虚，她竟然没扶起老病人，自己反而摔倒了。

她勉强站了起来，剧烈地咳嗽起来。

眼冒金星，头昏脑涨，呼吸很不舒畅。

身体仿佛不听使唤般，皮肤长出许多红疹来。

这时，就算是病人，也看出奚丽娟的身体有问题。

"奚护士，你……你也感染了？"钟元哲不愿相信，可还是说了出来。

奚丽娟摸摸自己的额头，果然有低烧。

她不会天真地以为，这时候她患的是普通感冒。

感染新病毒了？

奚丽娟的心沉了下去。

身为学医的人，她当然知道新病毒的可怕。

到现在为止，她还没听说过谁被治愈过，死亡的人数已有十几个了。

她突然想起丈夫，那个老老实实一辈子都不会投机取巧的普通男人，还有患有先天心脏病却有着坚强性格的儿子。

如果她死了，他们会怎么样？

丈夫的性格是改不了的，在这个残酷的社会中会活得怎样？还有儿子，有没有足够的钱来买药和做手术？

想到这儿，奚丽娟的泪水止不住地滑落。

所有的人都看着奚丽娟。

她是第一个染上新病毒的医疗人员。

以后，还会有多少医疗人员被感染？

奚丽娟忍着心中的悲痛，强作笑脸对病人们说："现在好了，我也成为你们的一员了。这回，要让我享享福，让她们来照顾我了。"

一个相熟的护士哽咽地说："娟姐，你别难过。"

"嗯，我是有些难过。我和大家一样，也很想丈夫，想儿子。可是，我不会出去的，也不会让他们来看我的。因为，我不想他们也和我一样受到感染。"

奚丽娟的头抬了起来，正视着病人们，眼中犹有泪光闪烁，目光坚定无比："我相信，我们的病，一定能治好！我现在就去病房，好好休养，安心治疗。"

她慢慢地走向隔离病房区，身影在残阳的映照下显得特别羸弱，似乎一阵风就会把她吹倒似的。

可是，她依然走得那么坚定顽强，迎着风，躬着腰，一步步朝前走，一直走进黑糊糊的走廊，消失在浓浓的黑暗中。

钟元哲没有说话，默默地转身，走向隔离病区的走廊。

他的身后，是所有的新病毒感染病人。

51

吃过中饭，方媛慵懒地闭上眼睛，躺到 441 女生寝室的床铺上。

抽血后，身体有些虚弱，很容易感到疲惫。

她喜欢闭上眼睛，躺在床上，放松身体和心境，让思绪仿佛白云般随意飘飞。

寝室里很安静，凌雁玉和柳雪怡早已睡着了。

她们两人刚刚恢复，身体比她还虚弱。

何况，中午不睡觉，也没什么地方可去的。整个南江医学院都被武警封锁了，严禁进出。

虽然还有网络，但也仅仅是校内局域网，所有往外发布的信息，都得经过校内计算机房工作人员的审核。

学校早已叮嘱，新病毒感染病属于敏感事件，全校师生要慎重看待这一突发事件，不得妄自散发负面新闻信息，否则要被追究刑事责任。

绝大多数学生还是乖巧听话的，老老实实地待在校区里，百无聊赖地打发时间。现在的学生不比以前，早就变得世故多了，知道权衡利害关系。就算有极少部分心怀不满的学生，在全线封锁的校园里，也折腾不出什么名堂来。

苏雅算是胆大的，现在也只能乖乖地坐在电脑前，听歌、看电影、写写笔记和小说。

重量渐渐消失，仿佛失去了地球的万有引力般。

全身放松，连心跳和呼吸也仿佛停止了，只剩下看不见摸不着似有还无的淡淡思绪，漫不经心地扩散起来。

脑海里，出现一个普普通通的灰衣男生，灰色 T 恤，黑框眼镜，白皙的肌肤透着种书生味，但又有着锐利的英气，炯炯有神的眼睛深不可测，有着和他年龄不相称的成熟。

怎么又想起方振衣了？

从外表来看，方振衣是个很普通的男生，如果没有那双精光闪闪的眼睛，在茫茫人海中一点儿也不出彩。

可是，方媛就是莫名其妙地牵挂他。

一心向佛，心如止水，怜悯世人。身怀异术，不图名利，却以身度人。

这样的男人，在喧嚣繁华的尘世中，也算少有了。

此时，他又在哪里？

月神会怎么对付他？

想起月神，方媛的心绪就低落起来。

她隐隐感觉到，新病毒的传染，和月神有关。

人类社会的科技发展到现在，可谓一日千里，却始终拿这种最简单的生命体病毒没有办法。

如果，真的出现一种无法遏制的传染性致命病毒，毁灭人类社会也不是一件不可能的事。

月神族的秦爷爷告诉她，六十多年前，月神也想毁灭人类社会。那时，科技没有这么发达，原子弹还没有被应用，大规模杀伤性武器很少，可能也是利用病毒这一特殊工具。

月神，她又藏身在哪里？

方媛正胡思乱想着，客厅里的电话响了。

这时候，会是谁打来电话？

电话响了很久，始终没有人接，停了一会儿，又打来了。

无奈，方媛只得懒懒地从床上爬起来，走到客厅，看到苏雅戴着耳机听音乐、写小说，根本就没听到电话铃声。

她倒好，一心只写小资书，两耳不闻窗外事。

接了电话，里面传来一个颇有威势的中年男人的声音："方媛同学在吗？"

"我就是，你是？"

"哦，我是胡木成。"

"胡木成？我不认识你。"方媛想了想，确定自己没听说过这个名字。

电话里，中年男人咳嗽了两声，似乎很不满。他控制了情绪，干笑着说："我是医学院的胡校长，也是附属医院的胡院长。"

方媛这才想起，上任章校长失踪后，医学院新任命了一名校长，兼任了附属医院的院长，好像是姓胡。

"对不起，胡校长，我不知道是您。"

"没关系。这样的，方媛同学，你现在方便吗？"

方媛警惕起来："有什么事吗？"

"是这样的。我们看了你的档案，发现你成绩特别优秀，综合素质特别高，向市委组织部推荐了你。现在，组织部的刘处长特意来考察你的情况。"

"组织部？"方媛愣住了。她是学医的，志愿是当一名好医师，从来没想过进入官场。

"嗯，刘处长亲自来，说明对你是很看重的，这也是我们医学院的骄傲。这样吧，你现在赶紧来我的办公室，刘处长他们正在等你呢。"

方媛吞吞吐吐地说："我……我没想过去政府部门。"

"孩子话！连我这个校长都得听组织部的安排。别说那么多了，你还是赶紧过来吧。"

"好吧。"方媛无奈地说。

去不去政府部门是以后的事，组织部的刘处长亲自来了，于情于理，她都得去见次面。

"对了，这件事情，必须保密。你别告诉其他人。"

"嗯。"

放下电话，方媛怔怔地望着阳台外的校园，心里有些忐忑。

组织部来考察一个医学院的学生，事前又毫无征兆，又是在新病毒感染医学院被戒严封锁的敏感时期，怎么看都觉得有些蹊跷。

胡校长叮嘱她别告诉其他人，更是让她疑心大起。

难道，他知道自己血液有抗体的事？

想想，不会啊。自己血液有抗体的事，只有李忧尘和韦建军两个人知道。她早就感觉到，李忧尘对她有种异样的情愫，绝不会出卖她。

韦建军一发现新病毒就不顾自身安危，废寝忘食投入实验中。方媛虽然和他接触不多，但凭直觉，相信他是个好人。

算了，想那么多做什么！胡校长就算知道自己血液有抗体，又能怎么样？他又没感染新病毒，最多让自己再抽点儿血出来，给那些专家学者研究罢了。

方媛走到苏雅面前，摘下她的耳机，说："苏雅，我出去一下。"

苏雅问："你去哪儿？"

方媛犹豫了一下，说："刚才，胡校长打电话来，说市委组织部的领导来考察我，叫我去他办公室。"

"是吗？那恭喜你了。"苏雅并没有将这件事放在心上，重新戴上耳机，继续码她的字。

方媛摇摇头，苦笑了一声。

还想让苏雅帮忙参谋一下，谁知她全副心思都放在写作上了。

她对着镜子，略略收拾了下。镜中的方媛，除了脸色有点儿苍白外，衣着还算得体，容颜不比荧屏里的明星差。

漂亮的女生，无论做什么事情，都有些优势。

52

走出女生宿舍时，方媛突然往后看了看。

身后，是阴暗的楼梯。

这幢楼，如此熟悉，却又如此陌生。

熟悉的轮廓，熟悉的背景，每天在此来来往往，从不曾在意。突然间，有种恍如隔世、斯人不再的沧桑。

初来时，还是懵懵懂懂的妙龄女生，现在已仿佛曾经沧海的老妇人般，坐看云起，波澜不惊，看似稳重成熟，可失去了青春特有的浪漫激情。

也许，这就是所谓的成长。

历尽风雨，受尽挫折，方知世间原本不是一帆风顺，不如意事十之八九。

偌大的医学院校园，此时显得空荡荡的。仅有的几个学生，个个戴着口罩，仅露着警戒的双眼，匆匆掠过。

谁都不知道，对方是否感染了新病毒。对于学医的他们来说，更懂得新病毒的危害，也知道新病毒有潜伏期。

这么久了，学者、专家还没有找到终宿主，难道，新病毒真的无法抗拒？

为什么，只有她一个人，感染新病毒后幸免于难？

方媛心头仿佛压了块大石，心情沉重地来到校长办公室。

胡校长已等候多时，看到方媛进来，向她招手说："方媛同学，快进来。"

方媛走进办公室，看到里面除了胡校长，还有两个人。

一个是中年男子，国字脸，戴着眼镜，头发有些发白，目光阴沉，不苟言笑，颇有威势，显然是常年混迹于官场之人。另一人是个年轻的小伙子，二十出头，中等身材，脸色黝黑，已是残冬依然穿着一袭单衣，全身的肌肉隐隐鼓出，眼中精芒闪烁，令人不敢逼视。

那中年男子倒还罢了，应该就是胡校长所说的刘处长。那年轻男子，怎么看也不像官场中人，倒更像是保镖。

一个市级组织部的处长，不过科级干部，怎么会有保镖？

方媛心中嘀咕，脸上却没露出来，笑着说："胡校长好。"

胡校长将方媛迎进办公室，又走到门口，朝外面张望了一眼，将办公室的门轻轻锁上，回到座位上，笑吟吟地冲了杯热茶，说："方媛同学，来，尝尝我的西湖龙井。"

果然是好茶，有种宛若兰花般的香气扑鼻而来，沁人心脾。方媛接过杯子，只见一片片新茶呈杏绿色，仿佛一朵朵绿花般，匀称分布，亭亭直立。用舌尖轻轻舔了一点儿，顿时精神立振，齿间留芳。

方媛只是略尝了尝，并没有多饮。

对于咖啡、茶叶，这些能刺激神经系统而上瘾的东西，她一向敬而远之。

"来，我为你们介绍下，这是市委组织部的刘处长。刘处长，这就是我们医学院的才女方媛。别小看她哦，她可是门门功课俱佳，每次考试都排在系里的前三名。"

胡校长的笑容显得过于殷勤。

刘处长看了看方媛，点点头说："不错。"

胡校长听得这两个字，如获圣旨般，十分高兴地说："方媛同学，你就跟刘处长走吧。"

方媛惊讶地说："跟刘长处走？去哪儿？"

"当然是去市委，接受市委领导的面试。"

方媛皱皱眉说："市委领导的面试？面试什么？"

胡校长笑了，笑得很假："这个，我就不知道了。总之，这是一次机会，你要好好把握。"

方媛沉吟了一会儿，说："我不想去。"

刘处长的脸色顿时阴沉了下去，冷冷地看着胡校长。

胡校长有些尴尬，挤着笑脸说："说什么孩子话！组织考察你，你必须认真对待。"

组织？方媛心里冷笑。现在的官员，动不动就把组织挂在嘴里，好像组织就是他们供奉的一尊菩萨似的，一旦有什么事，就用组织来威吓。

她不卑不亢地说："我不想去行政部门，我的理想是当个医生。"

刘处长见方媛软硬不吃，冷冷地说："这些话，你留着跟领导说。我只是个办事的，任务是带你去见他。"

胡校长也在一旁劝解："我说方媛同学啊，别钻牛角尖。现在想当医生，可不是那么容易的！再说了，医生又辛苦，薪水又少，哪儿比得上市直机关公务员有前途。"

方媛默然。

她从李忧尘嘴里，了解了医生的一些情况。

现在，博士生中，学医的最多。一般的本科生，想进大中型医院当医生，可不是那么容易的。就算当上医生，工作强度很高，国家拨付的薪水却很普通。

当然，医疗系统也不是那么高尚，很多医生的主要收入来源是红包、药品回扣。寒窗苦读，坚持医德，只落得清贫孤僻。

试问，将心比心，有几人能耐得住清寒？这就形成了医疗系统的恶性循环。收红包、药品回扣，渐渐成为医疗系统的潜规则。羊毛自然出在羊身上，一种药品，从出厂，到销售，进入医院，卖给病人，层层加价，不翻个几倍几十倍才怪。

大堤溃于蚁穴。失去了信任基础，医患间的矛盾自然越来越大。一方面是没钱看不起病，一方面是没钱死也不治。所谓医德，在金钱面前早已败退得无影无踪了。

方媛学医，但不是为了钱。

除了救死扶伤外，学医还能让她更清楚地认识人类，认识自己。

所以，她沉声说："我想清楚了，我学的是医学专业，立志当一名医生。行政单位，我是不会去的。"

刘处长脸色阴沉得可怕。

胡校长气得直跺脚："你这孩子，怎么这么倔！"

方媛笑着说："每个人都有权利选择自己要走的路。我既然选择了学医，就不会后悔。好了，胡校长、刘处长，没什么事的话，我先回去了。"

"等等！"胡校长真急了，拉着方媛的胳膊，说，"方媛，你再考虑下。"

"不用了，我想得很清楚。"

胡校长还想说什么，被刘处长打断了："算了，她既然不想去，不用勉强。"

"对不起，谢谢你们的好意。"方媛走到办公室门口，正想打开门，鼻间忽然闻到一股熟悉的气味。

似乎是酒精的味道，但又带着点儿甜味。

　　方媛想起来了，是乙醚的气味。

　　一块浸透了乙醚的白手绢捂到她的脸上，将她的嘴鼻都捂住了。

　　一只黝黑有力的大手，青筋暴出，紧紧地捂着白手绢。方媛抬起头一看，看到那个年轻男子正毫无表情地看着自己，眼神露出一丝讥笑之色。

　　方媛挣扎了几下，但丝毫无法撼动那只黝黑的大手。再看胡校长和刘处长两人，都露着狐狸般的诡笑。

　　天旋地转，头昏脑涨，整个世界都晃动起来。

　　此时，她已猜到，肯定是自己的抗体血液引来的麻烦。

　　不知道他们会拿我怎样，不会把我全身的血液都抽干，变成一具干尸吧⋯⋯

　　这是方媛晕厥前最后的意识。

几十个学生和十几个武警挤在一起。教师、男生们和武警战士们拉拉扯扯，泼辣些的女生偷偷用指甲去抓挠武警战士的脸。

第十三章
居心叵测

53

黑暗。

漆黑一片，伸手不见手指。

方媛恢复意识的时候，浑身酸痛，睁开眼什么也看不清，被漫无边际的黑暗笼罩着。

空气中弥漫着一股浓浓的霉味，仿佛发酵的臭豆腐般。

身上没有打火机，原本可以照明用的手机也不知在哪儿遗失了。

她勉强站起来，伸出手，摸索着前行，脚下被什么绊住了，险些摔了一跤。

胡乱摸索着，手指碰到一根竹棍状的物体，滑溜溜的，有一股淡淡的凉意。

方媛没敢乱动，把竹棍状物体取过来，双手握住，用力一掰，"啪"的一声轻响，竹棍状物体断成两截。

几点磷火突然冒了出来，微微闪烁着，飘忽不定，不过很快便熄灭了。

原来，方媛手上的竹棍状物体，是人体的一块肋骨。

借着那点儿微弱的光明，她已看清身处一间狭小的旧屋里。

屋子里只听到自己的呼吸声。

显然，她是被关在这里了。

只是，不知道这里是医学院的地下室，还是刘处长他们的密巢。

现在回想，随同刘处长一同前来的那个年轻男子的确可疑，分明是部队习武之人。

胡校长、刘处长所说的市委领导看中她的才能，纯粹是一派谎言，很可能是看中了她身体里的血液抗体。

"匹夫无罪，怀璧其罪"，这个道理，方媛还是知道的。

在磷火微微闪烁的刹那间，她已看清身边环境，靠着墙壁，慢慢地摸索寻找出去的房门。

没多久，她找到了房门。

奇怪的是，房门是普通的木板门，并没有反锁，方媛很轻易地打开了门锁。

她没有立即打开房门，而是悄无声息地拉出一道缝隙。

一道惨白的灯光钻进旧屋，大致映射出旧屋里的景象。

让方媛惊讶的是，那个孔武有力的年轻男子竟然也在旧屋里。

只是，年轻男子的身体趴在地上，一动也不动，像没有知觉般，也不知是死了还是晕过去了。

怪不得房门没有反锁。有年轻男子的看守，根本就用不着锁门。

可是，他怎么会变成这样？

此时，方媛可没心情去察看年轻男子的死活，她现在只有一个念头，就是从这里逃出去。

从缝隙窥视过去，只看到小半间屋子，灯光明亮，摆设极为简单，但没有看到人影。

侧着耳朵，仔细聆听，也没有听到什么声音。

难道，外面没有人？

她踌躇了一下，还是慢慢地打开了房门。

如果那年轻男子突然醒来，或者有其他人前来，她就没办法脱身了。

幸运的是，外面的屋子真的没人。

屋内有一张巨大的手术台、几只实验柜、一些手术器材。

方媛看着有些眼熟。还没等她想起来，一名穿白大褂的医生从另一道门走了进来。

"是你？"方媛惊愕地说。

这名医生，正是附属医院的传染病专家韦建军。

"你怎么出来了？"韦建军也吃了一惊，不敢置信地问。

方媛的心沉了下去。

韦建军不是问她怎么来这儿，而是问她如何出来，分明早已知情。

不用问也知道，是他出卖了自己。

方媛见身旁的手术器材中有几把手术刀，突然冲过去，抓起其中最长的一把，咬咬牙，说："你让开，让我出去！"

韦建军面露惭色，说："对不起，方媛，我也不想。其实，我不怕死，既然选择了这行，我早有心理准备。可是，我没想到新病毒会这么棘手，到现在也查不到终宿主和传染源。我死不要紧，可我的妻子、儿子，还有父亲、母亲、妹妹，他们都是善良的好人。"

"所以，你就出卖我，把我的血抽干，去救你的亲人？"方媛恨恨地说。

韦建军脸部抽搐了一下，叹息着说："不，我没这么想过。我只是请求政府让他们离开南江市。真正想你血液抗体的，是某些领导，他们也有子女亲戚感染了新病毒。"

"够了！你让开，我不想杀人！"方媛没时间在这里听韦建军诉苦。

韦建军怔怔地望着方媛，终于还是让开了。

看得出，他对方媛还是有些内疚的。

"别怪我，方媛。找不到终宿主和传染源，所有的人都会死。不仅仅是那些已发作的病人，还有很多很多新病毒潜伏期的南江人。严格来说，不离开南江，只会是死路一条，没有人能逃得了。"韦建军还在喃喃自语。

这些日子，他几乎不眠不休，做了几百个实验，依然无法找出有效的治疗手段。

事实上，他都快绝望了。否则，他又怎会出卖方媛，想让家人离开南江市。

方媛小心谨慎地从韦建军身旁走过去，正要走出实验室，突然迎面又走来一人。

竟然是刘处长。

"你……你想干什么！"刘处长突然看到方媛，有些慌张地叫着。

方媛迟疑了一下。毕竟，她只是个年轻的女学生，不到万不得已，不想伤害别人。

就这稍稍迟疑的工夫，刘处长已恢复了镇定，堵住了门口。

"放下刀！你知道你在做什么吗？"刘处长假模假样地说，"方媛，你可要迷途知返，不要一条路走到黑……"

方媛听得头都大了。都什么时候了，他还来给她上政治课。

"闭嘴！你再不让开，别怪我手下无情！"方媛紧绷着一张脸，作势要将手上的手术刀刺向刘处长。

刘处长吓坏了，赶紧闪到一旁，嘴里忙说："别，别，有话好说！我给你让开还不成吗？你小心点儿，这刀很锋利的！"

方媛心里好笑，不再多说，匆匆从刘处长身旁夺门而出。

身后，传来刘处长的声音："小于，于得海，你死到哪儿去了。犯人跑了，还不快出来追！"

方媛哪儿还敢多停留，顺着通道一路朝前跑。

很快，就跑到了附属医院的门口，这里到处都是全副武装的武警。

她停下来，喘了口气。

看看医院的大钟，已经是晚上七点，外面一片漆黑，无星无月。

按她的本意，是直接跑出医学院的。可是，附属医院也建在医学院的一角，现在和医学院一样，被武警封锁戒严了，只许进，不许出。

转身往后面望去，刘处长已急匆匆地追了出来，正朝这边张望。

方媛叹息了一声，只得跑向医学院女生宿舍。

54

附属医院和医学院女生宿舍只相隔五六百米，对于经常跑步运动的方媛来说，不过是两三分钟的工夫。

看到女生宿舍区的铁门，方媛长长地吐了口气，疲惫地放慢了脚步。

此时，她心里还抱着一丝希望，希望刘处长他们就此收手，不再来打扰她。

毕竟，刘处长他们所做的事，都是见不得光的丑事。

可惜，她还是低估了刘处长他们的决心。

刚走到铁门附近，还没走进去，身后就传来急促的脚步声。

方媛心中微惊，急忙加快脚步，从铁门中的小门中钻进了女生宿舍区，嘴里叫了声："许大姐！"

许大姐是女生宿舍区管理员。

说起来，这个位置，还真是让学院领导烦心。以前的张大姐，暗通何剑辉，让他暗中私自进出441女生寝室，引起一系列恐怖事件。好不容易，找了个老实的万阿姨，结果她又因亲生女儿被富家女欺负，一怒之下，毁了富家女的容。

最后，迫于无奈，学院领导痛下决心，提高了薪水待遇，请了一个从部队退役的女军官，这便是许大姐了。

许大姐三十多岁，以前在武警部队时也算是叱咤一时，据说身手不凡，不让须眉，在部队颇有前途。后来因一段感情纠纷，犯了错误，被迫退役。回到地方后，又诸事不顺，干脆辞职离乡，来到南江市，谋了这份差使寄身糊口。

由于曾经是部队女军官，对纪律看得自是十分重要。她又孤身一人，无论刮风下雨，都守在女生宿舍区前的小屋里值班。

方媛素日和许大姐相熟，此时身在险境，大喊求救。

许大姐和平常一样坐在小屋里值班，早已看到方媛身后跟着两个武警战士，心生警惕，疾步赶来，大喝："你们想干什么？"

两个武警年龄不大，显然入伍时间不长，被许大姐这么一阻，不由得愣了愣，停了下来。

方媛趁机溜进女生宿舍区，躲到了许大姐身后。

"我们奉命来抓这名女生。"其中一个皮肤稍黑的武警战士说。

"奉命？奉谁的命？"许大姐厉声问。

"我们中队长下的命令。"另一个武警战士说。

"你们中队长也不过是一个连级干部，有什么资格下令抓我们医学院的大学生？"

两个武警战士语塞。

说实话，他们对这个命令也觉得有些古怪。只是，军人以服从命令为天职，虽然心存疑虑，但也只得执行。

正犹豫间，中队长和刘处长已赶来了。

"怎么回事？还不把那女生抓过来！"刘处长勃然大怒地说。

中队长看到许大姐，吃了一惊，失声问："你……你怎么在这儿？"

许大姐看到中队长，亦是面露惊愕之色，颇有些悲伤地说："我怎么就不能在这儿？"

两人凝目相望，仿佛有千言万语，无法倾诉。

刘处长哪儿管这么多，见两个武警战士不听他的命令，转身对中队长说："何队长，你还不让他们抓人？"

何队长皱皱眉，朝两名武警战士做了个抓人的手势。

方媛虽不明白许大姐和何队长的关系，但也情知不妙。女生宿舍区三面围墙，仅有铁门这边可以出入。

现在，武警战士堵住了铁门，就是想逃，也无路可逃。

幸好，身边已围了不少看热闹的女生。她们被困在医学院，本已心烦意躁，此时见到方媛被欺负，更是愤愤不平。

"你们不过是武警，凭什么来医学院抓人？"

"方媛犯了什么事，不说清楚，就不准带人走！"

"我看，那个老头子是个色狼，看方媛长得漂亮，没起好心！"

"老实说，你是什么人！"

"就是啊，要抓人，也是公安局来抓，什么时候轮到武警了？"

四五个女学生挡到了方媛面前，堵住了武警战士。

早有人将消息通报给 441 女生寝室，苏雅、柳雪怡、凌雁玉也匆匆跑下来了。

刘处长气急败坏地大叫："都给我住嘴！你们知道你们在干什么吗？是在妨碍公务！是在包庇罪犯！"

"请问这位大人，你是哪个部门的？"苏雅冷冷地问。

"我……我是市委的。"刘处长抹了把冷汗。

事情发展到如此地步，完全超出了他的想象。此时，他只有将希望寄托在何队长身上，希望他快刀斩乱麻，调动武警，先把方媛控制住再说。

可是，何队长显然有些犹豫，对他的眼色假装没看到。

苏雅想起中午方媛所说的话，冷笑地说："你是市委组织部的吧？"

见刘处长没反驳，心中已猜到几分。

"请问，你们不是考察方媛，想给她安排工作的吗？怎么才一会儿工夫，她就成罪犯了？我倒要问问，她犯了什么罪，要劳烦我们市委组织部的大人亲自来捉拿？"

"她……"刘处长语塞。说方媛是罪犯，不过是一时口快。这些天来，医学院被封锁戒严，方媛能犯什么事。

不过，毕竟在官场多年，他早已学会睁眼说瞎话的本事，说："她诬蔑市委领导，散布谣言，泄露国家机密。"

"瞎说！"方媛忍不住叫了一声。

诬蔑罪、散布谣言罪、泄露国家机密罪，这些罪行，在法律上的认定都比较含糊，也是最容易扣在普通百姓身上的罪行。

欲加之罪，何患无辞。

别说苏雅，就是那些女生，也已明白刘处长是居心叵测、别有用心。

"你说有就有？我还说你贪污、腐败、渎职呢。你敢打开家门，让我们去搜一遍吗？"

"诬蔑领导、散布谣言、泄露国家机密，证据呢？没证据，我说这些都是你做的。"

"你是不是脑袋锈掉了？抓人？逮捕证呢？"

刘处长暗地里用脚狠狠地踩了一下何队长。

现在，围观的人越来越多，不仅仅是医学院的女生，连男生、教师都来了不少。

再折腾下去，恐怕就不好收场了。

可是，方媛是肯定要抓走的。否则，事情泄露出去，别说前途，就是现在的乌纱帽也不保。

对他这种人来说，乌纱帽可是比什么都重要，甚至比他的生命都重要。

何队长看了看围观的群众，有些为难地说："刘处长，我看，还是让公安局的人来抓捕吧。"

这句话，等于没说。

等公安局的人来抓捕，事情还不知道闹成什么样。

再说了，他又有什么权力，去调动公安局的人来抓捕方媛？

"不行，你再调些人手，抓紧时间，将那个女生抓起来，交给我们。这是领导交代的任务，也是防病毒指挥部的命令。你们首长没交代你，特殊时期，你们武警必须听从我们防病毒指挥部的命令？"刘处长气急败坏地说。

何队长为难地说："可是，这么多人……要抓人，总得有个理由啊……"

理由？

罪犯的理由肯定是不行了。别说方媛没犯这些罪，就是真犯了这些罪，也没理由让武警来动手抓人。

刘处长脑袋飞转，很快就有了主意，说："找个理由还不容易，就说她有精神病，会危及他人生命，必须抓起来入院治疗。"

见何队长还在犹豫，他脸色一寒，说："难道做这儿点小事，还要我们市委领导给你的上级打电话请示？"

何队长只得无奈地说："那倒不用。"

挥挥手，叫来一个武警，调来十几个武警，将群众分开，径直来抓方媛。

55

女生宿舍区乱作一团。

几十个学生和十几个武警挤在一起。教师、男生们和武警战士们拉拉扯扯，泼辣些的女生偷偷用指甲去抓挠武警战士的脸。

方媛没有躲。

事实上，她也没地方可躲。更不想因为她，而让手无寸铁的同学和武警们冲突。

她从人群中挤了进来，径直来到武警面前，说："不关我的老师和同学们的事。"

武警战士们反而愣住了，不知道如何是好。

何队长朝两个战士打了个眼色，让他们上前把方媛抓住，架着她的胳膊离开人群。

许大姐没有阻拦，在一旁冷笑着说："长本事了，懂得和地方部门勾结了，怪不得能爬得这么快。"

何队长脸上微红，只当没听见。

他和许大姐原本有段乱麻般理不清的感情纠葛。许大姐也是因为他，不得不从部队退役。

"住手！你们抓人，总得有个原因！"一名医学院的男教师叫了起来。

"好吧，你们既然想知道，我就告诉你们。方媛患有严重的精神病，发作起来会伤及无辜。我们把她抓起来，是把她送到精神病院进行治疗，既是为了她好，也是为了你们好。"见方媛被武警抓住，刘处长这才松了口气，解释道。

"精神病？你说有就有啊。我还说你有精神病呢，你们全家都有精神病，怎么不全抓起来送精神病院治疗？"一个女生愤愤地说。

刘处长看到胡校长迎面走来，心中已有了主意，板着脸说："这话，不是我说的，是你们胡校长说的，他可是精神病专家。他亲自检查过了，结论也是他下的。不信，你们问他。"

有人忍不住问："胡校长，是真的吗？"

胡校长心中苦笑。他可是忍了好久，故意姗姗来迟，还以为事情已经了结，没想到会这么难缠，更没想到刘处长会毫不犹豫地把他扔到火上来烤。

势若骑虎，上了贼船，想下却不是那么容易了。此时，他也只得含糊地点点头，算是回应了众人的疑问。

"怎么可能，方媛有精神病？"苏雅气得直翻白眼，"胡校长，你是不是喝多了？"

"我说是就是！"到了这种地步，胡校长也只能强撑着，"都散开，别惹事。现在可是非常时期！"

苏雅上上下下打量着胡校长，好像在打量外星人般："嗯，我错了，你没有喝多。原来，你患了失心疯，本身就是精神病人。否则，怎么串通外人捏造事实来抓捕医学院品学兼优的女大学生？也只有精神病人，才会把正常的人看成精神病，把精神病人看成正常的人。"

胡校长沉下脸来："你怎么说话呢？"

苏雅冷笑着说："你问问大家，这里，谁是精神病人？"

"他！"众人纷纷指向刘处长。

"方媛，是不是精神病人？"

"不是！"声如奔雷。

"是不是轮不到你们说！"胡校长恼羞成怒，挥挥手，便想和刘处长、武警战士们一起脱身而去。

"那我有没有资格说？"一个冷峻的声音突然响起来。

胡校长抬眼一看，原来是附属医院著名的脑科和精神科医师李忧尘。

"本人是中国精神科医师协会注册执业医师，从事脑科和精神科医师行业七年，应该有资格说话吧。前两天，方媛在附属医院检查过，身体一切正常，更不存在所谓的精神病。"李忧尘大声地说。

"你来这儿做什么，还不赶紧回到你的工作岗位上去！"对于李忧尘的突然出现，胡校长隐隐感到不妙。

"哦，还有一件事，忘记告诉大家。这位胡木成胡大校长的精神科研究生硕士学位，是我代读拿到的，他的毕业论文也是我代写的，注册资格考试更是我代考的。所以，他这个精神科医师，是个不折不扣的山寨版。我说得对不对，胡校长？"李忧尘一脸冷笑地望着胡校长。

"你……你……你瞎说！"胡校长指着李忧尘，气得说不出话来。

"瞎说？我从不瞎说。这些事，可都是有凭有据的。毕业论文的初稿我还保存着，执业资格证书上的照片是我的，要不要拿出来让大家鉴定下？"李忧尘故作惊愕地说。

胡校长抹着冷汗，狠狠地瞪着李忧尘，仿佛警告他一般。

可迎来的，是李忧尘毫不畏惧的目光，冷冷地和他对视着。

很快，胡校长就败下阵来。毕竟，他心虚。

假文凭、假论文、假资格，这些事情，说大不大，说小不小，足以毁掉他的仕途。

学生们在苏雅的带领下，又把武警们围住了，不让他们把方媛带走。

"李医师都说了，方媛没病，你们凭什么把她抓走？"

"我看，有病的是那个老头子，为什么不把他抓到医院检查？"

"嗯，我是学精神科的。以我的专业知识来看，那个老头子肯定有精神病，有很严重的伤人倾向，强烈建议关押到精神病院治疗检查。"

"你们武警是不是都没大脑的，别人说什么就信什么。我还说那个老头子是贪污犯，他敢让你们去他家搜吗？"

何队长也大感头痛。

他只是一个武警中队长，受命协助刘处长办事，但不知道事情这么棘手。

刘处长早就躲到武警战士们的后面，拿着手机，小声地向某个人汇报情况。

有人大声说："干脆，我们陪方媛一起去，看看她到底犯了什么罪！"

叫好声一片。

众人早就被关得郁闷，无处发泄，此时更是唯恐天下不乱。何况，他们又站在有理的一方，更是得理不饶人。

这时，许大姐挤过来，拿着手机，递给何队长。

何队长不解地问："什么意思？"

许大姐冷冷地看了他一眼，说："你们大队指导员的电话。"

原来，许大姐已将情况暗自汇报给何队长所在的武警大队指导员。

何队长接过手机，只听了几句，脸色就变了。

他把手机还给许大姐，一把拉住刘处长，叫了起来："刘处长，我可被你害死了！"

刘处长正在抹冷汗。刚才，他打电话给那个领导，结果被领导痛骂一顿，说他成事不足，败事有余，让他自己想办法收拾烂摊子。

"大队指导员说，他被你所骗，抓捕医学院女学生一事，完全是你个人行为，和市委无关，和防病毒指挥部无关。"何队长挥挥手，让武警们放了方媛。

刘处长张着嘴，目瞪口呆地看着何队长。

他所担心的事情终于还是发生了——自己成了一个弃子。

一个没有利用价值的弃子，结局如何，可想而知。

"不，不是这样的……"刘处长还想解释，何队长却没那耐心听了。

"你用不着解释，我也不想听。"何队长扔下刘处长，率着他的武警战士们，灰溜溜地走向附属医院。

那里，才是他正式的任务所在。

刘处长还想挽留，被何队长重重地甩了一下，险些摔倒。

他的身旁，只剩下不知所措的胡校长。

眼看群情激愤，有的教师和男生在摩拳擦掌，两人更是不敢逗留，急忙转过身，朝着武警队伍的方向连滚带爬地跑过去。

56

在医学院教师和许大姐的劝解下，女生宿舍的人群渐渐散去。

方媛、苏雅、凌雁玉、柳雪怡，441女生寝室的女生们，慢慢地走到月亮湖的小石亭里。

夜风徐徐，杨柳轻拂，湖中微波荡漾，将路灯的光芒搅得七零八落。点点亮光杂乱无章，毫无规则地随意飘荡。

一个男人的身影，悄悄尾随着她们来到了小石亭。

"事情是不是很严重？"苏雅仿佛早已知道般，头都没回。

"嗯。"李忧尘心事重重地应了声。

"严重到什么程度？"凌雁玉好奇地问。她曾经感染过新病毒，深知新病毒的可怕。

"最多三天。再不研究出新病毒抗体疫苗，新病毒就会大规模暴发。"李忧尘看着深不可测的湖面，紧锁眉头。

"那你们还要多少时间能研究出新病毒抗体疫苗？"柳雪怡插嘴问。

"不知道。"李忧尘叹息着说，"我们始终没找到新病毒传染的终宿主。"

四人都是学医的，自然知道传染病中终宿主的重要性。

如果不是这么危急，某些领导又怎会丧心病狂地想要绑架方媛抽取血液来制作抗体呢？

领导是最了解情况的，也是最有耐心的。连他们都失去信心，事情的严重性可想而知。

"怎么会找不到终宿主？"连苏雅也忍不住了，"你们发动人力，将我们学校附近的昆虫和哺乳动物都找出来，一个个实验，总能实验出吧。"

李忧尘说："我们也是这么想的。可是，所有能找到的昆虫和哺乳动物都实验了，的确没有一个是终宿主。"

"怎么可能？难道，医学院不是传染源？"

"也有这种可能。不过，从发病率和感染症状来看，医学院是传染源的可能性在八成以上。"

方媛若有所思地问："你们会不会遗漏了什么昆虫和哺乳动物？"

"我也是这么想的。可是，我们找遍了医学院，能找到的昆虫和哺乳动物都找出来了，连蚂蚁、蚯蚓、鸽子都实验了，更不用说常见的那些老鼠、蛇、狗、猫、蝴蝶、蜻蜓、蟑螂……"

李忧尘一口气列出二十几种昆虫和哺乳动物。

听他这么说，确实没什么遗漏。

方媛低头思考了一会儿，突然抬起头来，对李忧尘说："你们肯定遗漏了一些动物。"

李忧尘问："你想到了什么？"

"你也知道，新病毒是有一定潜伏期的。如果潜伏期够长的话，刚传染时，不是冬天，而是秋天，也有可能是初秋。"

"是的。"

"而有些动物，初秋时还有，冬天时却很难看到。"

"我也知道，所以，将冬眠的蛇和现在很少见的蝴蝶、蜻蜓都找出来了。"

"可是，还有一样动物，你们没提及。而且，这种动物携带感染病毒的概率还不小。"

李忧尘两眼发亮，问："是什么动物？"

方媛说："蝙蝠。你们忘记了，蝙蝠也是冬眠哺乳动物。"

李忧尘怔了怔，很快就回过神来，拿出手机打电话给附属医院的同事："还有一种动物没做终宿主实验。是蝙蝠，让大家赶紧去寻找蝙蝠来做实验。"

关上手机，李忧尘看了看方媛，想说些什么，犹豫着，最终还是没说出来。

"我先回医院。有事，你打电话给我。"

李忧尘的背影渐渐消失在黑暗的校园里。

第二天，好消息传来，新病毒的终宿主找到了，真的是蝙蝠。

所有的部门都如机器般迅速运转起来。医院、药厂通宵达旦地工作，卫生部门、宣传部门开足马力宣传传染病的预防和治愈。仅仅两天时间，成批次的新病毒抗体疫苗就生产出来，发放到每一个病人手上。

传染病如同海潮一般，来得汹涌，去得也快。

一个月后，新病毒就被控制住。感染的病人绝大多数治愈出院，没感染的也进行了预防。

"我们成功战胜了新传染病毒"，这是南江市一家著名报纸的头版头条的标题。这也意味着，政府即将结束这场战役。

南江市又恢复了勃勃生机，一切和新病毒出现之前一样。闹市中店面林立，商贾如云，车来车往，行人如蚁，好一派繁华景象。

接下来的事情很普通，对一大批先进人员进行表彰。胡木成胡院长自然是表彰名单上的第一人，官方评语是：今年四十二岁的胡木成是附属医院的院长，领导附属医院的同事们一道冲在救治新病毒感染病人的最前沿，以无私无畏的精神，为抗击新病毒作出杰出贡献。

刘处长、何队长也成为先进中的一员，和胡木成一样，戴着大红花，站在表彰台的最前面，满面红光，笑逐颜开。

表彰队伍的最后排，站着韦建军、奚丽娟等医务工作者。

月亮湖的小石亭里，李忧尘正伤感地和方媛告别。

这次，表彰名单中，没有他的名字。

"你真的决定了？"方媛看着李忧尘那张有些消瘦的脸，心中隐隐有些愧疚。

她又何尝不知道李忧尘对她的情意。只是，她已心有所属。落花有意，流水无情，只能是无可奈何花落去。

"是的。我想，那里更需要我。"李忧尘仰起头，嘴角微微翘起，眼神中陡然闪烁出自信的精芒。

这次，他报名参加联合国卫生组织的非洲医疗组，考察和治疗那边的传染性疾病。

"你……你小心点儿，听说，那边的蚊子都会传染疾病。"非洲，那可是战火和瘟疫横行的地方，方媛只能劝李忧尘多加保重。

"其实，我早就想离开这里，去做点儿有益的事情。"李忧尘凝视着方媛，眼神竟有些许期待，"如果不是遇到你的话。"

方媛有些慌乱，躲过李忧尘的眼神，低下头，沉默无语。

李忧尘的眼神暗淡下去，期待变成了失望，说："其实，我得谢谢你。"

"啊？"

"因为你，有些事情，我终于能放下了。"李忧尘微笑着，如释重负般的解脱，"你还记得我和你说过的女朋友林依依吗？"

"记得。我还看到过她呢！"提起林依依，方媛心有余悸。毕竟，不是每个人都能看到传说中的阴魂。

"其实，是我对不起她。她的死，是我造成的。"李忧尘仿佛在述说一件平常的往事般，语气中不带一点儿感情色彩，"她的死，不是意外。她是自杀的，就在我家里。自杀前，她打过电话给我，可我因为工作，没有理会她。"

方媛静静地听着。

"我以为，她还是和以前一样，发脾气威胁我。没想到，她这次是来真的，躺在我的床上，割腕自杀，血流了一地。等我发现时，她已经死了，还留了封遗书给我。她说，她是真的爱我，想和我快快乐乐、白头偕老。很多事情，总是错过了才知道珍惜。她死后，我才发现，其实，我还是很在意她的。"

方媛叹息了一声，说："所以，你觉得对不起她。明知道家里有古怪，也不肯搬走离去？"

李忧尘伤感地说："是的。不过，我现在已想通了。生生死死，恩怨情仇，不过是浮云流水，终究会随着时间流逝悄然而去，只留下些许痕迹。人活一世，不必太拘束自己，要做些自己喜欢做的事情。我学医，并不是为了想赚多少钱，也不是为了获取多么好的名声，仅仅是因为我喜欢医学，喜欢给别人治病，喜欢看到别人病愈后灿烂的笑容。与其在这里庸庸碌碌、钩心斗角，不如去非洲，帮助那些更需要我的人。"

这个世界，没有绝对的公平。每个人的心灵，都是一片天空，都有翱翔的梦想。有梦想的人生，才会流光溢彩。即使有一天，因为种种原因，梦想没实现，也依然可以自豪。起码，曾经为梦想而努力过、奋斗过，人生因此而精彩。

显然，李忧尘已经找到自己的梦想。看着他离去的背影，方媛双手合十，闭上眼睛，在心中为他送上最诚挚的祝福。

黑暗的角落里，走出一只通体漆黑的老猫，眼瞳有一种神秘的魔力，泛着浅蓝色的光芒，深不可测，幽幽地看着眼前的她们。

第十四章
地宫魔影

57

夜深，人静。

方媛睡在441女生寝室里，柔和的月光轻轻地洒落下来。

她的眼睛在眼皮的遮挡下，微微颤动着。

显然，方媛又在做梦了。

从梦中醒来，惆怅满怀。

刚才，她又在梦中遇到方振衣。他依然戴着黑框眼镜，一袭深色的灰衣，但比现实中要可爱多了。

因为，他对着方媛笑了。

他笑得很开心，嘴角轻轻翘起，眼睛明亮而清澈。

方媛是第一次看到方振衣的笑容，如残秋里的一片嫣红、寒夜中的一颗流星，显得特别璀璨夺目。

她从来没发现，方振衣笑起来会那么好看。

在梦中，方振衣笑着朝她走过来，伸出双手，想将她轻拥入怀。

可是，她下意识地往后躲避。

方振衣不解，一脸的疑惑，怔怔地看着方媛。

方媛也不知道自己为什么要躲避，是少女的羞涩，是本能的胆怯，抑或是内心的骄傲？

仅仅过了几秒钟，方振衣就不耐烦了，笑容渐渐收敛起来，眼神也变得越来越凄冷，仿佛在看着一个陌生人般。

"我……"方媛想解释，可是又不知从何说起。

方振衣脸上浮现出怒容，冷冷地看了方媛一眼，决然地转身离去。

他的脚步迈得很快，瘦削的背影很快融入了白茫茫的雾气中，模糊不清。

"振衣……"方媛急忙喊着追过去。

可是，无论她多努力地奔跑，方振衣的背影还是越来越模糊、越来越渺小。

终于，方振衣消失在茫茫白雾里。

失望、懊恼、惆怅，一时间，心中百般滋味，欲语还休。

梦醒后，更是惘然若失。

方媛摸到床头边的手机，荧光微弱地闪烁着，上面显示的时间是凌晨两点三十分。

月色很好，月光如水银般倾泻进来，仿佛将地板镀上了一层银。

寝室里的女生们睡得正熟，甚至可以听到有人发出轻微的鼾声。

方媛慢慢地坐起来，裹着被子，靠着冰冷的墙壁。

此时，她好想方振衣，想看到他的样子，想听到他的声音，想闻到他的气息。

她还记得，当初方振衣和她一起夜闯月神殿时的情景。

情到浓处尽相思。现在，他又在哪里？是不是和她一样，孤枕难眠？

正胡思乱想着，突然耳边传来一阵奇怪的声音。

似乎是某种古典乐器发出的声音，如潺潺流水，又如朝露润花，细微难辨，若有若无。

方媛凝神，仔细聆听。

以前，她也在深夜里听到过奇怪的古典乐器声。不过，那是误入歧途的吉振轩为控制她而作的邪乐。

这次，乐器声全然没有半分邪气，轻轻地撩拨着她的心弦，诉尽相思之苦。

方媛穿好衣服，悄悄地下了床，走出卧室，走到寝室门口侧耳倾听。

声音是从外面传进来的。

可是，不知为什么声音依然细微难辨，若有若无，和在床上听到的一模一样。

奇怪，这声音不会随着空间而逐渐减弱？

方媛从抽屉里拿了一只手电筒，轻轻打开寝室的门，沿着阶梯慢慢走出女生宿舍楼。

明月皎洁。一座座路灯如站岗的士兵般，散发着橘黄色的灯光，在夜色中显得格外明亮。

方媛站在寒风中，循着声音走到女生宿舍的铁门前。

这么晚了，许大姐肯定锁好铁门，躲在值班的小屋里睡觉。

方媛看了眼铁门上的大锁，苦笑一声。她可不想冒着被尖刺刺伤的危险，去翻越铁门。

正准备回寝室，值班小屋的门轻轻打开了，许大姐匆匆从屋里走出来，翻出钥匙，打开铁门上的大锁，然后又匆匆跑回小屋，将门关上。

自始至终，许大姐都没有正眼看方媛一眼，仿佛根本没有看到她。

方媛愣住了。

许大姐的动作，僵硬而笨拙，与她平时的机警利落截然不同。看上去，就像是——就像是无意识梦游的人。

古典乐声还在继续，有了些催促的意思。

方媛稍稍犹豫了下，还是走出了女生宿舍，循着乐声找过去。

在校园的小树林旁，她终于找到了乐声的来源——一个穿着黑色风衣的高挑女生。

水灵的脸蛋，黑得发亮的眉毛，眼神中总有淡淡的忧愁，赫然是失踪已久的秦雪曼。

"雪曼！果然是你！"方媛激动地扑过去。

从听到古典乐声起，她就怀疑，约她相见的就是擅长摄魂术的秦雪曼。

只有秦雪曼，才能发出这种奇异的古典乐声，才能催眠许大姐，操纵她打开铁门。

事实上，这种古典乐声，并不是真的声音，而是某种类似于脑电波的精神能量，直接传播到方媛所在的 441 女生寝室。

"嘘……"秦雪曼将中指放在唇边，做了个嘘声的动作，小声地问，"寝室的姐妹们还好吗？"

"还好。"方媛压低了声音说。

她不知道秦雪曼为什么要这样神秘，但她相信，秦雪曼这么做自然有她的道理。

秦雪曼收起手上那个奇形怪状的乐器，朝着附属医院的方向望了望，若有所思。

方媛等了一会儿，问："雪曼，出什么事了？"

新病毒传染的事刚刚过去，她可不想再发生什么祸事。

"你跟我来。"秦雪曼领着方媛来到附属医院附近，一起躲藏在一座雕像的后面。

雕像的对面，就是附属医院的后门。

这道后门，一向铁门紧锁，只在有突发事件时，让附属医院的医护人员进出。

这么晚了，秦雪曼为什么带她来这里？

还好，没过多久，答案就揭晓了。

一辆破旧的白色客车从狭窄的小巷拐过来，停到了附属医院的后门口。

七八个穿着白大褂的医护人员偷偷摸摸地从后门口走出来，戴着白口罩、白手套，全身都包裹得严严实实。

他们打开后门，抬出一副副担架，抬到白色客车上。

已是冬季，风很大。一阵北风吹过，卷起担架上面的白布，露出一张干瘪的脸，没有一丝血色，眼睛凸起睁开着，仿佛有莫大的怨气，幽寒阴毒，死死地望着方媛这边。

方媛打了个寒战，猛然想起来，那破旧的白色客车，是火葬场的接尸车。

如果是普通的接运尸体，怎么会这么鬼鬼祟祟？

难道，其中另有隐情？

偷眼观察秦雪曼，只见她一脸的凝重，眉头紧皱，仿佛面临着难解的难题。

可是，秦雪曼也没有一丝干预的意思。

医护人员们进进出出，很快就抬了十几具尸体进接尸车。抬最后一具尸体时，出了一点事儿。

不知道是心急，还是没注意，抬后面的医护人员摔了一跤，担架掉落在地上。

白布被掀起来，露出一张同样干瘪没有血色的脸。让方媛震惊的是，这具"尸体"竟然还在动！

"尸体"费劲地抬起手指，指向那个摔倒的医护人员，张着嘴，似乎想说些什么，但发不出声音。

这哪里是尸体，分明是病重的病人。

摔倒的医护人员吓坏了，浑身颤抖，失声大叫："他没死！"

"慌什么！"另一个医护人员走了过来，捂住他的嘴，低声说了些什么。

其余的医护人员也走过去，朝四周张望，生怕惊动别人。

然后，他们围在一起，仿佛在窃窃私语，商量了一会儿，很快就达成共识，重新将白布盖在病人身上，抬到接尸车里面。

方媛看得胆战心惊。

她很清楚，那些医护人员这么做的意思——把病人当成尸体送到火葬场火化。

他们，怎么能这么做？

毕竟，那是一条人命啊。

方媛很想冲过去，制止他们，却被秦雪曼拉住了，朝她摆摆手，摇摇头。

接尸车发动起来，又沿着狭窄的小巷驶出去。

那些医护人员重新将后门锁起来，回到附属医院里面。

才一会儿的工夫，这里就恢复了宁静，仿佛什么事也没有发生过。

58

"为什么不阻止他们？"方媛生气地问秦雪曼。

她知道秦雪曼有这个能力。月神族七大祭司传人，摄魂术秦家嫡传后人，要对付那些医护人员，小菜一碟。

"为什么要阻止他们？"秦雪曼竟然这样反问方媛。

"你没看到？担架上抬的是活人，是活生生的人。他们把活人当成尸体推进火葬场。"方媛越说越气。

平时，她是个很沉得住气的人。但是，这次所看到的事情已经超越了她的底线。

"那又怎样？"秦雪曼依然不以为意，"那个人马上就要死了。对于那种人来说，多活一会儿、少活一会儿，又有什么区别？"

"你……"方媛气得话都说不出来，半晌，才幽幽地说，"雪曼，我没想到，你会变得这么冷血。"

"冷血吗？也许吧。"秦雪曼抬起头，望向皎洁的明月，若有所思，"那个人没办法救的。不仅仅是他，那些担架上的人都是救不了的。"

方媛的心沉了下去："你是说，那些人都得了不治之症？"

"如果仅仅是不治之症倒没什么，可惜他们得的是传染性病毒感染。"秦雪曼将目光从月亮上收回来，似笑非笑地看着方媛。

"传染性病毒感染？不是已经控制住了疫情？难道……难道，新病毒真的变异了？"方媛一直在担心这件事情，没想到还是发生了。

"其实，这很正常。无论什么抗体，都不能完全消灭病毒。残存下来的病毒，会随着环境的变化而产生抗药性和变异。"秦雪曼叹息了一声，接着说，"我的先祖，一直不是很相信月神可以凭个人力量消灭整个人类社会。那时，他已知道，这个世界不仅仅有中华民族，还有很多他所不知道的大陆，还有很多其他国家和民族。要消灭整个人类社会，谈何容易。现在，我才知道，能消灭人类社会的，只能是人类自身。月神，不过是借势引导罢了。"

方媛深有同感。

其实，在某些方面，人类和病毒很相似。如果把地球比做一个躯体，人类就是这个躯体上的病毒，大量繁殖，侵入躯体的各个地方，感染躯体，将其改变成人类适合居住的环境。

无论什么天灾人祸，总会有少部分人类生存下来，重新适应新的环境。方媛一度怀疑，人类的文明史并非仅仅是现在这一个，而是经历了多次循环，不断萌芽、发展、高潮、衰弱、灭绝，如此反复。

一个病毒，就可以轻易地毁灭整个人类社会，这听上去骇人听闻。可是，艾滋病的感染，不就是森林里的一只猩猩带来的？这样的病毒，在自然界不知道有多少。它们和终宿主和谐地共生共存，相安无事。一旦感染到人类身上，便大量繁殖和传染，暴发大规模的流行瘟疫。

"雪曼，新传染病毒，是月神引进人类社会的？"

"嗯。"

"确定？"

"确定。"

"难道，我们就没有办法制止月神吗？"方媛有些不甘心地问。她知道，变异后的新病毒，会比原来的病毒更具抗药性，更难控制。

现在，变异新病毒虽然没有流行起来，但谁也不知道月神什么时候会再将它们感染到人类社会中。

秦雪曼没有回答方媛的问题，反问了一句："方媛，你有没有想过，蝙蝠身上为什么会有这种新病毒？"

"你是说，这种蝙蝠很可能不是普通的蝙蝠？"

一般来说，和人类经常相处的昆虫和哺乳动物，身上不会存有没被发现的传染性新病毒。

"我只知道，这种蝙蝠原本是生活在森林的岩洞里的。它们突然在城市里出现，你不觉得奇怪吗？"

听秦雪曼这么一说，方媛真的疑惑起来。

以前不是没遇到过蝙蝠。虽然说，蝙蝠和老鼠一样，是多种病毒的宿主，但从来没听说过会传染这种可怕的致命疾病。

"你是说，这些蝙蝠原本是深山里的，是月神特意弄过来的？"

"不错。"秦雪曼微微点头，"其实，我、小倩、方振衣，一直没离开南江，而是潜伏在暗处，暗中观察月神。只是她的精神能量太强，我们不能近身，很多事情没办法掌控。"

方媛问："你们三个人联手，也打败不了她？"

秦雪曼苦笑着说："月神不比其他人，她的精神能量之强不是你所能想象的。一个没处理好，会引起灾难性后果。"

"可是，她引起这次新病毒感染，死了这么多人，还不够严重？"

"才死了几十个人，相对于七十亿人口的人类社会来说，算得了什么。"秦雪曼看方媛不服气的样子，摆摆手，说，"方媛，你不要说了，我知道你想说什么。是的，生命无价，每个人都是平等的。但是，相对于整个人类社会的安危，几十条人命确实算不了什么。历史上的那些战乱年代，动不动就是几千万人口的死亡。"

方媛叹息着说："那我们怎么办，坐以待毙？"

"怎么会呢？我找你，正是为了这件事。你有没有想过，那些蝙蝠都是群居性的，平常会躲藏在哪里？"

秦雪曼不提，方媛还真没想这个问题。现代城市中很难看到蝙蝠，医学院发动了那么大的人力，也不过找到几只蝙蝠尸体。

秦雪曼微笑着说："其实，那个地方，你也去过的。"

方媛猛然想起："你是说月神殿？"

"是的。"

"月神殿不是因机关损坏，而封闭了所有出入口？"

如果不是封闭，月神殿里倒真是蝙蝠居住的好地方。

"你也说了，只是封闭出入口，并不代表不能再打开。再说了，真的封闭了，月神又是怎么出来的？"

直到现在，方媛还没弄清楚，月神究竟是什么东西。

"月神到底是什么？"

秦雪曼抱歉地说："我也不知道。按理说，应该也是一种生命体。只是，这种生命体和我们人类有所不同。"

方媛想起月神殿所见的民国女子，还有诡异如死人般的宁惜梅。

"这种生命体，是不是和病毒一样，是寄生在我们人类躯体上的？"

"应该是吧。"秦雪曼也不敢肯定。

"那么，她本来的躯体是什么样子？"

"我不知道。"秦雪曼沉吟了一会儿，说，"也许，月神本来就没有躯体。"

看到方媛凝眉思索的样子，秦雪曼轻笑着说："其实，不用想太多，我们很快就可以见到月神。"

方媛愣住了。

很快就可以见到月神？

在这之前，秦雪曼不是一直故意躲避月神吗？

她不是说，合她、吴小倩、方振衣三人之力，也不是月神对手吗？

难道，是他出手了？

方媛的眼睛亮了起来："你是说，夷大师来帮我们吗？"

秦雪曼摇摇头，收敛了笑容，有些悲伤地说："夷大师昨晚圆寂了。"

传说，绳金塔是古代高僧为镇月神族而建，夷大师作为塔内硕果仅存的佛学大师，曾经点化过方媛，没想到竟然悄无声息地圆寂了。

"他那么年轻，怎么突然就圆寂了？"

"你是看他长相年轻吧，其实，他已六十多岁了。"秦雪曼抬头看了看月色，仿佛在自言自语，"他和月神斗法，耗尽了生命潜能而油尽灯枯。不过，他也重创了月神。"

连夷大师，都不是月神的对手，难怪秦雪曼、吴小倩、方振衣他们都要避其锋芒。

"那方振衣呢？"

秦雪曼轻声说："方振衣很早就失踪了，很可能是遇到月神了。不过，你放心，夷大师说过，方振衣命不该绝，应该还活着。"

方媛的心沉了下去。

连夷大师都陨落了，方振衣又岂是月神的对手！

秦雪曼轻叹一声，说："走吧。"

方媛傻傻地问："去哪儿？"

"去见月神。"秦雪曼展颜轻笑，披着一身月辉，从方媛身旁悄然越过，仿佛残秋里的一只寒蝶般，有一种摄心夺魂的轻盈。

59

方媛跟着秦雪曼，来到月亮湖旁的小树林。

一路上，她老是在想，方振衣死了没有？

不，他不会死的。方媛有种奇异的感觉，方振衣似乎在某个地方等着她。

不过，在小树林里，等着她的是一个亭亭玉立的清纯女生，紧身黑衣，脸色苍白，正是和秦雪曼一起失踪的吴小倩。

"小倩，你也来了？"方媛开心地拥抱她。

小倩微微一笑，腰腹轻扭，如蛇一般，灵巧地从方媛的怀抱中钻出来。

"还是先换衣服吧。"

她的脚下放着一个大包裹，里面放的似乎是击剑所用的专用装备，如特制服装、手套、面罩。

服装被改装过，染成了黑色，身上还缝了几个口袋，用来放其他物品。

方媛一看就明白，这些装备是为了防守蝙蝠的袭击。

秦雪曼和吴小倩虽说身怀异能，各有手段，自然不怕这小小蝙蝠。但它们身上所携带的传染性病毒，却不得不防。

方媛问："你们找到月神殿的入口了？"

吴小倩傲然说："有我和倩儿在，还用担心这些事？"

倩儿就是那条蛇蛊。

身为苗族的草鬼婆，养的又是蛇蛊，寻找地穴洞口，自是再容易不过。

显然，秦雪曼和吴小倩早就互通消息，有备而来。

"真的要去？"方媛还是有些犹豫。不知为什么，她对月神总是有种本能的恐惧。

"就算我们不去找她，她也会来找我们的。"秦雪曼幽幽地说，"何况，她在和夷大师的斗法中负了重伤。与其坐以待毙，不如主动出击，或许还有一线生机。"

吴小倩说："雪曼说得不错。"

方媛说："要不，我们报警？"

秦雪曼笑了，眼神如同看着一个不懂事的小孩般。

"警察会相信才怪，没把你送到精神病院，就算对得起你了。再说了，对付月神，人多反而会打草惊蛇，让她逃脱，再要找到她可就难了。"

想想也是。直到现在，方媛都没搞清楚月神的真实面目。如果她附身在警察或者高官身上，就更加难以收场。

秦雪曼问："方媛，你的血玉还在吗？"

"在。"方媛拿出胸前的血玉。自从何剑辉送给她后，她就一直随身佩戴。

现在，血玉上的血色已经消退了一些，变得透明起来，越发显得晶莹剔透。

"我听老辈人说，这血玉里面隐藏着极为强大的精神能量，上面凝结的是历代月神的血。"秦雪曼反复观察了一会儿血玉，还给方媛，说，"依我看，这血玉里的精神能量，有一部分转化到了你身上。可惜，你不懂得如何运用。"

怪不得，方媛变得越来越敏感，能看到别人看不到的东西，能听到别人听不到的声音。原来，是吸取了血玉能量的原因。

也许，正是因为血玉激发了她的感官潜能，所以才能听到张丽娜的亡灵低语，看到李忧尘女友的超自然影像。

"她一直在寻找合适的宿主，传承血玉中的精神能量，成为真正强大的月神。而这个合适的宿主，就是你。"

"可她为什么一直没来找我？"

"不，她来找过你。只不过，因为某种不为人知的原因，她暂时没办法寄宿在你身上。"秦雪曼推测，血玉不仅仅是月神的信物，更是月神传承的精神能量之源。现在的月神由于七星夺魂阵的失败，先天不足，没办法传承血玉里的精神能量。

所以，她才会借宁惜梅的尸体还魂，还魂后的第一件事就是来441女生寝室找方媛。

正如病毒一样，在没办法完全控制宿主前，月神也有可能受到宿主的反噬。

"进去月神殿后，你紧跟着我和小倩。如果我没猜错的话，因为血玉的缘故，月神会主动来找我们。"

三人换了衣服，穿好特制服装，戴好手套和面罩。

吴小倩的面罩和她们两人的有点儿不同，中间的间隔栏要大上好几分，那是方便青蛇进出。她找到一处隐秘的月神殿入口，开动机关将其打开，率先跳下去。

秦雪曼和方媛紧随而下。

和以前一样，月神殿的地下通道里很黑，空气沉闷，弥漫着一股淡淡的腐臭味道，似乎有什么东西在慢慢地腐烂。

脚下的碎石硌得脚板隐隐生疼。

吴小倩走在最前面，手上拿着一只手电筒，歪歪斜斜地照射在斑驳的墙壁上。墙壁上面是一块块不规则凸起的怪石，有的长满了绿苔，又滑又腻。

方媛走在中间，同样拿着手电筒，小心翼翼地照射着前方。

秦雪曼则走在最后面，如猫一样，一点儿声息都没有，以至于方媛不时回头看看，秦雪曼是否还跟在后面。

一路上，三人没有说一句话。通道里回荡着各自的脚步声。

到处是分岔，仿佛一张巨大的蜘蛛网般。

没走多久，吴小倩就踩到了一个黑糊糊的东西。

手电筒的白光射过去，照出一只蝙蝠的尸体。说是一只，其实只剩下头颅和连接着的一小半翅膀，其余部分却不见了。

"小心，前面有很多蝙蝠。"吴小倩沉声说。

她的蛇蛊，听觉和嗅觉特别灵敏，能感觉到极其微弱的振动和气味，这也是她走在最前面的原因。

"等下，这只蝙蝠有问题。"秦雪曼突然从后面走上前，仔细观察着蝙蝠尸体。

方媛很快就发现了问题。

在医学院也曾找到过蝙蝠尸体，不过全是死去多时的，仿佛被风干过。而这只蝙蝠尸体，身上犹有血迹，分明刚死去不久。

蝙蝠的天敌主要是蛇和蜥蜴。当然，还有人类。关岛大蝙蝠就是因为当地人的捕食而灭绝的。

在月神殿，会有什么东西捕捉蝙蝠？

方媛说："会不会是蛇和蜥蜴？"

吴小倩摇摇头："附近有没有其他动物我不知道，但我能肯定，附近没有蛇。"

秦雪曼皱着眉头说："不是蛇。蛇捕捉到蝙蝠，只会吞下去，不会撕裂开。"

忽然，吴小倩猛然抬起头，望向黑暗的通道尽头。

"小心！它们过来了！"

几只黑色蝙蝠舒展着翅膀滑翔而来，穿过手电筒的白光，直接扑向三人。

蝙蝠是以超声波来定位的，按理说，不会撞上障碍物，更不会主动攻击人类。

可是，这些蝙蝠仿佛不要命似的，直接撞了过来。

吴小倩左手拿着手电筒，右手握成拳，以一种肉眼难以看清的速度凌空虚劈了几下。

那几只蝙蝠仿佛被无形的刀锋所劈中，从中断成两截，掉落在地上。

原来，吴小倩的右手早就拿着她那把祖传的新月宝刀。

这是一把透明的宝刀，并非用五金合成，而是采集苗族奇花秘制而成，呈无色胶状，炼成后变成新月模样，薄如纸，无色透明，又极有韧性，看似柔软无力，用起来却锋利无比，疾若闪电。

有一只蝙蝠头颅没有被劈中，仅剩下半个身躯在地上反复翻滚，一双尖尖的小眼睛瞪着吴小倩，张着嘴怪叫，露出猩红的小舌头和尖锐的小牙齿，仿佛在向吴小倩示威似的。

吴小倩毫不客气地一脚重重地踩下去，把蝙蝠的头颅踩成烂泥。

秦雪曼没有看这些蝙蝠，而是望着前方黑暗中的一处墙壁，动也不动，一脸的警惕之色。

方媛的心提了起来。

难道，是月神来了？否则，秦雪曼怎么会这么紧张？

方媛壮着胆子，将手上的手电筒按秦雪曼所看的方向照射过去。

黑黑的墙壁，长了一些绿色的苔藓，除此之外，再无一物。

方媛舒了口气，问："你在看什么？"

秦雪曼说："不知道。"

"不知道？"方媛暗自吃惊。

秦雪曼的眼神有些迷惘："我只感觉到那里有个很可怕的东西。"

"是的，我也感觉到了。"吴小倩插嘴说，"倩儿很不安，似乎很怕那个东西。"

"难道，是她来了？"

方媛所说的"她"就是月神。

"嗯。"秦雪曼正想说什么，忽然脸色大变，疾声说，"小心，她过来了！"

60

光和影的交错，给人一种不真实的宛如梦幻的感觉。

忽然，一阵冷风掠过，寒意彻骨。

秦雪曼的眼睛，死死地盯着另一侧黑暗的角落。

方媛把眼睛瞪得再大，也只能看到黑黝黝的一片。她想用手电筒照射，却始终鼓不起勇气。

吴小倩也是如临大敌般，一道青色的影子从她的樱唇中悄然蹿出来，俯卧在她肩上，是她的蛇蛊倩儿。

一片死寂，只有呜呜作响的风声低声啜泣，仿佛在诉说一个古老而凄惨的故事。

方媛浑身直打寒战。不时袭来的阵阵寒风，有着一种难以诉说的阴森，让她毛骨悚然。

怎么这风如此寒冷？

思绪仿佛被风吹散的浮云般慢慢地聚集。方媛想起来了，前面就是月神殿中的寒冰殿，原为寒冰祭司所住，是用带寒性的特殊材料打造而成，难怪寒风阵阵，阴气森森。

吴小倩忍耐不住，正想踏步向前，却被秦雪曼拦住了。

"奇怪……"秦雪曼仿佛看到一件不可思议的事情般。

不仅仅是她，吴小倩和方媛都瞪着眼睛，不敢置信。

黑暗的角落里，走出一只通体漆黑的老猫，眼瞳有一种神秘的魔力，泛着浅蓝色的光芒，深不可测，幽幽地望着眼前的她们。

这双眼瞳，方媛很熟悉，正是441女生寝室里失踪的那只黑猫。

441女生寝室的所有事情，都因这只老猫而起。在月神附身宁惜梅想对她不利时，也是这只老猫突然出现救了她。

"喵喵？"方媛尝试着呼唤黑猫的名字。

黑猫站住了，尾巴高高地翘了起来，做出攻击的姿态。

它的嘴里，似乎在咀嚼着什么，嘴角流下鲜红的血汁。

过了一会儿，黑猫从嘴里吐出一些残骸，赫然是蝙蝠的残骸。

它竟然在吃蝙蝠。

方媛心里一阵恶心。

尽管如此，她还是再次呼唤："喵喵……过来啊……"

奇怪的是，一直对方媛很友善的黑猫，非但没有过来，反而不安地在原地转来转去。

"小心！"秦雪曼惊叫一声。

黑猫忽然如疾电般冲过来，跃向方媛，尖锐的猫爪狠狠地抓向她的脸。

方媛怔住了。她根本就没想到，黑猫的攻击目标会是她。

幸好吴小倩早有准备，挥起手上的新月刀，迅速挡到方媛面前。

猫爪抓到新月刀，发出一声低微沉闷的声响，翻了个滚，怪叫着蹿入黑暗中，很快就消失了。

"这是怎么回事？"方媛望着黑猫消失的方向，喃喃自语。

"你要小心，那只黑猫有古怪。"吴小倩察看手上的新月刀，上面一丝血迹也没有。

以新月刀的锋利，再加上吴小倩的刀法，竟然连黑猫的猫爪都没砍断。

"它不是一只普通的猫。"秦雪曼慢腾腾地说,"它有很强大的精神力量,强大得连我也控制不住它的意念。方媛,你和它有什么仇?"

方媛摇摇头。她不记得,自己什么时候得罪了黑猫。恰恰相反,她曾经一度救过这只黑猫。

"它吃蝙蝠。"吴小倩观察着地上的蝙蝠残骸,轻声说。

猫吃蝙蝠,原本是件很正常的事。不正常的是,这只猫怎么能进月神地下宫殿?吃的蝙蝠,又携带了新传染病毒。

虽然说,传染病毒不会在所有的宿主身上发作,但那毕竟是小概率的事情。

从黑猫刚才的样子来看,它要么是没感染新病毒,要么是能和新病毒和平共处。

左思右想,方媛还是没想出个所以然来。

路还要继续。

穿过寒冰殿,三人很快就来到有着原始气息的巫咒殿。

墙上依然画着远古时期的壁画。被作为祭品的年轻美丽女生一脸戚容地站在巫师身旁。接下来的画,画着围着篝火疯狂舞蹈的族人,绑在祭台上的年轻女生已垂了头,显然已经死了,被作为祭品将生命献给了所谓的神。

这次,她只看了一眼,脸色立马变了。

壁画很粗糙,寥寥几笔便勾勒出一个人。壁画上的年轻女生,与上次的记忆有些出入,似乎换了个人,脸形很熟悉。

这年轻女生,不正是她自己吗?

方媛倒吸了一口冷气,身子晃了晃,差点儿摔倒。

"怎么会这样?"她呻吟了一声,身影在微弱的灯光中显得纤细而悠长,仿佛一棵随风摇晃、随时可能折断的树苗。

灯光外,依然是无边无际的黑暗,轻易地吞噬了所有的光芒。

究竟是怎么回事?

她记得很清楚,上次看到的壁画,年轻女生肯定不是她的模样。

不得不说,壁画的作者很有功力,虽然仅是几笔,却将她画得很传神。

"这壁画,有人动过手脚。"秦雪曼察觉到方媛的异常。

凑上前,仔细观察,果然是被人修改过,颜色和旁边有些不同,想必是将原来年轻女生的壁画刮掉,重新再画的。

"是月神画的?"方媛记得,被月神附身后的宁惜梅也很喜欢画画。

"嗯，除了她，不会有别人。"秦雪曼说。

壁画的隐喻很简单，方媛将成为祭品，祭给至高无上的神。

这里的神，只有一个，就是所谓的"月神"。

看来，月神的确对方媛念念不忘。

既然如此，她为什么一直没对方媛下手？

"也许，她另有隐情。"秦雪曼推测。

"嗯，我看，她就像《西游记》里想吃唐僧肉的妖精。"吴小倩眼珠子转了转，嘻嘻笑着说，"方媛的肉，是不是真的很好吃？看她这副粉嫩样，我也想咬一口呢。"

方媛的脸被面罩罩住了，身上穿的又是紧身衣服，吴小倩就是想咬，也咬不到肉。

秦雪曼也笑了："小倩说得不错。我猜，她想利用方媛的身体借尸还魂，不是一件容易的事，和道家的'夺舍'一样，凶险无比。她肯定是想先除去夷大师和我们，再专心致志地去对付方媛。"

两人故意露出笑脸，舒缓下紧张的气氛和方媛的情绪。

"要不，我们在这儿休息一会儿吧。"吴小倩提议。

巫咒殿里，萤石散发着淡淡的荧光，勉强可以看清附近七八米范围内的情形。

这点儿路，原本不累。但她和秦雪曼，一边行走，一边小心提防，确实耗了不少精力。

"嗯。"

三人寻了个干净点儿的位置坐下来，还没休息几分钟，秦雪曼就突然起身。

"蝙蝠！"

起先，是几只蝙蝠三三两两地飞过来。紧接着，越来越多，数十只一群，绕着她们飞来飞去。

没过多久，成千上万的蝙蝠群，形成一片巨大的黑云扑过来。

三人赶紧躲到墙角，以免腹背受敌。

秦雪曼站到了最前面，迎风而立，冷冷地看着那团蝙蝠群。

也就几秒钟的时间，蝙蝠群飞到了她们面前。

可不知为什么，前面的那些蝙蝠仿佛被什么东西挡住般，或斜刺着绕开，或转身往回飞。

如此一来，失去了秩序，蝙蝠群乱成一团，不少蝙蝠相互撞在一起。

秦雪曼面前明明什么也没有，可就是没有一只蝙蝠愿意撞到她身上。

偶尔，有几只蝙蝠不小心飞到了秦雪曼面前，突然间失去力气般，从半空中掉落下来，连翅膀都无力举起。

61

"这就是秦家的摄魂术？"方媛心中暗想。

所谓摄魂术，应该是施术者利用超强的脑电波，扰乱对方的中枢神经系统，从而让对方失去对身体和意识的控制。

没想到，摄魂术不仅对人类有效，竟然对动物也有效。难怪摄魂术能在月神族的七大秘术中位居第一。

掉落到秦雪曼脚下的蝙蝠越来越多，很快就堆成了小山，起码有几百只。

这些蝙蝠仿佛发疯般，相互撕咬，纠缠在一起。

秦雪曼的脸色渐渐苍白起来。

施展摄魂术需要强大的精神力量。秦雪曼虽然精于此道，但在如此多的蝙蝠群反复攻击下，也难以一直维持下去。

此时，吴小倩已从身上拿出一个奇形怪状的布袋，将其打开，袋口对着蝙蝠群，嘴里念着古老而诡异的语言。

布袋里似乎什么也没有。

可方媛感觉到，有些极其细微的东西从布袋里面飞了出来，飞向那群蝙蝠。

说也奇怪，布袋前面的蝙蝠突然发狂般，攻击身后的蝙蝠。

仿佛是会传染的瘟疫般，所有蝙蝠都开始变得疯狂起来。

咬断脖子的、抓破翅膀的、挠瞎眼睛的，比比皆是。空气里的血腥味越来越浓。

难道，吴小倩布袋里的，就是她所培养的蛊虫？传说，有些蛊虫，极其细微，肉眼根本就看不清。

不管怎么说，这成千上万的蝙蝠算是彻底报销了，绝大部分因为相互攻击而死亡残疾。即使没死的，依然坚持不懈地相互撕咬，看来是不死不休了。

吴小倩看到局面稳住，刚松了口气，身上的倩儿突然不安地竖了起来。

倩儿是她的本命蛊虫，用她们苗族草鬼婆的话来说，她和倩儿的魂魄已经融为一体。在某种程度上，倩儿就是她的另一个化身，两者之间心意相通。

倩儿如此不安，肯定是有理由的。

吴小倩抬起头，望向蝙蝠群的后面，那是倩儿不安的根源所在。

　　可惜，她的视线被蝙蝠群挡住了，只能利用倩儿的天赋，隐隐感觉到那边有一个怪物悄悄逼近过来。

　　是月神？

　　吴小倩和秦雪曼相互对望了一眼，各自从对方的眼神里察觉到几丝惧意。

　　虽然说，月神在和夷大师的斗法中受了重伤，但没人知道她的伤势有多重。以月神的恐怖能力，对付他们两人，实在是件简单的事情。

　　但此时，她们已没有退路。

　　夷大师身死，方振衣失踪。能够和月神一争高下的，仅剩下她们两人。

　　如果不趁她受伤的机会反击，等她恢复过来，她们更是连一丝机会都没有。到时，不仅仅是她们两个，整个城市，整个国家，整个人类社会，都可能面临被灭亡的险境。

　　怪物的脚步也放慢了，似乎也在远远地观察她们。

　　空中飞翔的蝙蝠越来越少了，只剩下十几只，不时从她们身边滑翔而过。

　　怪物越来越近，几乎可以看到模糊的身影，似乎是身材魁梧的野人般，停下脚步，默默地注视着她们。

　　有股淡淡的腥臭味从怪物身上飘荡过来。

　　秦雪曼尝试着用摄魂术去探查对方，但被对方毫不客气地阻断了。

　　双方就这样，各自站立凝视着，僵持在这儿。

　　最终，还是怪物没忍住，发出一种奇怪的声音。

　　声音很小，却极有气势，如虎啸，如狮吼，震得秦雪曼、吴小倩、方媛头昏脑涨。

　　仔细聆听，声音仿佛穿过颅骨直接停留在脑海里，翻江倒海般地搅拌着，将神经系统刺激得疼痛难忍。

　　这是什么声音？不刺激耳膜，直接刺激到人的神经系统？

　　而且，三个人的感觉各不相同。

　　秦雪曼性格沉稳冷静，感觉到一阵炽热的火焰在大脑里熊熊燃烧，烧得她全身发烫，几度想冲过去和怪物拼命。

　　吴小倩性格活泼，热情奔放，此时却如同身陷冰窖般，冷得浑身直打哆嗦，皮肤上都起了鸡皮疙瘩。

　　最难过的是方媛。她原本就是普通人，没有秦雪曼和吴小倩的精神力量。被怪物的声音攻击，脑海中不断响起巨雷，震耳欲聋，震得她战栗不已。

　　在这之前，方媛也遇到过一种诡异的声音，那是一个叫吉振轩的男生，利用次声波的音乐来控制别人。

而这次的诡异声音，比次声波的破坏力还要强，让方媛无法承受。

虽然竭力对抗，捂住了耳朵，大脑中依然有炸雷不断响起。头越来越眩晕，眼前金星乱舞，景物模糊起来，整个世界都开始摇摆起来，摇得她连站都站不住。

再看秦雪曼，因为施展摄魂术耗费了过多的精神力，此时更是大口大口地喘气，连自保都成问题。

吴小倩原本苍白的脸，现在更加苍白了，一丝血色也看不到。乍看过去，仿佛刚从棺材里爬出来的僵尸般。

而那怪物显然没有罢手的意思，不断发出怪声，慢慢地逼近。

方媛强撑着一丝清明，用力地咬了咬嘴唇。

痛，剧烈的疼痛，让她稍稍清醒些。

方媛伸手取出胸前的血玉，迈步走到了秦雪曼和吴小倩的面前，对着怪物举着血玉大喊："住手！你不就是想要这块血玉吗，我给你就是了！"

怪物停下来了，隐藏在灰色的阴影中，有荧荧的绿光闪烁。

那是怪物的眼睛，正望着方媛手上的血玉。

"不要！"

秦雪曼和吴小倩同时叫了起来。

她们知道血玉对月神的重要性。如果月神得到血玉，就会如虎添翼，拥有的精神力量将更加可怕。

谁也没注意到，原本盘踞在吴小倩身上的那条青色小蛇，偷偷地从她身上爬下来，爬到黑暗的角落里。

怪物发出一声低吼，似乎在恐吓方媛，让她将血玉交过去。

"你是不是月神？"方媛对着怪物说。

怪物一直躲藏在阴影中，不肯现出身形来，只能隐隐看到个轮廓，只是黑色的家伙。

怪物吼了几声，见方媛不肯将血玉交过来，又发出那种奇怪的声音。

这次，它没有坚持太久，突然间跳了起来，仿佛被针扎到般。

"是倩儿！"吴小倩喜形于色，"倩儿咬了它一口！"

身为苗族百年来最杰出的草鬼婆，吴小倩比谁都清楚倩儿的毒性。

然而，她高兴得太早了。

怪物很快就发现了是青蛇搞的鬼，身形如鬼魅般，伸出两手，疾若闪电，一把就抓住了青蛇，拼命地往两边拉扯。

青蛇的身体原本坚如金石，此时却禁受不住，吐出小舌头拼命喘气。

吴小倩脸上的肌肉突然抽搐了几下，扭曲在一起，额头冒出一片冷汗。

"倩儿……"她的声音，细若蚊蚁，连她自己都听不清。

显然，倩儿受伤很重。她的魂魄和倩儿融为一体，能清晰地感受到倩儿的痛苦。

秦雪曼已冲了过去，离怪物还有七八米时，发动了袖中的机关，三支淬有剧毒的袖箭如闪电般射到怪物身上。

怪物吃痛，扔掉倩儿，转身便逃。

秦雪曼紧追不舍，很快就将怪物逼到一处高台边。

怪物想都没想，纵身跃下高台。

从高台到下面的实地，起码有六七米，怪物就这样跳下去，却一点儿事也没有。

秦雪曼隐隐看到，怪物张开双臂，似乎双臂边长有一层翼膜，如蝙蝠的翅膀般，滑翔着消失在黑暗里。

那只蝙蝠的脖颈被一条绳状的物体勒住了，悬挂在壁顶一块横向突出的石梁上，身体软绵绵地垂下来，耷拉着脑袋，居高临下地凝视着她们，眼神冷幽幽的。没有风，蝙蝠的尸体却在轻悠悠地晃动，一下、两下、三下……

第十五章
恍如梦幻

62

怪物是蝙蝠？

如果是蝙蝠的话，那发出的诡异声音倒可以理解。毕竟，蝙蝠是一种很奇怪的动物，能发出高频率超声波。

可是，秦雪曼分明看见，怪物的形体和人类很像。

难道，怪物是蝙蝠的一种变异体？

人类对蝙蝠总是有种莫名的恐惧。

提到蝙蝠，有人会想到好莱坞打造的"蝙蝠侠"形象，面带微笑有特殊异能的英俊侠客。更多的人却联想到吸血鬼，脸色苍白，身份高贵，表面举止优雅，其实凶残暴戾，以吸食人类血液为生。

秦雪曼郁闷地走回来，看到吴小倩连站都站不直，担心地问："你还撑得住吗？"

吴小倩点点头。

她慢慢地走到怪物原先所在的地方，跪了下来，在地上找到倩儿，捡了起来。

倩儿的身躯软绵绵的，仿佛死了般。

吴小倩轻轻地抚摸着倩儿的头，眼瞳里有血红色的斑点。

起初，红色斑点很微弱，要仔细留心才能看到。

可没过多久，红色斑点仿佛黑夜里的星星般熠熠生辉，让人无法直视。

秦雪曼和方媛都没有打扰她。

显然，倩儿被那怪物重创，就算没死，也只剩下半口气。

吴小倩咬咬牙，用新月刀在手腕上割了个口子，将殷红的鲜血倒进倩儿的嘴里。

她的脸色原本就苍白如纸，此时更是完全没有一丝血色，看上去仿佛刚从坟墓里爬出来不见阳光的僵尸般。

秦雪曼轻轻地扶住吴小倩，她知道倩儿对吴小倩的重要。

在某种意义上，吴小倩和倩儿同为一体。倩儿在这个世界的所有感知，吴小倩都感同身受。

"醒来啊！"一向坚强的吴小倩，竟神经质般地喃喃自语，"倩儿，快醒过来啊，别睡了……"

血液如潮水般涌了出来，却仅有一部分涌进倩儿的嘴里，更多的是滴落到灰黄的土地上，将土地染成鲜艳的血红色。

吴小倩见倩儿还没醒过来，急了，伸出新月刀，想要把左手手腕的伤口割大点儿。

"别这样，你会因失血过多而死！"秦雪曼抓住了吴小倩的右手腕。

"你别管我！"吴小倩想要挣脱，却被秦雪曼紧紧地抓住右手腕，动也动不了。

此时，她的身体极度虚弱，根本就不是秦雪曼的对手。

"你这样救不了它。"

"那怎么办？你让我眼睁睁地看着倩儿死？"泪水从吴小倩的眼眶中滑落下来，伴随着血液一起滴落到倩儿的身躯上。

"我也不能眼睁睁地看着你死。"秦雪曼强行将吴小倩的伤口包扎好。

可秦雪曼一放手，吴小倩就赌气般地将包扎的纱布一把扯开。

"够了！"秦雪曼终于怒了，"你要知道，你的生命不仅仅属于你一个人。你有没有想过，你死了，你的家人，还有整个苗寨，将会怎么样？"

吴小倩愣住了。

相识这么久，她从来没看到过秦雪曼发脾气。

"死亡解决不了任何问题。在挫折面前选择死亡的人，是彻头彻尾的懦夫。我从懂事起，就知道自己活不了多久。但是，那又怎样？我还不是一样要艰苦修炼，坦然面对。即使是现在，明知道九死一生，也不得不壮着胆子往前走。因为，这是我摄魂秦家的责任和宿命。其实，我也想过一个普通女生的生活，像她们一样，买漂亮的衣服，用精致的化妆品，找个优秀的男生，谈场风花雪月的恋爱。可是，我没得选择。"

"是的，我们都没得选择。"吴小倩叹息了一声。

方媛很想劝解，但不知道如何开口。

以前，总认为自己有多坎坷不幸。和她们相比，却不知道有多幸福。

起码，她是自由的，没有那么多责任和束缚，能做自己喜欢做的事。

忽然，倩儿的身体似乎微微颤动了一下。

原来，在鲜血的作用下，倩儿总算恢复了点儿元气。它睁开了眼睛，望着吴小倩，有气无力地抬起头。

吴小倩十分欢喜，赶紧将倩儿重新吞入腹中滋养。

"要不，我们回去？"看到吴小倩这种模样，方媛建议。

"不行。"秦雪曼斩钉截铁地说，"月神已经受伤。错过今天，让她恢复后，我们所有人都在劫难逃。"

吴小倩也一脸坚毅："即使我们愿意放过她，她也不会放过我们的。"

对月神来说，吴小倩和秦雪曼会对她构成威胁，必然会想办法消灭掉她们。

三人休息了一会儿，继续前行。

一路上，不断有小股的蝙蝠群冲击。

按理说，除了极少部分吸血蝙蝠外，普通的蝙蝠是不会攻击人的。这些蝙蝠，看上去只是普通种类，却发狂般攻击她们。

到处都有倒悬着的蝙蝠，尖尖的耳朵，黑褐色的翅膀，嘲讽的嘴唇，冷幽幽的眼神，耷拉着脑袋，居高临下地凝视着她们。

有的蝙蝠还随着悄无声息的阴风左右摇晃。一下、两下、三下……每一下，似乎摇到她们的心坎里，令人情不自禁地心虚气短，心跳加速。

蜘蛛、苍蝇、蚊子……全都没有。除了蝙蝠，没有其他的洞穴生物。

方媛她们越走越心寒。

穿过降头、蛊毒殿，来到魔音殿。再往前走，就是冥火殿，然后是她们的目的地——月神殿。

"咦，你看……"方媛指着一只悬挂的蝙蝠对秦雪曼说。

　　那只蝙蝠的脖颈被一条绳状的物体勒住了，悬挂在壁顶一块横向突出的石梁上，身体软绵绵地垂下来，耷拉着脑袋，居高临下地凝视着她们，眼神冷幽幽的。没有风，蝙蝠的尸体却在轻悠悠地晃动，一下、两下、三下……

　　勒住蝙蝠脖子的绳状物体的另一端，正缠绕在一个迷你版的年轻女子的手上，她神气十足地站在横梁上，掩饰不住得意的笑容。尽管它只是一幅壁画，此时看上去却活灵活现，栩栩如生，在荧石的映照下，脸上流露出一种说不出的邪气和恶毒的神情。

　　方媛的汗毛一根根竖了起来。

　　壁画上的女子，和她一模一样。

　　一股凉气从脚底直冲头皮，方媛全身都发冷，硬生生地打了个寒战。她深深地呼吸，调整好汹涌澎湃的心绪，强制压抑心脏狂乱的悸动，壮着胆子慢慢地靠近蝙蝠的尸体。

　　被勒死的蝙蝠，目露邪气的年轻女子，这幅壁画，到底隐喻着什么？

　　"小心！"身后，传来秦雪曼的警告声。

　　方媛吃了一惊，急忙往后退。

　　横梁后面飞来一群蝙蝠，少说也有几百只，疯了般往她这边撞过来。

　　秦雪曼已挡到了方媛面前，双手平推，仿佛在推着一件看不见的东西般。

　　和上次一样，飞到秦雪曼身旁的蝙蝠，突然间失去力气般，从半空中掉落下去，连翅膀都无力举起。

　　方媛刚舒口气，耳边就听到有人叫："小心！"

　　这次，是吴小倩的声音。

　　一股腥臭的怪风呼啸而来。肩膀突然一阵刺痛，似乎是被锐利的东西深深穿透进去。紧接着，整个身体都被往上拉起，脱离了地面。

　　疼痛让方媛差点儿眩晕过去。

　　抓住她肩膀的，是一双巨大的黑色爪子，如铁钩一般，硬生生地钩住方媛，带着她往前飞翔。

　　一双巨大的尖耳朵，丑陋如老鼠般的脸，尖锐的门牙。

　　这是什么东西？巨型蝙蝠？

　　然而，那张脸，怎么有种似曾相识的感觉？

63

方媛被巨型蝙蝠般的怪物抓着飞离了魔音殿，穿过冥火殿，直接飞到月神殿。

浓浓的腥味，刺激得方媛无法呼吸。

鲜血，从方媛的肩膀上涌出来。

月神殿还是像上次来时那样，各种美玉流光溢彩。

支撑着月神殿的七根圆形玉柱，原本是按北斗七星方位排列好的，现在依然没有损伤，静静地屹立在那里。

墙角的水晶棺材还在，里面那个年轻的民国女生却神秘地消失了，仅剩的那只不死金蝶也已死去多时。

巨型蝙蝠将方媛扔到中央那根圆形玉柱旁，收起了翅膀，竟然像人一样站立着。也不知它如何启动的机关，将方媛牢牢地锁在玉柱上。

方媛没有说话，更没有求救，眼睛一直盯着巨型蝙蝠的脸观察。

她总觉得这张脸有些熟悉，直到它将自己锁到玉柱上，才想起来。

"你……你不是月神！你是章校长！"方媛失声叫了起来。

她的想象力再丰富也想不到，章校长没死，居然变成了这般模样。

巨型蝙蝠竟然能听懂方媛的话，阴森森的眼神盯着方媛，张开嘴对她怪叫了一声。

方媛越看，越觉得这蝙蝠像章校长。

可是，章校长不是死了吗？

他怎么会变成这副模样？

科学家说，人类的进化有很多种可能，如能抗辐射具有超强免疫力的幸存者，基因和药物相结合的基因人，植入电脑芯片和机械相结合的机械人，用刺激性药物激发潜能的药物人等。在漫长的岁月中，人类历史不会轻易灭绝，无论遇到什么困难，总会有极少部分人适应环境而活下来。

按照进化论的观点，人类本身就是从最简单的生命衍变而来。将来，人类也会随着环境的变化而不断进化。

但章校长这种蝙蝠人也是进化？

无论怎么看都不像是进化，更像是一种奇异的结合，蝙蝠和人体的诡异结合。

这样的情形，更像美国科幻电影《苍蝇》所描述的那样，在某种条件下，人类基因和动物基因相融合，变成具有两者特色的新型种族。

事实上，人类和猩猩的基因差异不到2%。而蝙蝠也是哺乳动物，差异率并不大。

"你是因为七星夺魂阵变成这样的？"方媛试探着问。

蝙蝠人冷冷地看着方媛，没再恐吓，似乎默认了方媛的推测。

七星夺魂阵是传说中的古阵法，收集地底灵气，以七阴之体为引，能让月神复活，原本就凝聚着某种神秘和深奥的力量。

整个月神地下宫殿，都是为了这个七星夺魂阵凝聚神秘力量而设计的。

这种力量，原本就是让复活的月神和人类的基因相融合，产生新生命。因方振衣等人的破坏，神秘力量没有被新月神吸收，却鬼使神差地被濒死的章校长吸收了。

问题是，章校长所吸收的神秘力量并不纯粹，不知在哪个环节出了毛病，竟然掺杂了蝙蝠的基因，才让他变成蝙蝠人般的怪物。

也许，在七星夺魂阵启动的时候，原本作为宿体的方媛被一只无意掉落的蝙蝠所代替，才让他变成这般模样的吧。

月神殿里有这么多蝙蝠，想必是章校长招引来的。月神殿建在地下，难免有些地方和山里的洞穴相连。而这些蝙蝠也算他的同类了。

"你想做什么？"方媛发现，七根圆形玉柱竟然开始缓缓地转动了。

蝙蝠人没有回答方媛，眼神中竟然有几分欣喜。

方媛惊骇万分。

章校长启动了七星夺魂阵！不是说，这种古阵法六十年才能启动一次，现在才过几个月，他就能再次启动？

方媛从蝙蝠人丑陋的脸上发现兴奋的神情，就像小孩子即将得到心仪的玩具般。

他想干什么？

效仿月神，借方媛的身体复活？

难道，七星夺魂阵隐藏的力量并没有全部发挥出来，还可以再融合一次？

想到如此丑陋恶心的蝙蝠人将附身在自己身上，甚至是融为一体，方媛不禁毛骨悚然。

全身都痒了起来，偏又没办法去抓挠。

七根圆形玉柱缓缓转动，渐渐转到七星连线的位置。

月神殿原本就是用各种美玉雕砌而成的，宝座、桌椅、屏风上面都嵌有一层流光溢彩的玉石，雕着飞龙、麒麟、凤凰等各种图纹，在荧光的照射中若隐若现，仿佛活的一般游离不定。

中央那座整玉雕琢而成的玉山，上面原本刻有书生、小姐、亭榭、流水、山林，各具形态，巧夺天工。

古老相传，每块玉都是有灵魂的。吸天地日月精华，形卓尔不群灵气，发恒久不灭光泽，瑰丽得摄人心魄。

此时，翡翠、玛瑙、猫眼、珊瑚、青金、绿松、羊脂，所有的玉器，仿佛刚从沉睡中苏醒般，同时发出柔和绚丽的光泽，将整个月神殿都衬托得恍如梦境。

各种光泽如雾一般凝结起来，轻轻将方媛笼罩进去。

虽然看不到，但方媛能清晰地感觉到，似乎有些东西，从她的毛孔中悄然侵入身体里。

原本流着鲜血的伤口，竟然用肉眼可以看到的速度慢慢痊愈，很快就恢复如初，完全没有受过伤的痕迹。

更奇异的是，她的感官比过去灵敏许多。眼睛能透过茫茫光雾看到月神殿的全景，耳朵能听到一些奇怪的声音，如婴儿哭泣般——那是蝙蝠发出的超声波。

身体里仿佛有使不完的力气，让她有种精力极其充沛的感觉。

这是怎么了？

她睁大了眼睛，隐隐看到玉器所散发出来的光泽里似乎有些极其细微的小亮点，缓缓地凝结起来，从她皮肤的毛孔钻了进去。

再看蝙蝠人，似乎也看到那些小亮点，不断地伸手去捕捉，想吞食进去，但只是白忙一场。

那些小亮点似乎是虚无的，根本就无法捕获。

蝙蝠人不怀好意地盯着方媛，仿佛一条即将噬人的毒蛇般，张开血红的嘴，涎水流了出来。

方媛打了个寒战。她总算明白蝙蝠人的意思——吃了她。

雾气越来越浓，将方媛和蝙蝠人裹到了一起。

蝙蝠人张着嘴，怪笑着，慢慢地靠近方媛，露出尖锐的牙齿，猛然咬向方媛。

方媛本能地偏头躲闪。

蝙蝠人咬在肩膀上，带下一大块血肉，欢喜地撕咬着，仿佛在吃着美味佳肴，嘴上满是鲜血。

痛，很痛。

然而，不仅仅是肩膀处的疼痛，大脑也仿佛在爆炸。

似乎有某种奇异的力量，紧紧地裹住她的大脑，裹得她无法呼吸。

眼前的世界模糊起来，意识不受控制，渐渐涣散。

这是怎么了？

64

红色、绿色、蓝色，各种色彩慢慢变淡，最终全部变成了一片灰沉沉。

世界消失了，一片混沌，万物无光。

笼罩着这个混沌之地的，是那些似有还无的灰雾。

寂静无声，连身体的意识都没有，对空间失去了感觉。

仿佛很小，小到可以忽略不计。又仿佛很大，大到变成另一个宇宙。

时间停滞。

这是一种很奇妙的体会，似乎回到生命最原始的状态。

不知过了多久，眼前出现一些白色的亮点，微微地闪烁，如有磁性般，吸引着她一路飘到一个发光体前。

"是你？"走近了，方媛才发现，发光体里裹着一个年轻女人，依稀是民国女子的打扮，容颜清丽，正是方媛所见过的月神模样。

月神饶有兴趣地打量着方媛："方媛，我们又见面了。"

"这是什么地方？"

"这是我的世界。"

方媛怔住了："这是你虚构出来的精神世界？"

月神说："你可以这么理解。"

"山林老宅的死亡循环事件，也是你搞的鬼？"

月神微微笑着说："那不过是一个游戏，或者说一个赌约。"

"赌约？和谁的赌约？"

自宁惜梅自焚后，月神并没有找到新的宿主。也就是说，现在的她并没有实体。这样的话，她又能和谁订下赌约？

"一个不错的小伙子，他用生命为赌注。如果他输了，他的生命就由我主宰。如果我输了，我就离开这里，不再打扰你们441女生寝室的任何一个人。"

方媛心念一动，失声问道："你是和方振衣订下的赌约？"

月神不怀好意地说："怪不得他对你念念不忘，果然心有灵犀。"

"他输了？"

"那当然。"

"你们是怎么赌的？"

"很简单，我说人性本恶，全无是处，不如毁掉算了。他说人性本善，被名利所累，终会自省，不如循循引导。我们谁也说服不了谁，于是订下这个赌约，让你们六人的意识进入我构建的精神世界，善恶自分。"

方媛的心沉了下去。她清楚地记得，老宅的死亡循环里，人性丑陋的一面暴露无遗。

凌雁玉为嫉妒所迷，想谋害方媛。自己虽然是自卫和想解开谜团，却也先后害死多人。至于闷哥，被色欲所控制，意图对她不轨，自然谈不上什么善良了。

方媛不甘心地说："他没输！六个人当中，苏雅舍己救人，吴浩东追查凶手，柳雪怡不离不弃，最多算是平手。"

月神冷笑："吴浩东不分青红皂白，便欲杀人，是犯了暴怒。柳雪怡不明真相，一意复仇，是愚昧偏执。也就那个苏雅稍好一些。"

方媛无语。

过了半晌，她问："那方振衣呢？他现在怎么样？"

"能怎么样？愿赌服输，他又打不过我，被我囚禁起来了。其实，我想消灭他，并不太难，只是要多费些手脚罢了。"

方媛又问："你害死了夷大师？"

月神"咦"了一声，对方媛知道夷大师有些惊讶，沉默了一会儿，莞尔一笑，说："用你们人类的话来说，我们是公平决斗。"

方媛叫道："为什么？夷大师那么好的人，你都不放过！"

月神沉声道："我说过，是公平决斗。是他主动提出来的，我只能应战。不是他死，就是我亡。要怪，就怪他食古不化，碍手碍脚。"

"碍手碍脚？新传染病病毒的事，果然是你搞出来的？你不会真的想毁灭人类文明吧。"

"你把你们人类文明想得太高了。你们人类的文明又不是没被毁灭过，再毁灭一次又有什么关系？"

"你为什么想毁灭现在的人类文明？"

月神恨恨地说："是的。我讨厌现在的人类，讨厌现在的世界，太乱了，太脏了。好好一个地球，被你们人类搞得乌烟瘴气，乱七八糟，剧毒横流，吃的、穿的，没一样能让人放心。就算是婴儿用的奶粉，也能毒死人。吃的油从地沟里炼出来。你们自称的母亲河——黄河，现在一样飘散着腥臭之味。便是连这地上的泥土，也受到重金属污染，种出来的稻米都不能让人吃。至于转基因产品，你们知道会带来什么后果吗……"

月神唠唠叨叨，仿佛一个八卦的小女生般，唧唧喳喳地发泄着对人类社会的种种不满。

可方媛偏偏没办法反驳。

毒奶粉、地沟油就不用说了，就连长江，也因为人类的开发，生态环境受到严重的破坏。被誉为"水中的大熊猫"的白鳍豚，现在已经灭绝。五十年前，还有较大群体。十年前，据说剩下十余头，现在，却是一头也没有了——连人类圈养的那头也死了。

如果长江不能支撑白鳍豚的生存，就意味着不远的将来不能支撑人类的生存。可是，人类会从白鳍豚的生存悲剧中吸取教训吗？

据说，全球上万种物种濒临灭绝，灭绝速度超过了以往任何地质时期，人类正在"导演"地球史上的第六次生物大灭绝。

更有甚者，因为重金属提炼，很多土地受到重金属污染，癌症村、癌症镇更是屡见不鲜。这种土地里种出来的粮食，更是连吃都不能吃。

至于转基因产品，将来会带来什么样的后果，谁也不敢下定论。

一时间，人心惶惶，人类对吃的、用的、穿的，都抱着怀疑的态度。人与人之间的关系，更是功利至上，相互利用。

方媛突然明白月神族为什么能传承数千年，因为普通人需要一种信仰，对真善美、对美好生活的信仰。

表面上，他们信仰的是月神，其实，他们信仰的是一种希望，借助更为强大的力量，过上幸福生活的希望。

65

方媛看着说累了的月神，叹息着说："你虽然不是我们人类，但也是用我们人类的方式来生存。从某种意义来说，你也是我们人类中的一员。子不嫌母丑，你为什么不帮我们人类重新走上正轨？"

月神冷冷地说："你以为我不想？可是，万物皆有其定律。任何一个东西的发展，都是从小到大，发展到极致，然后面临升华或毁灭。人类社会的文明，又不只这一次，几千万年以来，不知道经历了多少次。再失败一次，又有何妨？"

方媛半信半疑地问："你怎么知道人类文明经历过很多次？"

月神傲然说："我们月神和你们人类不同。虽然都是生命体，但复杂程度和你们有着天壤之别。我们月神，保留着深层记忆层，储存着祖上的记忆和生存技能，遗传给下一代。"

记忆遗传？

方媛似乎听说过，人的大脑远远没有开发，大脑意识分为好几层，最里面的称为深层记忆层，储存着祖先的所有记忆和生存技能。但因为信息太多，大脑无法全部处理，绝大部分被封存起来了。

这也是蜘蛛一生下来就会织网、蚊子一生下来就会吸血的原因所在。

所以，月神并不能重生，只不过是另一种形式比较独特的繁殖。

而且，这种繁殖，通常伴随着母体的死亡和新宿主的选择。

方媛突然想起恶灵岛上秦爷爷所说的话："月神认为人类太自私、贪婪、卑鄙、残忍、无耻，道德沦丧，到处是战争、痛苦、死亡，与其这样发展下去，不如毁灭掉现在这个人类文明，重新发展。"

"其实，毁灭人类文明的，只能是你们人类自己。这一次传染性新病毒，不过是一个警告。地球，不仅仅是你们人类的。"

既然如此，月神还顾忌什么？为什么还一直隐忍不发？

方媛很快就猜到其中的原因，对月神说："你是不是没办法寄宿？也就是说，直到现在，你依然没有实体？"

月神看着方媛，点点头，说："你猜对了一半。我是没办法寄宿。我们月神族，远比你们人类古老。月神族的文明，也是不断毁灭、不断重生的过程。发展到现在，已经进化到无限接近于虚体的状态。但实际上，我们还是有实体的。"

"你们有实体，那你们的实体是什么？"

"是血，如血一样的液体。你们人类的生命信息，很多都浓缩在血液中，我们月神族也一样。"

方媛突然想起一件事，说："前几个月，我对面寝室的一个女生突然被吓死，就是因为看到了你的本体？"

"是的。我不知道，她会那么恐惧我，这是个意外。"

"可是，你并没有寄宿她的躯体。"

月神竟然苦笑着说："寄宿并不是一件容易的事情。如果没有原宿主的配合，很容易失败。"

"可你寄宿在宁惜梅身上？"

"那是因为她愿意。她不想就这么死去，想再看看何家骏，和他在一起。"

果然，和方媛、苏雅推测的一样。

"而且，我和宁惜梅从来就没有寄宿成功。我和她的意识，没有融合在一起。"月神的眼睛突然闪出耀眼的光芒，刺得方媛都睁不开眼睛。

"融合？"

"是的。和你们人类的精子、卵子一样，需要将两种生命信息完美地融合在一起，才能寄宿成功。"

"可是，那是个新生命啊！"

"新生命？呵呵，你们人类，能解释清楚'生命'这个词语？一条蚯蚓被斩成两半，两半都能存活。我问你，这两条蚯蚓，是不是两个生命？原来的那个生命，又去哪里了？"

"我……我不知道。"方媛原本想说，斩断前，有着蚯蚓头的那一半是原来的生命，另一半是新生的生命。可新生的生命，又是怎么突然冒出来的？

"同理。融合也是一样。两种生命信息，完美地结合在一起，就成为新的月神。"

方媛明白了。所谓的月神，并不能永生，也不能复活，它是另一种形式的生命体，人类生命信息和另一种奇异生命信息的完美融合。

这种奇异生命，远比人类复杂、先进，却在进化的过程中濒临灭绝，不得不依靠人类来传承其生命信息。

融合后的生命，既不是原生命，也不是寄宿主，而是一种全新的生命，有着原生命和寄宿主双重记忆。

方媛问："我才是你理想的寄宿对象，对吧？"

"是的。"月神诡异地笑了笑，说，"其实，我一直和你在一起。"

"一直？"看着月神得意的笑容，方媛终于想通了。

宁惜梅自焚后，她回到寝室，做了个奇怪的梦，梦中的场景和现在很相像。那时，月神已侵入她的身体。

如血一般的无色透明液体，从身体皮肤的毛孔中渗透进去，融入自己的血液中，循环进入神经系统，慢慢控制中枢神经，进而控制整个身躯。

难怪自己的感觉后来变得灵敏起来，能感受到张丽娜和林依依死后残留的宇宙波。

山林老宅的死亡循环事件，也是月神搞的鬼。她一直在方媛的身体里，控制方媛的神经中枢，所以感觉才会那么真实，真实得和现实生活一模一样。

她不仅仅控制着方媛的神经中枢，还窥探着其余五个人的神经反应，并反馈到所有人的大脑中，制造出那个身临其境的精神世界。

在新病毒感染事件中，方媛被刘处长的人迷晕后关押在实验室的仓库里，也是月神运用她的力量，打晕看守的军人，让她及时醒来。

寒冰殿、魔音殿里的两幅诡异壁画，自然也是月神画的。原本，她的记忆中就存在画画的技能。

所有的一切，都是月神控制她的身体，在她没有知觉的情况下做出来的。

夷大师的死，也是自己造成的？

方媛不敢置信地看着月神。

月神却知道她在想什么似的，点点头，说："你猜得不错。我虽然没能和你融合在一起，但在你大脑休息时，我能控制你的身体。"

一切的罪恶，源自自己。

方媛无法接受这个现实，一个大胆的想法冒了出来："如果我死了，这一切是不是都会结束？"

"不。虽然你是最好的寄宿体，但你改变不了什么，我可以寻找其他替代品。"

是这样的吗？方媛总觉得月神对她隐瞒了什么："既然如此，你为什么来找我？"

月神叹息了一声，说："因为，我和你的生命信息，已经开始在慢慢融合了。所以，我不能让你死。"

方媛隐隐猜到了什么："但是，融合的过程很不顺利？"

"嗯。七星夺魂阵没有发挥作用，又失去血玉的帮助，我的力量稍稍有些欠缺。所以，我需要你的配合。"

"如果我不答应呢？"

"你会答应的。别忘了，方振衣还在我手中。还有秦雪曼、吴小倩，441 女生寝室的所有人，以及你们整个人类社会的安危。"

方媛沉默了。

月神说得不错，她手上有太多让方媛屈服的筹码。

半晌，方媛慢慢地说："如果我答应了，你会放过他们？"

"没问题。"

"不再对人类社会兴风作浪？"

月神沉思了一会儿，说："这个，我没办法保证。因为，融合后的新生命，有她自己的想法。不过，有一点我可以告诉你，新生命中不仅仅有我的记忆意识，还有你的记忆意识。知道为什么我不能和你完美融合吗？"

"为什么？"

"因为信仰。你看似柔弱，其实有着坚定的信仰。你不会受其他人影响，坚定地相信人性本善，相信这个世界有着纯粹的真善美，有着美好挚诚的情感。而我，也有着自己的信仰，信仰弱肉强食、适者生存、物竞天择，从不相信所谓的道德和情感。我们两人的信仰，相差太远，这才是意识难以融合的主要原因。"

方媛喃喃自语道："信仰？"

月神的神情也有些落寞："将来是什么样子，谁也预料不了。也许是我改变你，也许是你改变我。"

是的，将来的事情，谁能说得清楚？

也许，这个世界，实在有太多无法解释的事情。如果不是科学家已经证实，仅仅从主观感觉来说，谁会相信脚下的地球是圆形的？谁能感觉到地球在转动？

第十六章
尾 声

66

苏雅是被一阵喧哗声吵醒的。

睁开眼，天还是灰蒙蒙的，寒冷的晨风透过窗户的缝隙毫不留情地卷进来。

凌雁玉和柳雪怡已经起床了，身旁坐着伤痕累累的秦雪曼和吴小倩，正端着杯子喝温开水。

两人的神情，都很疲惫。

奇怪的是，方媛不见了。

苏雅赶紧披衣起床，问道："雪曼，小倩，出了什么事？方媛呢？"

秦雪曼望了吴小倩一眼，见她不反对，沉吟着说："刚才，我们和方媛一起去地下月神宫殿寻找月神。"

苏雅吓了一跳："你们三个人去月神殿找月神？找她做什么？不会是拼命吧？"

秦雪曼将事情的经过详细叙述了一遍。

"看到方媛被蝙蝠人抓走，我和小倩急忙追过去。可是，我们在月神殿前的九宫阵被困住了。费了好大工夫，才从九宫阵里脱困而出。等我们赶到月神殿时，看到蝙蝠人已经被吊死了，方媛却不见了踪影。"

苏雅愣住了。

蝙蝠人？这都是什么事？

可秦雪曼和吴小倩一脸严肃的样子，不像在骗她。

也许，这个世界，实在有太多无法解释的事情。如果不是科学家已经证实，仅仅从主观感觉来说，谁会相信脚下的地球是圆形的？谁能感觉到地球在转动？

"让我和小倩惊讶的是，蝙蝠人竟然是上次没有和我们一起出来的章校长。"

"方媛，她怎么了？会不会是……"

那个字眼儿，终于还是没说出口。

"应该不会。蝙蝠人被吊死了，方媛肯定是被人救走了。"秦雪曼仿佛在思考着什么，"而且，我们发现，月神殿布置的七星夺魂阵明显启动过，月神殿里的所有玉器突然间都变得暗淡无光，一点儿灵气都没有了。"

"被人救走了？是谁救走的？难道是方振衣？"苏雅突然看了看方媛的床头柜，笑着说，"方媛没事。"

441女生寝室的女生们全都望着苏雅。

"她把她父亲的相片带走了。"苏雅指着方媛的床头柜说。

床上的柜上放着一个相框，里面原本有方媛父亲的相片，现在空空如也。

除了方媛，没有人会特意带走那张相片。

打开方媛的床头柜，里面果然空荡荡的，随身包和衣服都不见了，但有一封白色的信，封面上写着"苏雅"。

苏雅取出信，念了起来。

苏雅：

　　当你看到这封信的时候，我已经在离开南江的路途中。很多东西，总是失去后才知道珍惜。以前，总认为自己还年轻，有充足的时间，很多事情可以留着以后慢慢去做。现在，才知道这种想法是个大错误。

　　这些年来，我总是为秦妍屏和陶冰儿的死耿耿于怀。如果不是我，她们也许不会死。在南江医学院，我最开心的事情就是来到了441女生寝室，认识了你们。最难过的事情也是来到441女生寝室，间接害死了秦妍屏和陶冰儿。何剑辉已经用他的死来洗涤了他的罪恶。而我呢？不得不背负着十字架，在这个世界戴着虚假的面具苦苦挣扎。

现在，我终于想通了。很多枷锁其实原本并不存在，而是自己加上去的。我相信，秦妍屏和陶冰儿如果在天有灵，也会希望我幸福地生活下去。

小时候，我认为世界是围绕着自己转的，所有的一切因"我"而存在。渐渐长大，才明白，我也只是茫茫宇宙的沧海一粟，和大自然的一只蚂蚁、一只蜜蜂没什么区别。既然来到这个世间，就要好好珍惜，如一棵小草般，无论经历多少风雨，都要坚强地挺直腰杆去承受。风雨过后，总会有阳光灿烂的日子。

从小，我就想周游世界，放下尘世中的一切，让心灵去感受真实的大自然。我一直想去看看大海，吹吹清新的海风，看潮起潮落、云卷云舒。晒着温暖的阳光，让海水轻轻抚摸，尽情地享受自然的纯净。我还想去登泰山，感受"会当凌绝顶，一览众山小"的豪情。还想去九寨沟，踩过溪水里的鹅卵石，越过青藤缠绕的古树，聆听鸟语虫鸣。

我从来没有像今天这样，想去做自己喜欢做的事。苏雅，我走了，记得代我向雪怡和小玉告别。如果雪曼和小倩来了，帮我说声"对不起"。告诉她们，月神已经消失了，不会再威胁她们。

顺便说一句，其实，我很羡慕你，不在意旁人的感受，随自己的性情坦荡生活。

信的结尾，是方媛的签名和日期。

南江市火车站大门口，方媛正拎着旅行箱艰难地在人群中穿梭。挤进候车室后，好不容易才找到个座位。

她把旅行箱放好，坐了下来，翻出一本《金刚般若波罗蜜经》，细细地品读，完全不受身旁喧闹所影响。

"凡所有相。皆是虚妄。若见诸相非相，即见如来……"

"一切有为法，如梦幻泡影，如露亦如电，应作如是观……"

方媛若有所悟，喃喃自语道："一花一世界，一叶一菩提。"

"姐姐，能把你的书借我看看吗？"一个童稚的声音突然在耳边响起来。

方媛从佛理中惊醒，抬起头，看到一个穿着黑衣的小女生站在她面前，仅有七八岁的样子，眉清目秀，仿佛粉雕玉琢般，眼神却有种和她的年龄极不相称的老成。

"你是……沈轻裳？"方媛猛然站了起来，"方振衣呢？"

沈轻裳没有说话，朝方媛身旁望去。

原来，方振衣正坐在离她不远的地方，手上也捧着本《金刚般若波罗蜜经》，虔诚地翻阅。

此时，他仿佛感觉到什么，目光从佛经中挪开，缓缓地抬起头，和方媛惊喜的眼神交集在一起。

千言万语，却相对无语。

半晌，方媛才听到沈轻裳的声音："姐姐，你去哪儿？"

"海南。"

"真巧，我们也去海南，一起吧。"沈轻裳偷偷对方振衣眨眼睛。

"好啊。"方媛自然满口答应。

方振衣微微一笑，一向冷酷的眼神中露出几分欣喜的神情。

进站通道打开了，工作人员开始检票。

方媛牵着沈轻裳，走在方振衣后面，随着人流慢慢挪动。

一个刚送完朋友进站的瘦削男生从另一条过道往回走，经过方媛时，两人突然感觉到什么，相互望了一眼，各自怔了怔。

然而，两人的脚步没有停留，随着各自的人流朝相反的方向走去。

"姐姐，你认识那个人吗？"敏感的沈轻裳问。

"不，我不认识。"方媛在脑海里搜索，怎么也想不起来在哪儿见过那个瘦削男生。

可是，为什么有种很熟悉很熟悉的亲近感？而且，心跳突然加速，似乎很在意他，仿佛很兴奋。

扭头望去，瘦削男生的背影渐渐消失在茫茫人海中。

"皓轩，那女生在回头看你。"有人对瘦削男生说。

等杨皓轩回头时，方媛已经转过身，随着方振衣走入进站通道。

"骗子。"杨皓轩骂了句。

"我没骗你啊，骗你是小狗！我真的看到那女生回头看你。"

"是吗？"杨皓轩笑了，"她长得有点儿像我以前的一个朋友。"

"真的？"

"真的。她的眼神和我那个朋友一模一样。"杨皓轩有些惆怅地说，脑海里又浮现出宁惜梅文雅纯真的容颜。

"能介绍你那个朋友和我认识吗？"

"不能。因为她已经死了。"杨皓轩走出候车室，仰望着灰蒙蒙的天空。

天空飘起了剪不断、理还乱的霏霏小雨，带着些许凉意，轻快地飞舞在他的脸颊上。

雨丝冰凉，仿佛渗进了心灵深处。

他似乎看到了宁惜梅，穿着一袭白衣，哼着歌曲欢笑着在雨中漫步，黑色的长发随风轻舞。

他相信，这不是幻觉。

（完）